¡MACHO!

Victor Villaseñor

Traducción al español de
Alfonso González

Arte Público Press
Houston, Texas

Este libro ha sido subvencionado en parte por una beca del Fondo Nacional para las Artes, que cree que una gran nación merece gran arte; por becas de Cultural Arts Council a través del Houston Arts Alliance y por el Exemplar Program, un programa de Americans for the Arts en colaboración con el LarsonAllen Public Services Group, creado por la Fundación Ford.

Arte Público Press
University of Houston
452 Cullen Performance Hall
Houston, Texas 77204-2004

Impreso por Bantam Books, septiembre 1973

Portada por Mark Piñón
Ilustración de Frank Romero: "¡Méjico, Mexico!" © 1984
Foto por Rick Meyer

Villaseñor, Victor.
   [Macho! Spanish]
   ¡Macho! / by Victor Villaseñor; Spanish translation by Alfonso González.
     p. cm.
   ISBN: 978-1-55885-490-1 (alk. paper)
    1. Mexican Americans—Fiction. 2. Immigrants—United States—Fiction. I. González, Alfonso. II. Title.
   [PS3572.I384M33 2007]
   813'.54—dc22

                                          2006051737
                                               CIP

♾ El papel utilizado en esta publicación cumple con los requisitos del American National Standard for Permanence of Paper for Printed Library Materials Z39.48-1984.

7 8 9 0 1 2 3 4 5 6   10 9 8 7 6 5 4 3 2 1

A mis padres,

SALVADOR Y LUPE VILLASEÑOR

¡Después de diez años de escribir y 260 rechazos, mi primera novela!

Gracias, Papá y Mamá

Nota del Autor

Al releer *¡Macho!* Me di cuenta de que no soy la misma persona que escribió el libro hace veinte años. Pensé reescribir algunas partes, pues me sentí casi avergonzado de algunas secciones. Pero me puse a pensar, los años sesenta fueron los años sesenta y así era yo entonces, así que no lo voy a cambiar. El libro es áspero y algunas partes desentonan tanto como Bob Dylan —no era ningún Joan Báez, créanmelo— pero lo que dice, aún es importante.

Gracias.

Con gusto,
Victor Villaseñor

¡MACHO!

Macho: *m.* animal de sexo masculino, mulo, planta que fecunda a otra; yunque cuadrado. *adj.* hombre fuerte, vigoroso, valiente, animoso, esforzado, necio. (Comúnmente se usaba en México, hasta hace poco, en referencia a un hombre trabajador y responsable que cumplía su palabra a cualquier costo.)

PRIMER LIBRO

Por todos lados la tierra estaba tibia,
casi caliente, aún durante la noche fría.
Era la víspera de sacudidas terrestres,
del nacimiento de un volcán.

*E*n la milpa plana de un indio tarasco se vio ascender una columna espiral de humo en 1943. El indio, su hijo y la yunta de bueyes observaban. *La tierra se sacudió y el volcán hizo erupción con una gran explosión. Espantados, corrieron a ver al señor cura. El cura y muchos vecinos llegaron y empezaron a rezar para que se les perdonaran sus pecados. Pero aún así, las explosiones de fuego continuaban y la lava se aproximaba brillante, de un amarillo y rojo como si fuera melaza . . . y más tarde, a una milla de la erupción del volcán, se midió su temperatura a 1994 grados Fahrenheit.*

Los vecinos excavaron una zanja y rezaron más, pero la lenta y pesada lava seguía avanzando, y en una semana había formado un cono de quinientos pies de alto cubriendo una base de cinco millas cuadradas a su alrededor. A este volcán que desalojó a cuatro mil indios tarascos de sus hogares se lo llamó "el monstruo". Ayudado por el viento, el monstruo mandó una nube de cenizas negras hasta otro valle a cien millas de distancia. Y en este otro valle, la gente pudo observar cómo el día se oscurecía con una nieve negra, y corrieron a la iglesia y allí se mantuvieron por días rezando y llorando por el fin del mundo.

Más tarde, cuando el sacerdote se enteró que se trataba de un nuevo volcán, les explicó con palabras que pudieran entender y la gente le creyó. Entonces salieron y encontraron el valle negro, tan liso y brillante como el agua. No sabían qué hacer; éste era el valle en que sembraban y ahora estaba cubierto de esa negrura. Empezaron a pasar hambre.

Años más tarde nació el primer hijo y no sabía nada del ahora casi extinto volcán. No sabía nada de los científicos y turistas que llegaron al área de Paricutín —ahora el nombre oficial del volcán— situado a cien millas de distancia. No sabía nada de las nuevas carreteras construidas ahora por el gobierno federal. No sabía nada de la nueva planta de luz ni de los experimentos científicos llevados a cabo por el gobierno americano en México. Era un tarasco que había nacido a cien millas de distancia, y lo único que sabía era que había un lago del mal donde no se les permitía jugar a los niños. Entonces un día, su padre llegó muy entusiasmado a la casa. ¡Ese lago del mal se los había mandado Dios! Un anciano había descubierto que las cenizas volcánicas habían enriquecido la tierra. El muchacho observó a su padre y a su madre; estaban tan contentos que esa noche comieron mucho, comieron hasta un poco de carne.

Ahora el niño había crecido . . . las cenizas habían sido aradas y enterradas, y las ricas cosechas maravillosas del valle habían desaparecido. Durante los últimos años, con el viento habían empezado a llegar desde el valle del área de experimentación extrañas nubes hechas por el hombre, casi invisibles. Y ahora había no sólo hambre, sino hambruna. Estas nubes hechas por el hombre no enriquecieron, envenenaron todo: bichos, pájaros y agua.

Ahora los niños mueren, los padres tosen mucho y se emborrachan, las madres rezan, y unas pocas, pero muy pocas, intentan sobrevivir más que nunca.

Cerca se halla el pico del Monte Tancítaro, de 12,014 pies de alto, y allí permanece como testigo de la última mitad del siglo veinte.

CAPÍTULO UNO

La familia vivía en una casa con paredes hechas de varas largas y delgadas, firmemente amarradas una al lado de la otra, a las que se les había puesto arcilla entre las juntas. El techo estaba hecho de palmas y las paredes y el techo eran buenos, protegían contra el viento y la lluvia. En esta región montañosa de Michoacán, México, una casa así se conoce como "jacal".

El hijo mayor despertó. Dormía en el piso del tercer cuarto con sus siete hermanos y hermanas menores. Se acostaba al lado de la pared exterior, donde la arcilla entre las juntas se había erosionado y por allí entraba el viento y la luz. Miró hacia afuera por la larga grieta chueca, y vio que el arado y el grupo de estrellas llamado Osa Mayor indicaban que era hora de levantarse y empezar a trabajar.

Se levantó ya vestido, recogió su sombrero, huaraches, poncho pesado y salió al alero del techo. Allí se encontraba la cocina, sin puertas. Vio a su madre —chaparra, morena y prematuramente vieja— tratando de encender el fuego. Sin decir palabra se puso el pesado poncho de lana sin curtir y salió hacia la parte de atrás donde estaban las gallinas y los chivos. Llegó hasta el caballo grande y tuerto de su padre. Mientras le ponía la vieja silla de madera al alazán castrado, le hablaba, y el caballo lo conocía y estaba tranquilo. Entonces le amarró la cincha hecha de yute ancho, revisó todo y abrigó la esperanza de que la silla durara un poco más de tiempo. Había sido una muy buena silla, pero ahora la mayoría de las correas de cuero habían desaparecido y la silla se estaba cayendo a pedazos al igual que el gran jacal de tres cuartos que en un tiempo fue la envidia de toda la gente pobre del lugar. ¡Tres cuartos! Casi no había jacales así. Tenía un cuarto grande para los víveres donde la familia almacenaba maíz, frijol, garbanzo y chile. Otro cuarto era para los padres, y el tercer cuarto para los hijos. Su padre, que para esa época había adquirido fama de trabajador, había añadido un cobertizo adosado al jacal que servía como cocina al aire libre.

Se llevó al gran alazán al frente del jacal hermoso. Se metió al cobertizo y preguntó, —¿Y papá?

—Está enfermo, —dijo su madre entregándole a Roberto un jarro de canela y un plato de galletas que se habían popularizado recientemente en el pueblo—. Llegó tarde a casa y está muy enfermo. No podrá ir contigo ahora.

El joven miró a su madre, asintió con la cabeza y no dijo nada. Entonces se encuclilló para beber la fusión hervida en el jarro y para comer sus toscas galletitas de animales. No preguntó nada más acerca de su padre. Su madre se puso nerviosa.

—¿Roberto? —dijo—, Tu padre te alcanzará en el campo cuando el sol esté a la altura del pecho. Lo hará. Estoy segura. Lo que pasa es que en este momento está enfermo.

Él siguió sin decir nada. Se terminó su jarro de canela y sus galletitas de animales, y se levantó. Su madre le llegaba al hombro. Desde hacía casi un año su padre había estado frecuentemente enfermo por la bebida, Roberto, que no cumplía aún los dieciocho años, mantenía a la familia.

Su madre, Jesusita, le alcanzó el guaje para el agua y tres tacos de frijoles que envolvió en hojas de maíz. Lo besó y le dijo: —Ahora vete y cuídate . . . tú eres el mayor.

Asintió con la cabeza, había escuchado esas palabras toda su vida. Salió y montó el gran alazán tuerto y atravesó el pueblito de casas con jardines y gallinas y puercos y chivos. Había salido del valle y estaba en las estribaciones de la montaña antes de que cantara el primer gallo.

*E*l pueblo era una aldea chapada a la antigua, y los jóvenes debían respetar a sus mayores a toda costa. De hecho, si un hombre le pegaba al muchacho del vecino, y este muchacho era lo suficientemente tonto como para ir a decirle a su padre, su padre le daba una paliza e iría a darle las gracias al vecino por haber disciplinado al muchacho.

Y por esto, el mes anterior cuando nombraron a Roberto capataz y tenía a personas mayores trabajando para él, los hombres que trabajaban para él no sólo empezaron a odiarlo, sino que también empezaron a esparcir rumores por el pueblo. Dijeron que Roberto le había vendido el alma al diablo y por eso tenía tanto éxito.

CAPÍTULO DOS

Una vez en las montañas, Roberto empezó su trabajo buscando a los bueyes que había soltado la noche anterior para que pastaran. Los halló y los llamó a cada uno por nombre.

—¡Hey! ¡Pichón blanco! ¡Oye tú, Chivo! ¡Hey, Pájaro negro! Vengan, huevones, buenos pa' nada! ¡Ya es hora!

Los bueyes entendieron quién los llamaba. Obedecieron y empezaron su caminar diario bajando de la montaña para trabajar en los campos. En el valle había dos canales de agua nuevos, el gobierno federal los había construido allí para traer agua de un pequeño ramal del gran río Lerma. Los canales eran anchos y profundos, y los hombres del pueblo habían puesto troncos con lodo a través de ellos a modo de puentes. Roberto se encaminó con los bueyes hacia uno de ellos. Esto no les gustó a los bueyes, pero Roberto los empujó llamándolos por sus nombres y, como le tenían confianza, cruzaron. Uno, después otro y después todos. Veinte cabezas en total.

Roberto se acomodó el sombrero y miró hacia el sol que apenas se estaba haciendo visible. Estaba a tiempo.

El puente traqueteó. Un tronco se movió un poco y el lodo entre los troncos se desprendió. El caballo de Roberto se encabritó y los dos salieron disparados del puente. Roberto se golpeó contra la dura superficie del agua dando un grito de dolor y se sumergió encima del caballo tuerto. Roberto luchó y empujó pero no podía salir a flote. Nadó más hacia abajo y después hacia un costado e hizo un esfuerzo para salir hacia la superficie. Al llegar allí respiró profundamente. Sintió una puñalada de dolor en el costado, pero al ver que su caballo luchaba por salir, se olvidó de su propio dolor y nadó hacia el gran capón. Lo agarró de las riendas y lo ayudó a enderezarse. Luego le cubrió la cabeza con su propio poncho pesado, empapado por el agua, y lo cegó por completo. Lo montó y empezó a guiarlo río abajo por el canal.

Roberto estaba empapado, con frío, sin poncho, pero nunca pensó en sus malestares. No, simplemente balbuceaba oraciones instintivamente y pensaba en los bueyes y en los diez hombres que lo esperaban para empezar a trabajar. Guió el caballo hasta encontrar un sitio donde las márgenes fueran

7

menos empinadas. Le quitó el poncho, desmontó, subió por la orilla y jaló el caballo hacia arriba. El caballo brincó, y luego de caerse tres veces, al fin pudo subir.

Roberto miró hacia el sol que ya le llegaba a mitad del pecho. Se le había hecho tarde. Montó rápidamente y empezó a correr. Se dio cuenta que estaba del lado equivocado. Tenía que cruzar el puente una vez más. En el puente volteó al caballo y lo cegó con su poncho, dijo unas cuantas oraciones, volvió el caballo hacia el puente y los dos cruzaron rápidamente. Le quitó la venda de los ojos y lo hizo correr. En cuestión de segundos estuvo al lado de los bueyes. Había sólo dieciséis. Faltaban dos yuntas. Cada yunta tenía un buey joven no acostumbrado todavía al trabajo. Roberto cerró el puño y lo levantó al cielo: —¡Chiii-vooo!

Pero se dio cuenta de que eso no ayudaría, así que empezó a pensar y a dejar de rezar y maldecir, y decidió llevar los dieciséis bueyes a los trabajadores para que empezaran a trabajar, después regresaría a buscar las otras dos yuntas. Pues él los había atado cuerno con cuerno a cada uno de los bueyes jóvenes con otro de los más viejos, fuertes y mejor entrenados, así que no podía pasar nada grave. Arreó hacia delante los dieciséis, y al llegar al campo donde estaban trabajando, encontró que ya estaban allí las dos yuntas que faltaban, listas para trabajar.

Sonrió. No había hecho el ridículo. Había razonado bien y los bueyes viejos habían hecho bien su trabajo. Roberto era uno de los mejores boyeros de todo el valle. Los nueve hombres estaban sentados con sus grandes sombreros alrededor de una pequeña fogata. Uno de ellos, alto y de complexión blanca, se levantó, puso la mano horizontalmente hacia el sol naciente y le habló: —Te has retrasado un dedo de sol.

Otro hombre, viejo y chaparro, vio que Roberto estaba empapado y le dijo: —Ven. Más vale que te acerques al fuego y te seques.

El primero sonrió, miró de reojo a sus hombres, y preguntó: —¿Eh, qué pasó, muchacho?

—Nada, —contestó Roberto y siguió montado—. Nada.

El hombre que sonreía miró a Roberto, hizo una mueca y miró de reojo a los hombres: —¿Lo oyen?

—¿Eh?

—No pasó nada. —Y se rió ligeramente—. ¿Tu papá?

—¿Eh?

—¿No viene?

—¿O es que está enfermo con la cruda otra vez?

—No le tengo que dar ninguna explicación sobre lo que hace mi papá, —replicó Roberto—. Usted no nos paga el sueldo.

—¡Chihuahua! ¿No te enseñaron a respetar a tus mayores?

—¡Sí, me lo enseñaron! Pero también me enseñaron que no se gana dinero con hablar.

—¿Ah? ¿Dices que me calle? —El hombre se calentaba las manos sobre el fuego y tenía como treinta y cinco años. Era grande y fuerte, famoso por sus parrandas de los sábados por la noche—. ¿Eh? ¿Me estás diciendo que me calle y me ponga a trabajar?

—No, —dijo Roberto y se calló. Sabía que tenía que reflexionar. Era el capataz. Era el más listo. Era el responsable si algo no salía bien. No, no se enojaría como su padre—. Claro que no le ordeno nada. Nadie le dice nada. Usted decide, usted es su propio jefe. Todos lo sabemos. Pero . . . para que nos paguen tenemos que trabajar . . .

—¿Ah, sí? ¿Qué les parece eso? Eres muy conocedor, un muchachito sabelotodo. —El hombre estaba enojadísimo. Roberto miró de reojo el machete del hombre que estaba cerca del fuego y después al suyo que estaba en su silla, y se quedó callado pero alerta mientras el hombre decía—, Eres un mocoso irrespetuoso. ¡Ustedes los jóvenes de hoy creen que lo saben todo! —y fue por su machete.

Roberto no se movió, no trató de alcanzar el suyo y dijo pausadamente, —Tienes familia, bocas qué alimentar, acuérdate. Tampoco te he dado una razón para pelear. Somos trabajadores honestos, hay que tener cuidado de no provocarnos. Ya se viene el mal tiempo y estamos muy cansados. Sí, si quieres saberlo, me caí en el canal con mi caballo.

Todos se rieron, el hombre enojado no agarró su machete, y Roberto no dijo nada más.

El viejo chaparro se levantó. Era el más viejo del grupo; era gordo y muy fuerte y el mes anterior él había sido el capataz. De hecho, él había sido quien recomendó a Roberto para capataz. Estaba satisfecho. Había hecho una buena recomendación. Los hombres estaban cansados y nerviosos y siempre peleaban entre sí, y aún así Roberto había podido resolver la situación. El viejo se acercó el guaje y bebió.

—Vamos . . . se está haciendo tarde y el muchacho tiene razón. No nos provoquemos. Lo que pasa es que estamos cansados. Trabajamos duro, más duro que hace diez años, y cada año recogemos una cosecha más chica. Vamos a trabajar antes que el sol caliente más y nos quite la fuerza.

Al decir esto, el hombre chaparro y los otros hombres se acercaron a los bueyes llamando cada quien su yunta por su nombre. Sus palabras se oían como un canto. Las yuntas se levantaron del sitio donde descansaban y cada uno de los hombres guió a su yunta con el otate hacia donde habían dejado los grandes yugos de roble la noche anterior. Los bueyes se movían lenta y tranquilamente. Como siempre, desde antes de los antiguos egipcios, los bueyes se posicionaron automáticamente ante su propio yugo. Cada uno de los hombres les colocó el yugo y se los amarró a los cuernos con correas de cuero llamadas "callundas" o "aperos", según la costumbre de la aldea en la que vivían. Entonces les cantaron más canciones a sus yuntas, recogieron el arado y empezaron a guiar a los bueyes con el otate en una mano y el arado en la otra. De vez en cuando mantenían las dos manos en el arado y el otate bajo el sobaco. El sol llegó y el sudor empezó a escurrir de los hombres y las bestias.

Sentado en su caballo, Roberto vigilaba en caso de que algún buey se soltara. Ninguno lo hizo. Así que desmontó, desensilló y maneó a su caballo. Se acercó al fuego para secarse y sacó un taco de frijoles. Estaba empapado. Lo puso en las brasas, lo enrolló para uno y otro lado. Comió y bebió agua del guaje. Miró al sol y se dio cuenta que su padre no iba a venir. Miró al otro lado del campo plano donde su yunta estaba rumiando y descansando. Tenían diez o doce días para plantar garbanzo en ese campo: lo habían nombrado capataz prometiéndole un bono de granos si lo lograba . . . y lo lograría. Tenía que hacerlo. Su familia no tenía suficiente comida para el siguiente invierno. Y si podía ganar el bono, no de dinero, sino de comida, su padre no podría gastarlo en bebida y así no pasarían hambre.

Empezó a bajar las callundas de su padre de la silla. Araría, usaría el arado, la herramienta que su gente había heredado de los cielos. La Osa Mayor tenía la figura de un arado y pensaba que esa figura le había dado a sus antecesores la idea del arado. Claro, por gracia de Dios. Así que eso era bueno.

Cruzó el campo con el otate y las callundas de su padre. Como siempre, los bueyes esperaban rumiando su comida y eso estaba bien. Empezó a trabajar murmurando oraciones para que Dios le diera fuerza, protección y fortaleza ante el enorme sol caliente. No pasó mucho tiempo antes de que empezara a sudar, y eso también era normal.

*D*esde la repartición de tierras después de la Revolución de 1910 y de la nueva constitución de 1917, existen legalmente muy pocos latifundistas en la República de México.

Legalmente, los grandes latifundistas no son dueños de más tierra que los pequeños agricultores. El patrón de Roberto tenía algo más de tierra y empleó a algunos hombres de la aldea para que le ayudaran a trabajar la tierra. Pero sólo durante la segunda cosecha, la temporada del garbanzo; después de eso los agricultores recogían su propia cosecha, la más importante: el maíz, el sustento de la vida.

Y el patrón, don Carlos Villanueva, era viejo y usaba un bastón con cabeza de plata, y era un hombre bueno, así que no eran muchos los que lo odiaban, aunque tuviera algo de dinero.

CAPÍTULO TRES

El sol, la cobija de los pobres, calentaba ahora y don Carlos Villanueva llegó en un desvencijado Chevy. Llevaba bastón y caminó hacia el campo. Era alto, viejo, delgado, adusto y huesudo, y agitaba su bastón cuando hablaba. Se sabía bien que llevaba una larga espada dentro del bastón y ningún hombre se atrevía a nada con él. Debía tres muertes y con razón. El patrón se agachó y recogió un puñado de tierra. Se la restregó en la mano y la olió. La arrojó contra el suelo, se ladeó el sombrero tejano mientras miraba al otro lado del campo. Llamó a su chofer.

—¡Muchacho!

—¡Sí, señor!

—Ve a buscar a Roberto. Quiero verlo. Voy a estar allá bajo la sombra de ese mezquite.

El joven se alejó.

—No vayas caminando. ¡Corre! ¡Tenemos que ir a otros lugares!

El muchacho empezó a correr. Encontró a Roberto a dos campos de distancia. Le dio el recado y emprendió el regreso a paso lento. Roberto detuvo a sus bueyes, los puso a descansar, y al principio echó a correr. Era una distancia de media milla. Se detuvo a mitad del camino. Se agarró el costado donde le había caído encima el caballo y la silla en el canal. Miró hacia el enorme sol caliente y siguió corriendo a un buen trote. El viejo estaba sentado en un tronco bajo la sombra del mezquite.

—Sí, don Carlos, —se dirigió a su patrón respetuosamente—. ¿Para qué soy bueno?

El señor Villanueva no dijo nada y miró a Roberto sin decir nada por un rato tan largo que lo puso nervioso.

—Roberto, —dijo el viejo haciéndole una señal con su bastón para que se acercara—, acércate.

Roberto se acercó más.

—¿Por qué te detuviste a mitad del camino para agarrarte el costado? ¿Estás lastimado?

—¡Ay, no señor! ¡Estoy bien, puedo trabajar!

—Bueno, —dijo el patrón—, bueno. —Se levantó. Le sacaba media cabeza a Roberto. Tenía la piel mucho más blanca y ojos azules—. Ahora dime . . . ¿por qué estás trabajando con el arado? No quiero que mi capataz are. Dime . . . ¿has ido hoy por la semilla de garbanzo?

—No, lo iba a hacer cuando los hombres y los bueyes descansen.

—Ah, y tú . . . ¿no pensabas descansar del calor del día como me gusta que lo haga mi gente?

—No, don Carlos, lo siento si está mal . . . pero no pensaba hacer eso.

—Ya veo. —El viejo respiró y miró al muchacho y empezó a toser. Sacó un pañuelo blanco y tosió tanto que todo el delgado cuerpo brincaba con cada tosido.

—Agua. Por favor. Un vaso de agua.

Roberto corrió hacia el carro donde el joven chofer estaba sentado escuchando música de rock. Roberto le gritó, —¡Apaga esa música y trae un poco de agua!

—¿Qué dijiste? —dijo el chofer.

—¡Ya me oíste! —Roberto abrió la puerta del coche con un tirón.

El muchacho gritó: —Está bien, está bien. —Luego agarró una cantimplora con agua y se la llevó corriendo al patrón.

—¿Sí? —dijo Roberto después que el patrón había bebido y se le había aplacado la tos—. ¿Para qué soy bueno?

El viejo se sentó. Miró a Roberto por un largo rato. En verdad le caía bien ese muchacho. Era cortés, formal y honrado. —Escucha, —dijo—, lo que te voy a decir es para tu futuro. Cada año el aire es peor. Cada año que pasa tengo más dificultad en respirar. —Se quitó el sombrero, se limpió la frente y la banda de su sombrero y miró hacia las montañas lejanas—. Cuando era joven se podía ver por encima de la cordillera el alto pico de Tancítaro, pero hoy ya no se puede ver tan lejos. Excepto después de una fuerte lluvia. —Tosió—. No quiero que ares, Roberto. Tú responsabilidad va mucho más allá. Y ahora dime . . . ¿dónde está tu padre?

Roberto bajó la cabeza con humildad.

—Está enfermo.

—¿Enfermo, eh? ¿Enfermo de qué?

Roberto levantó la mirada.

—Patrón, por favor no me pregunte eso. No es bueno que un hijo hable mal de su padre.

—Ya veo, —dijo el viejo. Asintió con la cabeza y se puso el sombrero y le dio unas palmadas en el hombro—. Eres buen hijo para con tu padre. Buen hijo . . . eso me gusta. Yo tengo dos hijos, pero ellos están . . . Bueno, quiero hablar contigo. No quiero que te me enfermes tratando de hacer el trabajo de tu padre además del tuyo. Así que quiero hacerte una proposición, ¿Te interesa?

—Sí, don Carlos, por supuesto.

—Bueno. La oferta es: Te pagaré tu salario y el de tu padre, pero no con dinero. Te daré el salario de él en bastimentos junto con el bono que te prometí si . . . —Le dio un ataque de tos terrible—. Si sacas la cosecha a tiempo. ¿Entiendes? —Se levantó y empezó a agitar su bastón—. En las ciudades ya están muriendo miles. De verdad mueren todos los días . . . bueno, no dejes que te confunda con las ideas de un viejo. —Se calmó—. Ven aquí. Respira. Respira profundamente. —El viejo le puso la mano en el pecho—. ¿Ves como duele un poco?

El joven no sintió ningún dolor, pero no quiso contradecir a su patrón, así que asintió con la cabeza.

—Bueno. En las mañanas . . . aún antes de salir el sol . . . ¡trabaja duro! ¡Realmente duro! Y descansa al mediodía. Entonces, cerca del oscurecer, trabaja de nuevo otro poco, y créeme que te sentirás mejor y verás que has logrado más. Ahora vete. Ve por la semilla de garbanzo. Pero nunca vuelvas a hacer el trabajo de tu padre. Cuando se trabaja para mí, se descansa al mediodía. —Recogió un puñado de tierra—. Quizá no ha llegado todavía a la tierra. El aire está contaminado. Los pájaros se están muriendo y muchos otros ya no vienen. Ay, Dios . . . por favor, la tierra no. Tal vez podamos todavía tener una buena cosecha. —Se quedó callado. Recordando—. Como los diez años después de la tormenta de ceniza negra. Y yo, Carlos Villanueva, fui el primero en darme cuenta que sería beneficiosa para la tierra. —Se volteó hablándose a sí mismo—. Tal vez puedo pensar en algo otra vez. ¡Ay, Dios, ayúdanos! —El viejo se dirigió a su coche—. Ve con Dios, Roberto, y recuerda mis palabras sobre el descanso y la respiración . . . y no se te olvide nuestro trato. Pienso que es mejor que no se lo digas a nadie. ¿Entiendes? Ni a tu padre.

—Sí, cómo no, —le contestó Roberto mientras lo veía alejarse en su viejo Chevy. Roberto quería saber, pero no entendía eso de respirar, de dolor, de la muerte de pájaros y gente, así que decidió, como su patrón había dicho, no confundirse con lo que no necesitaba saber y se volteó corriendo hacia lo que sí debía saber: se les tenía que quitar el yugo a los bueyes para ensillar e ir al pueblo en busca de la semilla. La semilla que se necesitaba y que, él lo sabía bien, era comida y representaba un bono. Y no se lo diría a su padre. Guardaría el secreto entre su patrón y él para que hubiera comida en la casa durante todo el invierno.

Corrió agarrándose el costado que le dolía.

*L*os norteños son hombres que regresan de los Estados Unidos con mucho dinero. Siempre regresan con un sombrero tejano nuevo, dos pares nuevos de vaqueros y una hermosa chaqueta de gamuza de algún pueblo mexicano fronterizo. Pero lo más importante es que traen con ellos una .45 automática con dos cargadores y se llaman a sí mismos "norteños".

Contratan a los músicos del pueblo y se paran a la puerta de la cantina sintiéndose gigantes con sus sombreros, pantalones, pistolas y fundas. De vez en cuando compran tragos para sus viejos amigos que no tienen el valor, los tanates, de ir al norte y penetrar la pared de alambres eléctricos para entrar a la tierra de la abundancia, los Estados Unidos de América, una tierra tan rica que la basura que tiran en un día podría alimentar a pueblos enteros. Así que los norteños hablan y ríen y ríen y derrochan más dinero.

CAPÍTULO CUATRO

Montó el caballo de su padre y cabalgó los cuatro kilómetros para llegar al pueblo. Pasó por la plaza con sus altos y frondosos tabachines y oyó música y risa de hombres. Pasó por la cantina y vio que los norteños todavía estaban allí y movió la cabeza de lado a lado incrédulo. Hacía un mes que habían regresado y todavía estaban festejando. Esto era inaudito. Al grupo de cinco que había llegado hacía unos meses se le había acabado el dinero en una semana. Uno de ellos había regresado a trabajar para su antiguo patrón arando con los bueyes y había dejado el trabajo a los dos días diciendo que eran unos estúpidos por trabajar por tan poco dinero. Que un buen trabajador pizcando fruta en California podía ganar en una semana lo que no se podía ganar en todo un año de trabajar aquí. Una semana más tarde, lo mataron en una cantina por haber llamado estúpido a un hombre pocas pulgas. Roberto se bajó del caballo en frente de la puerta abierta de la cantina. Había tres norteños, cuatro músicos y varios hombres. Uno de ellos era su padre.

Las quijadas de Roberto se endurecieron.

Rápidamente se llevó el caballo tuerto calle arriba hacia la tienda de abastos. No quería que lo viera su padre. Recogió la semilla de garbanzo, puso el costal sobre el caballo y lo amarró. Entonces se llevó al capón de la rienda para darle la vuelta a la plaza y no pasar por la cantina. Pero no logró evitar a su padre. Allí estaban, en medio de la plaza, a la sombra de los altos árboles verdes. Escuchaban música, comían y bebían y les dedicaban canciones a diferentes mujeres del pueblo. Vio a su padre. Se avergonzó de él. Trató de pasar sin llamar la atención.

Pero entonces escuchó a uno de los norteños, el llamado Juan Aguilar.

—Oye, Tomás, ¿no es ése tu hijo Roberto?

—¡Pues sí! —dijo su padre—. Y trae a mi caballo tuerto. En su tiempo era el caballo más rápido de los alrededores, pero ahora ya está viejo como yo. Viejo y cansado.

—Llámalo, escuché que el viejo don Flaco Pierna Inútil lo ha hecho capataz. —Su padre lo llamó—. ¡Oye, muchacho! —dijo el norteño.

¡MACHO!

Ese norteño era un hombre mayor, andaba en sus treinta y cinco o treinta y ocho años, igual que el padre de Roberto.

—Una vez, hace ya varios años, mucho antes que tú nacieras, el viejo Villanueva me hizo capataz también. Ven, vamos a comernos un taco y echarnos una cerveza. ¡De capataz a capataz! —le dijo el norteño.

—No, gracias, —dijo Roberto viendo al chivito asado que tenían en el asador público para las fiestas del pueblo. El estómago le gruñía de hambre—. Acabo de comer. Estoy lleno y tengo que regresar al campo con la semilla.

—¿Cómo? —dijo Juan Aguilar quien tenía una mala reputación. Cuando hablaba los hombres temblaban. Debía muchas muertes. Y no todas eran justas—. Estás demasiado ocupado, ¿eh? ¡Eres muy importante! Muy grande para comerte un taco y beberte una cerveza conmigo, ¿eh?

Roberto lo miró con curiosidad, pero no dijo nada. No podía imaginar por qué ese hombre se enojaba tanto tan fácilmente. —Ay, no señor, —dijo—. No es eso. Es que estoy atrasado en mi trabajo. No quise ofenderlo. ¿Cómo podría? Soy un muchacho humilde. —Se detuvo y no dijo nada más.

Juan Aguilar lo miró tratando de adivinar si el muchacho hablaba en serio o no. Pero antes de que ninguno de los dos pudiera decir algo más, fueron interrumpidos.

—¡Déjate de eso! —gritó el padre de Roberto—. ¡Y vente a comer! No seas insolente con mi amigo, o te doy una paliza.

El padre de Roberto levantó su cerveza para beber. Roberto lo vio y sus facciones se endurecieron al pensar que su padre comía y bebía y no llevaba nada para su familia.

Juan Aguilar miraba de padre a hijo. —Ven, —dijo cambiando el tono de su voz y hablando amablemente—. Y, por favor . . . no me vengas con formalidades de cortesía diciendo que estás muy lleno para comer. Cómete un par de tacos y tómate un cerveza conmigo y entonces . . . te vas. Te regresas a trabajar.

Su padre eructó. —¡Sí, haz lo que te dice! demuestra tus buenos modales.

—Sí, padre, —dijo Roberto con una voz gruesa. Amarró al capón grande. Comió. Bebió. Se rió de sus bromas. Comió algo más. Y el norteño grande que lo había invitado a comer de capataz a capataz, se acercó con una cerveza en la mano y le dijo—, ¿Qué tal te va con don Flaco Pierna Inútil?

—Bien, me paga.

—¿Sí? ¿Cuánto te paga?

—Lo suficiente. De hecho hoy me ofreció . . . —Dejó de hablar mirando a su padre de reojo. No quería que su padre se enterara del trato secreto que había hecho con el patrón. Ya de por sí el padre recogía el salario de ambos cada semana. La aldea mantenía las viejas costumbres, y los muchachos, al igual que las mujeres, no podían manejar el dinero. Sólo los hombres podían administrar el dinero. Al hacer un pacto secreto, él y su patrón habían sido muy atrevidos. Estaban desafiando la tradición.

—Ah, ya veo, —dijo el viejo norteño adivinando la situación del muchacho—. ¡Bueno! —Le dio una palmada en el hombro a Roberto y cambió de tema—. Dime . . . ¿qué tan fuerte eres? ¿Eh? ¿Puedes poner ese costal de semilla encima del caballo sin problema? ¿Lo puedes hacer todo el día?

—Los he levantado.

—¡Bueno! ¿Y te molestan el sol, el calor?

—No, nunca me han molestado.

—¿Y en la temporada de lluvias y frío? ¿Te enfermas?

—Nunca he estado enfermo.

—¡Fantástico! Así era yo. Ven a verme hoy después del trabajo. Quiero verte. —Sonrió y se levantó.

Roberto pensó que ya había cumplido, así que se levantó y dijo que tenía que regresar a trabajar y le dio las gracias.

—De nada, —dijo el norteño—. De nada. Con el dinero que ganamos en el norte, esto no es nada. Ten, llévale este pedazo de chivo a tu madre.

—Ay, no gracias, —dijo Roberto—. Tenemos lo suficiente en casa.

—¡Muchacho, no seas tan cortés conmigo! Te conozco. Eres un buen muchacho, de la vieja escuela. Eso me gusta. Así que no juguemos más. Déjame ayudarte, por favor. Es un honor para mí, de capataz a capataz. Ahora llévate la carne a casa y vete a trabajar.

—Gracias, señor.

—No me des las gracias. Ven esta noche. Tengo un negocio que tratar contigo. —Y el hombre empezó a toser mucho, como el patrón de Roberto. Roberto se preguntó por qué tosían tanto, pero no dijo nada. El hombre dejó de toser—, ¡Te veo esta noche!

—Sí, señor. Claro. Después del trabajo, esta noche.

Al darse la vuelta para irse, Roberto notó que su padre se había acostado en el pasto y se había quedado dormido con la boca abierta. Empezaba a roncar en un estupor alcohólico. Roberto lo miró por un momento, luego salió rápidamente llevándose la carne en dirección al campo.

Dos de los hombres no estaban trabajando. Esperaban la semilla. Se las dio y se mordió la lengua enojado consigo mismo, pero no les dio ninguna explicación. Hizo sus otros encargos rápidamente, puso el yugo a la yunta de su padre, y trabajó arduamente. Y cuando se puso el sol y todos los demás se fueron a sus casas, recién entonces Roberto desató la yunta de su padre.

Volvió a ensillar el caballo para llevar la manada de veinte bueyes a la montaña. Los otros ya habían terminado, pero él todavía tenía mucho que hacer. Al llegar al puente le tapó los ojos al caballo y no tuvo ningún problema para llegar al valle, a la montaña y a sus estribaciones. Ya estaba completamente oscuro, salvo la luz de la media luna, y tenía que hallar un buen lugar para que comieran y bebieran los bueyes para que descansaran y no se desperdigaran. De esa manera podría hallarlos fácilmente en la mañana. Si no lo hacía bien, en la mañana sería muy difícil localizarlos y los hombres perderían el fresco de la mañana cuando se debía hacer la mayor parte del trabajo.

Cabalgó guiando la manada de enormes animales. En una ocasión su caballo tuerto se tropezó. Acarició al caballo y le habló. El gran capón confiaba en él, así que le respondió y continuaron. Hallaron un buen lugar, se despidió de los bueyes, y se encaminó a casa. Bajar la ladera en la oscuridad era difícil, mucho más que subirla. Finalmente, sin siquiera darse cuenta, murmuró algunas oraciones y guió al caballo hasta llegar al valle. Volvió a montar. Enfrente de él estaban las luces del pueblo.

Cuando usted y su mujer, o un pariente cercano, si no está casado, bautizan el niño de otra pareja en la Santa Iglesia Católica, usted se vuelve no sólo el padrino del bebé, sino que usted, como hombre, se convierte en el mejor amigo del padre del bebé, su compadre. ¡Para toda la vida! Dos hombres unidos, dispuestos a defender el honor, uno del otro, como si fuera el propio. Y si su compadre es mayor que usted, él se convierte casi en su padre y en su hermano y en su mejor amigo, todo a la vez.

Unos meses antes, Roberto y su hermana de quince años habían bautizado al bebé de un hombre mayor en la Santa Iglesia Católica y pagaron la cuenta de la fiesta, como es costumbre. Roberto compró suficiente tequila para su compadre, y él y su compadre se emborracharon y hablaron del futuro del bebé y se hicieron íntimos amigos. ¡Para toda la vida! ¡Y se respetarían sin importar las consecuencias!

CAPÍTULO CINCO

Cuando Roberto llegó a casa ya era muy tarde, tenía hambre, estaba cansado y apenas si tuvo energía para desensillar y guardar al caballo antes de ir abajo del cobertizo para comer. Allí se encontró a su compadre y su madre le dijo, —Tu compadre te ha estado esperando para comer contigo.

—Ah, —dijo Roberto al ver que su compadre había traído a sus dos hijos mayores y no al bebé a quien había bautizado hacía apenas unos meses—. ¿Has estado esperando mucho, compadre?

—No mucho, —dijo el compadre—. He estado esperándote sólo desde que se metió el sol. No es mucho tiempo. No hay cuidado.

—Qué bueno que no te importe, —dijo Roberto mientras se lavaba las manos y se sentaba en la larga banca de tronco cerca del fuego.

—No, claro que no. ¡Somos compadres!

—Sí, lo somos. Dime . . . ¿cómo la estás pasando estos días? ¿Qué tal te va?

—Bueno, —dijo y alzó los hombros—. Ya sabes cómo están las cosas. Desde que entregamos nuestra propia cosecha no hay trabajo.

—¿Trabajo? Necesito otro hombre para arar con los bueyes.

—¿Bueyes? Ah, no gracias, compadre. No soy muy bueno para trabajar con ellos. Y el sol me enferma en esos campos sin árboles.

—Ah, bueno. Dime . . . ¿ya cenaron tú y tus hijos?

—Pues no, compadre. ¡Claro que no! Eso hubiera sido una falta de cortesía. Tu buena madre, amable y simpática, me invitó que comiera con ella y sus hijos, pero no acepté. Quería esperarte.

—Ah, —dijo Roberto—. Muy amable de tu parte. —Su madre traía ahora platos de birria de chivo, frijoles y un altero de tortillas.

Los puso sobre las dos viejas cajas que tenían el desdibujado nombre de "Cutty Sark Scotch" y un velero. Nadie sabía dónde había hallado esas cajas el papá de Roberto. Pero servían bien para comer sobre ellas y Roberto y su familia estaban orgullosos de tenerlas. Pensaban que las cajas habían servido para transportar pescado del mar que se suponía estaba muy lejos. Roberto asintió con la cabeza, le pidió a su compadre que empezara a comer

21

primero y se fijó cuánto se servía. Entonces se empezó a servir y dijo, —Mamá, ésta es mucha birria, ¿no comiste tú?

Ella se puso nerviosa y dijo, —¡Sí, claro!

—¡No, no comió birria! —dijo uno de los hermanos menores de Roberto—. A nosotros nos dio un poco y te guardó la mayor parte a ti.

Roberto se quedó paralizado viendo a su madre fijamente. Estaba muy nerviosa. Miró a su compadre y vio como éste seguía comiendo y dándoles de comer rápidamente a sus dos hijos fingiendo no haber oído nada. Roberto no dijo nada. Se levantó, le dio su comida a su hermanito y vio cómo éste, junto con sus otros tres hermanitos, se abalanzaban sobre ella como perritos hambrientos. —Compadre . . . querido compadre, —dijo limpiándose las manos.

—¿Sí?

—Ayer viniste a comer conmigo. ¿Verdad?

—Bueno . . . vine de visita, y de casualidad, ya lo sabes, me invitaste a tu buena mesa.

—De casualidad, ¿eh? De casualidad llegaste a la hora de la comida. Bueno, querido compadre. Esta noche coman. Me doy cuenta de que tú y tus hijos tienen hambre. Así que, buen provecho. Me da gusto y es un honor tenerte de invitado. Pero a menos que te aparezcas a trabajar mañana en la mañana y que empieces a invitarme a tu casa . . . —Al pronunciar estas dos últimas palabras la voz se le endureció, sus ojos empequeñecieron de rabia y las quijadas le temblaron—. Nunca regreses aquí de casualidad para que te invitemos a comer. —Dejó de hablar. Respiró y agregó—, Está claro, ¿verdad?

—Sí, está claro . . . y . . . ¡para un compadre tan joven! ¡No lo quiera Dios! Mañana oiré misa por ti. Y . . . Y . . . —Dejó de hablar, engulló toda la comida del plato y se levantó—. Vamos, hijos, terminen y vámonos. —Y el compadre de toda la vida, según la Santa Iglesia Católica, salió rápidamente—. ¡Nunca volveré a cruzar tu camino mientras viva!

—¡Está bien! —gritó Roberto—. ¡Está bien!

La mamá de Roberto empezó a regañarlo diciéndole que los rumores eran ciertos, que era verdad que no le tenía respeto a nada y que había vendido su alma al diablo y por eso le iba tan bien. Prefería mil veces, mil veces, ser pobre a que su primogénito fuera condenado al infierno por toda la eternidad. Se lo contaría su padre. Él sabría cómo tratar a un muchacho que les hablaba irrespetuosamente a sus mayores y . . . ¡por Dios, nada menos que a un compadre! La mamá empezó a rezar; Roberto no le hizo caso y miró comer a sus hermanitos. Después se dio vuelta y dijo que iba a la plaza a ver un asunto.

Su madre, vieja y rechoncha, aún no cumplía treinta y tres años, y le dijo, —¡Por favor . . . no vayas! ¡Por favor! ¡Ay, Dios mío! ¿Qué hemos hecho? —Después le pidió a su hija mayor que saliera tras de él—. ¡Por el amor de Dios!

La hija mayor salió y alcanzó a su hermano. —¿Roberto?

Oyó la voz de su hermana y se detuvo. —¿Sí? —Si hubiera sido cualquier otra persona no se habría detenido, pero Esperanza era diferente a la mayoría de las otras muchachas. Por medio de razonamientos había convencido a sus padres de que no tenía por qué seguir la tradición de que una hermana mayor debiera ser como una madre para sus hermanos menores, y en su lugar había ido a la escuela. Esto era inaudito, pues ninguna otra muchacha del pueblo lo había logrado. Roberto le preguntó, —¿Qué quieres?

—Nada. Sólo vine a decirte que hiciste bien. ¡Ese pinche gorrón! —Y levantó el puño al cielo—. ¡De haber sido hombre, le habría pegado!

Roberto sonrió. Su hermana, delgada y morena, tenía unos grandes ojos cafés y cuando decía palabras como "pinche", ponía tal cara de fuerza y superioridad moral que Roberto no la podía ver como mujer. Era tan diferente a las otras muchachas. Era inteligente y rápida, y le caía bien como persona, como amiga, como alguien con quien podía hablar. Casi como si fuera hombre.

—Gracias, —le dijo—. Gracias. Regresa a casa y cuida a mamá. Yo tengo unos asuntos.

—¿Con los norteños?

La miró y dijo, —¿Cómo lo supiste?

Se alzó de hombros, —¿Cómo nos enteramos de las cosas en este pueblo?

Miró a su hermana, morena y arrogante, y supo lo que ella quería decir. Leía libros y siempre se quejaba de su pequeño pueblo. Asintió. Parecía que lo único que hacían sus lecturas era disgustarla más. Pero él no dijo nada. Ya habían discutido esto antes sin llegar a ningún acuerdo. Era una soñadora. Las cosas lejanas siempre la confundían y se alejaba de los asuntos inmediatos. Asintió dándole palmaditas en la cabeza.

—Sí, voy a ver a los norteños. Pero no te preocupes . . . no me voy a ir al norte.

—¿Por qué no? Si yo fuera hombre . . . carajo, ¡ya me habría ido hace muchos años!

Se puso rígido. —Esperanza, te prohibo que hables así. Dios te hizo mujer. No tienes por qué estar cuestionando todo. ¡Ten respeto! ¿No es suficiente con que yo haya roto las costumbres esta noche?

Esperanza sonrió y abrió unos ojos grandes y cafés, llenos de alegría y travesura. —Si yo fuera hombre, —repitió—, ¡quebrantaría las costumbres todos los días!

Roberto empezó a hablar, a fastidiarse, pero se detuvo y se quedó allí, sin decir nada. Su hermana era tan diferente a las otras muchachas. No se podía razonar con ella. Los muchachos ni siquiera la cortejaban gracias a su famosa actitud crítica.

Sonrió, le tomó la mano y habló como si conociera sus pensamientos, —No te preocupes. Sólo a ti te hablo así. Después de todo, tú eres el único con el que puedo hablar. —Le aventó un beso y se dio vuelta corriendo elegantemente hacia abajo por la empedrada calle.

Él la observó hasta que llegó al jacal, después se dio vuelta y avanzó hacia la noche. Pobre mujer . . . no tenía remedio. Si seguía así, nunca podría conseguir marido. Carajo, ya tenía dieciséis y todavía estaba soltera.

Se dice que en México es casi imposible hacer un censo. La tasa de natalidad es tan alta y la tasa de mortalidad tan increíble, que sólo se puede conseguir una aproximación.

Y en el estado de Michoacán, con más indios en su población que cualquier otro estado, aún esta aproximación es imposible porque muchos hombres intentan ir a los Estados Unidos y muchos jamás regresan. ¡De hecho, de los pocos que vuelven, sólo uno en quince regresa con dinero para tirar! Los otros que regresan, regresan con poco o nada, perdidos y hambrientos, y les cuentan a todos que, Dios mío, es tan difícil, casi imposible, lograr algo con esos pinches gringos.

Y el único de los quince que regresa con dinero para tirar está de acuerdo, y se considera muy afortunado y muy macho. Y estos machos, que conocen la burocracia legal e ilegal, regresan al norte año tras año hasta que pierden la juventud, y entonces se asocian con un joven fuerte de buen corazón a quien puedan controlar y se aprovechan de él. Se lo llevan y le enseñan cómo son las cosas, y por esto, si son hombres buenos, le piden al joven una cuarta parte de sus ganancias. Pero si son hombres malos los matan o los abandonan y regresan con el dinero de ambos y le cuentan al pueblo que los americanos lo agarraron, que los cochinos gringos lo mataron por ser ilegal. La gente del pueblo les cree y el censo sigue incierto.

CAPÍTULO SEIS

Roberto García entró a la cantina y miró a su alrededor hasta que encontró los sombreros tejanos de los norteños. Caminó hacia ellos mirando sus sombreros caros, sus hermosas chamarras de gamuza, sus pantalones y botas de vaquero, y finalmente vio sus pistolas con sus fundas y se sintió muy pequeño, muy débil. Él llevaba ropa hecha en casa de gruesos costales de algodón y huaraches de piel mala. Se detuvo.

Nunca antes había visto a uno de esos norteños. Uno llevaba una brillante camisa roja de rayas delgadas y jugaba con una cajita cuando Tomás cruzó el salón con gran apuro. Iba apurado hacia los norteños y llevaba una charola de vasos y una botella de tequila. Chocó contra el hombro de alguien y le vació parte de su trago al norteño de la camisa elegante y luminosa. El norteño se volvió ferozmente.

—Tonto, pendejo. Si me ensuciaste la camisa, te mato.

El padre de Roberto, alto y delgado en comparación con la mayoría de los hombres de la cantina, sintió miedo y empezó a disculparse y a tratar de limpiar la camisa del hombre con la manga de su propia camisa hecha en casa.

—¡No, tonto! ¡Tú camisa está sucia! ¡Lárgate!

—Pero, pero . . . mi trago.

Roberto no se movió, respiró hasta que se le hinchó el pecho. Y entonces, todavía manteniendo la respiración, escuchó a su padre disculpándose. Tuvo ganas de gritar, de ponerse furioso, de sacar su machete y partir al norteño de la garganta a los testículos de un sólo golpe rápido. Pero no se movió. Exhaló y la vista se le nubló. ¿Cómo pudo su padre haberse deteriorado hasta llegar a esto? Antes su padre había tenido fama de buen trabajador y de buen proveedor, pero desde hacía dos o tres años empezó a hacer las cosas con retraso. Siempre estaba cansado. Como si ya estuviera exhausto desde que se levantaba. ¿Por qué? ¿Qué había sucedido? El Don, su jefe, dijo que era común, que tenía que ver con algo que bajaba al valle con el viento y que envejecía a los hombres y los hacía sentirse cansados antes de su tiempo.

Roberto se detuvo. Miró hacia su padre y vio que el norteño elegante y moreno todavía lo estaba maltratando. Roberto asintió sintiéndose lejos, solo y comprometido. Sí, definitivamente tendría que vengarse de ese norteño. Después de todo, ése era el código.

Roberto sintió una calma, suspiró, cansado pero bien, y caminó al otro lado del salón sin tomar en cuenta su ropa, su debilidad, toda su personalidad inmediata y llegó hasta la mesa de los hombres con pistola y se detuvo. Alto, soberbio y sintiéndose bien.

Juan Aguilar lo vio y le sonrió. —Ven y siéntate con nosotros. Tu padre iba a venir a sentarse con nosotros.

Roberto vio a su padre. Estaba borracho y parecía agotado.

—No, —dijo su padre—. Sólo denme mi trago y me regreso a mi juego de baraja.

—Está bien, —dijo Juan Aguilar y se volteó hacia el norteño elegante—. Pedro, dale al padre de Roberto un vaso grande de tequila.

—¿Qué? —dijo Pedro. Pedro era bajo y moreno de cachetes anchos y tenía toda la apariencia de indio, igual que Roberto, excepto por los ojos que eran pequeños. Vio a Roberto de arriba abajo—. ¿Que le dé qué a quién? —preguntó.

—Ya me oíste, —dijo Aguilar, sonrió y permaneció sentado como si nada hubiera pasado. Era alto, de ojos azules y muy bien parecido—. Haz lo que te digo, compadre. —Y le guiñó un ojo—. ¿Eh, amigo? dale al padre de Roberto una copa grande de tequila. Porque éste es mi muchacho. —Sonrió.

Pedro le sonrió también a Aguilar sin decir palabra y luego vio a Roberto. Un típico joven que llevaba machete como cualquier otro campesino. Pedro le dijo, —¿Qué quieres decir con "padre de éste"?

—Sí, —dijo Aguilar—, soy padre de éste.

—Ah, ¿sí? Bueno, escucha, —le dijo Pedro a Roberto—. Si eres tan especial, debes saber qué es esto, ¿lo sabes? —y levantó la pequeña caja que tenía en el regazo.

Roberto miró la caja. Era un radio de transistores. Pero nunca había visto uno, así que negó con la cabeza. El hombre de la camisa elegante se rió.

—Es un radio, —dijo—. ¡Un radio! Y si tuviera pilas nuevas podría darle vuelta a este botón y tocaría música. ¿Me oyes? ¡Música! ¡Mariachis! —Se rió—. Te apuesto que no me crees. Apuesto que eres tan estúpido como todos los demás de este pueblo y que ni siquiera entiendes lo que te digo. —Dejó de hablar, y vio a Roberto. Observó gran parte de su pasado indio en el muchacho y no le gustó. Porque ahora, después de diez años de ir al norte, ya no se consideraba indio, y no le gustaba que se lo recordaran. Le dolía. Así que ahora gritó—: ¡Contéstame! ¿Comprendes lo que te digo, o no?

—Sí, comprendo, —dijo Roberto.

—Ah, —dijo Pedro—, ¿De veras entiendes?

—Sí, —Roberto asintió.

—Bueno, entonces explícame.

—Es un radio, como el radio del carro de mi patrón. Pero no funciona porque no tiene energía.

Pedro abrió los ojos de par en par y todos los norteños soltaron carcajadas y empezaron a burlarse de Pedro. Y Pedro tuvo que aguantarse. Había estado tocando su radio de transistores toda la noche y hablando de sus pilas milagrosas a diferentes pueblerinos, y cuando no entendían, los llamaba estúpidos.

Pedro vio a Roberto con más cuidado, vio más allá de la cara indígena y el vestido de campesino, y supo por qué Aguilar había escogido a ese muchacho indígena. Roberto estaba bien alimentado, bien nutrido, y tenía hombros anchos, un cuello poderoso y una sólida seguridad en sí mismo, como los jóvenes de antes, como los indios del pueblo de Pedro antes de que llegara la carretera y trajera a los turistas. Ese muchacho no tenía miedo al pararse enfrente de cinco norteños, hombres de Estados Unidos. No agachaba la cabeza, no bajaba los hombros. Carajo, no se sentía pequeño, no rogaba, ni sentía gran admiración, y por eso Pedro tuvo ganas de sacarle de tajo ese antiguo orgullo indígena a Roberto. Pero no podía. Roberto era el muchacho de Aguilar y Aguilar era su compadre, su verdadero amigo norteño con el que había luchado durante diez años por el cruce de ida y vuelta de la frontera con Estados Unidos, y eso era lo que contaba.

Pedro volvió a tomar su trago. Aguilar le dio palmaditas en la espalda y sacó un puro. —La copa de tequila para su padre, —repitió y encendió un largo cerillo mexicano.

Pedro no dijo nada.

—Amigo, —dijo Aguilar—. Sé justo. Te has pasado la noche molestando a la gente y empujándoles el cuchillo por la panza, así que qué chingaos. Ya te tocaba a ti.

Pedro miró a su viejo amigo, bebió su trago y dijo, —No chingues, amigo.

Aguilar se rió. —Ah, bueno, un indio siempre es un irracional. —Y calmadamente tomó la botella del otro lado de la mesa y le sirvió una copa grande al padre de Roberto, sin siquiera voltear para ver la reacción de Pedro, su amigo de tantos años ante esos insultos. Qué chingaos. Él también traía su .45 y nadie se metía con él. Era alto, grande, mestizo, de barba cerrada que necesitaba rasurarse todos los días, y esos indios lampiños eran poca cosa para él. Originalmente era del otro lado de las montañas, del estado de Jalisco. Era hombre de mundo. Le dio la copa de tequila al padre de Roberto y sonrió generosamente. Roberto lo miraba y sentía afecto hacia Juan Aguilar. Se preguntó por qué su padre no pudo ser como él: tan calmado, tan fuerte,

¡MACHO!

tan respetado . . . Roberto respiró profundamente y se dijo a sí mismo que sí. Se iría al norte. Su hermana tenía razón. Éste era un pueblito.

Aguilar se dio cuenta de la situación y dijo, —Ven. Siéntate. Bebamos de capataz a capataz. ¡Cantinero! ¡Tráele una cerveza a mi joven amigo! —Los norteños bebían un trago de tequila y después se lo bajaban con otro de cerveza—. ¡Mejor tráete dos! ¡De la mejor que tengas! —Después se dirigió a Roberto—, ¿Tienes hambre?

—Bueno, —dijo Roberto mientras se sentaba—. En realidad, no. Comí en casa.

—Un taco no le hace daño a nadie. ¿O tal vez un menudito? ¿Eh, qué te parece?

Roberto sintió algo moverse en el estómago. El menudo le encantaba. Ya iba a decir que sí cuando vio a su padre. Se detuvo. Su padre estaba jugando baraja con otros hombres que llevaban ropa hecha en casa y él y esos hombres parecían tan . . . tan insignificantes.

Aguilar se dio cuenta y le dijo, —No te preocupes . . . tu padre ya no tiene más dinero qué perder. Ya no le puede pasar nada más. —Llamó al cantinero—, ¡Mesero! ¡Queremos algo de comer!

—Para mí no, —dijo Roberto—, no tengo hambre. —Tomó aliento. Iría directamente al asunto. El estar sentado con esos hombres de botas, pantalones vaqueros y pistolas lo ponía nervioso. Se limpió la garganta—, Bueno, ¿por qué es tan bueno conmigo?

Aguilar se volteó a mirarlo muy sorprendido. Roberto se dio cuenta pero siguió hablando, rápidamente.

—Usted dijo que esto era un negocio. Así que dígame, ¿para qué me llamó? —Tragó saliva y esperó. No era bueno que un joven fuera tan directo con un adulto. Estaba yendo contra la tradición. Miró alrededor de la mesa. Todos los norteños miraban y sonreían. Pedro se estaba riendo.

—¡Oye, Juan! Escogiste a un muchacho bocón.

Roberto se acobardó algo, pero se mantuvo en su posición, éste no era el momento apropiado para vengarse. Ignoró a Pedro y miró a Aguilar. Aguilar, el más grande de los norteños, no sonreía. Sacó un cerillo y volvió a encender su puro. Fumó, bebió y miró a Roberto seriamente.

—Había oído que eres atrevido, —dijo Aguilar—. Pero no sabía hasta qué punto. No juegas. A mí me gusta eso. Así son los americanos. Van directamente al clavo y —dio un golpe con el puño sobre la mesa— ¡y terminan! ¡Pronto! —Se acercó a Roberto—. Escucha, éste es mi trabajo. Te estoy invitando a que te unas a nuestro grupo. Somos cuatro norteños experimentados y yo quiero que seas mi ayudante personal y que vengas al norte con nosotros.

Roberto asintió, pero no dijo nada. No aparentaría estar muy interesado. No eran buenos modales y, por lo general, costaba dinero. Dijo, —Le agradezco la oferta, pero no puedo. No tengo dinero para el viaje y . . . soy el responsable de un cultivo y tengo que mantener a mi familia.

—Ah . . . ya veo. —dijo Aguilar echándose hacia atrás, subiéndose el sombrero tejano y abriéndose la hermosa chamarra de gamuza con flecos. Se puso los pulgares en el cinto del revólver. Traía unos vaqueros Levi's nuevos que todavía no se habían lavado y una camisa color caqui que parecía muy cara, como una camisa del ejército. Asintió, los otros tres norteños hacían bromas y reían y se bebían su tequila con cerveza. Roberto ignoró a los otros norteños y limpió la boca de la botella con la palma de la mano, como era costumbre, y bebió. Estaba nervioso, pero no quería mostrarlo.

—Dime, —dijo Juan Aguilar—. Si todas esas cosas se resolvieran, ¿te gustaría ir? ¿Eh? ¿Ir al norte para ganar buen dinero?

Roberto asintió, pero después negó con la cabeza. Empezó a explicar sus responsabilidades una vez más, pero el norteño grande lo interrumpió.

—Escucha, muchacho. No creo que entiendas. ¡Docenas! No, cientos de jóvenes darían el ojo derecho por ir conmigo, ¡porque yo conozco el camino! Hace quince años que voy al norte cuando me da la gana. Y lo que sé, ¡vale oro!

—¿Señor? —dijo Roberto lentamente tratando de adivinar qué decir. Tenía que tener cuidado. Era una situación delicada. Pedro y los otros norteños se reían de Aguilar, y Aguilar se estaba enojando—. No tengo ninguna duda de sus conocimientos ni de su valor. Usted regresa frecuentemente con dinero. Esto en sí atestigua su valor. Y también estoy de acuerdo con usted acerca de que muchos jóvenes darían cualquier cosa por irse con usted. Por supuesto que sí. —Y siguió hablando diplomáticamente y se sorprendió de su propio razonamiento. ¿De dónde le había venido? No lo sabía. Todo lo que sabía era que había mucha hambre en su pueblo y que a pesar de eso él podía alimentar a su familia diariamente, y tenía que seguir haciendo todo lo posible por poner comida en la mesa— . . . . Pero a estos muchachos que tanto quieren ir, —dijo llevando la discusión a su clímax—, por lo general no les va muy bien aquí. Y a mí, a mí me va bien. ¿Así que por qué debo ir? —Pedro y los otros dos norteños rompieron a reír, y Aguilar se mantuvo quieto. Estaba enfurecido. En los tres últimos años de reclutar jóvenes, nadie le había hecho ninguna pregunta. Bebió y tomó aliento y después empezó a toser. Roberto se quedó muy callado mientras lo observaba. Aguilar sacó un pañuelo blanco. Tosió unas cuantas veces más y después dejó de toser y miró a Roberto por un largo, largo tiempo. Entonces dijo—, Ven. No eres tonto ni codicioso. Eres de mente muy fuerte. Tú y yo debemos hablar derecho. ¿Okay?

—Okay.

Salieron solos. La noche era fría. Respiraron oliendo el verdor de los árboles, las plantas, los campos y Roberto pensó: "¿Cuántos muchachos

habrán ido con este hombre? ¿Y cuántos no habrán regresado nunca?"
Roberto no sabía la respuesta a esta pregunta, pero el habérsela formulado lo
previno y lo puso en alerta.

—Como ves, —empezó Juan Aguilar— ir al norte no es difícil para mí,
conozco bien el camino . . . pero ahora tengo esta tos y no puedo trabajar
tanto como antes, y necesito un joven con el cual hacer un trato. Un joven
fuerte, inteligente, que le vaya bien aquí, donde es casi imposible. Carajo,
allá un joven así ganaría miles de dólares americanos. No pesos, sino dólares,
los dioses de este mundo. ¿Entiendes?

Roberto asintió, pero después se alzó de hombros. No le demostraría
ninguna necesidad. Ninguna. De ninguna manera.

—Escucha, éste es el trato . . . ¡pero no se lo digas a nadie! ¿entiendes?
—Y le gritó las últimas palabras a la cara, pero Roberto no se amedrentó.
Sencillamente lo miró con curiosidad. El hombre miró hacia otro lado y bajó
la voz una vez más. Había escogido un buen muchacho. Éste seguía de pie,
bien plantado. Continuó y Roberto escuchó—. Como ves, necesito un joven
bueno como tú, no como los holgazanes que se consiguen por docenas, sino
alguien como tú. Un capataz, alguien que pueda producir. Y con mis
conocimientos pondré a ese muchacho donde haya trabajo, y allí los dos tra-
bajaremos. Yo sólo tomaré una cuarta parte de su paga. —Roberto empezó a
hablar—. No, déjame terminar. Una cuarta parte es muy justo. Porque, por lo
general, cuando un joven que no conoce el camino va allá, tarde o temprano,
lo roban los coyotes, los abogados mentirosos que les prometen documentos
legales, los pochos cochinos que cobran por pasarte la frontera, los innumerables ladrones que viven de la inocencia e ignorancia de los braceros.

—Pero conmigo . . . nada de esto va a pasar. Y en un año de pizcar fruta,
cargar camiones y esconderse en ranchos de pollos, ese muchacho que sabe
producir y hace trato conmigo, regresará a casa con entre mil y dos mil
dólares. ¡Créemelo! Porque yo sé el camino para llegar y ganar dinero, y
gastaremos muy poco de nuestras ganancias. Muy poco. Carajo, con lo que
gane en mis juegos de póquer tendremos para los gastos de viaje y para vivir
todo el año. —A Roberto se le agrandaron los ojos. Aguilar se rió—. Esas
historias de miles de dólares te confunden. ¡Carajo, te apuesto a que no sabes
cuánto son mil dólares aquí en México!

—No, no sé.

—¡Son ciento veinte mil pesos! ¡O quizá son sólo doce mil pesos!
Bueno, —se rió el norteño molestando más al muchacho—, eso no importa,
¿eh? De cualquier manera esa cantidad está tan lejos de tu comprensión que
no lo puedes creer y te quedarás aquí a pudrirte como todos los demás.

—¿Y tu cuarta parte, eh? ¿Sale de esos doce mil pesos? ¿O quisiste decir
que yo recibiré los doce mil pesos después que te dé tu cuarta parte?

Aguilar se echó hacia atrás con los pulgares en el cinturón y sonrió. Lo había convencido. Lo había convencido bien. Así que dijo, —¡Eso está claro! Tú le traerás ese dinero a tu mamacita y no tendrás que darle a tu padre, como lo haces ahora, porque regresarás todo un macho y nadie será tu padre.

Estas palabras, "nadie será tu padre", desconcertaron a Roberto más que el dinero, y se puso de pie sintiéndose raro. Recordó las palabras de su hermana, *¡Si fuera hombre, quebrantaría las costumbres todos los días!*, y pensó ". . . qué sacrilegio, qué manera tan horrible de pensar. Pero tal vez . . . tal vez" y dejó de pensar pues Juan Aguilar seguía hablando.

—Mil dólares americanos son ciento veinte mil pesos, o doce mil pesos mexicanos, pero de cualquier manera es tanto que podrás comprarle una casa a tu mamá. Una casa blanca con tejas, y una vaca lechera y unas cuantas cabezas de ganado para sacar carne y para vender. Créemelo . . . mira mi casa. Tengo una buena casa para mi madre y me irá tan bien en este viaje, si hago trato con un buen muchacho, que regresaré listo para casarme y jubilarme. Y el muchacho al que le enseñe lo que sé podrá regresar año tras año. ¿Qué te parece? ¡Buen dinero! Más allá de tus expectativas más altas.

Roberto asintió una y otra vez. —Dime . . . dices que mil dólares es tantos pesos. Pero si pudiera comer carne todos los días, ¿no podría trabajar lo mismo que cinco hombres y regresar con dos o tres mil . . .? ¡Ay Dios mío! Me duele la cabeza de pensar. ¿Cuándo nos vamos?

—Entonces, ¿tenemos trato?

Roberto asintió, —Sí.

—¡Chócala!

Chocaron la mano para sellar el trato.

—¡Trato hecho! —dijo el hombre grande del sombrero tejano, los vaqueros, la .45 y la chaqueta de gamuza—. ¡Trato hecho! ¡Como los machos! —Le apretó la mano a Roberto y dijo—, ¡Apriétame también! ¡Olvídate de esos apretones aguados de mano que dan los indios! ¡Vas a ser bracero! ¡Y cuando regreses, serás un norteño! ¡Como yo! ¡Con dinero para aventar pa' arriba! ¡Aprieta!

Roberto apretó y el hombre grande se rió, y Roberto apretó como no lo había hecho en toda su vida, y el hombre grande que le sacaba media cabeza al muchacho notó la fuerza del joven y lo jaló hacia delante haciéndole perder el equilibrio para que no apretara más. Entonces, cuando tuvo la ventaja, se rió.

—Ven, —le dijo a Roberto dándole una palmada en la espalda—. Vamos a tomarnos una cerveza y hablar de los detalles. Vas a necesitar algo de dinero. Vas a necesitar una carta del alcalde del pueblo. Una carta del sacerdote. ¿Puedes leer y escribir?

—Fui dos años a la escuela. Sé lo suficiente.

—Bien. Bien. Y de una vez consigue una carta de tu trabajo como capataz de don Flaco. Sí, el viejo Don es un cabrón, como todos los dueños, pero no es tan malo. Hace algunos años me dio una carta y me prestó mi primer dinero para ir al norte y pasar la cerca eléctrica. Doscientos cincuenta pesos. Quizá él te preste algún dinero. Si no lo hace, yo te lo presto. Carajo, doscientos cincuenta pesos son sólo veinte dólares en dinero gringo. Medio día de trabajo con paga y media durante la cosecha en California. ¿Cuándo puedes salir?

—Necesito cuatro o cinco días para terminar con mis obligaciones.

—Cinco días . . . es mucho, pero por ti, esperaré. Eres un buen hombre. ¡Así que ahora vamos a beber! ¡De capataz a capataz! ¡Al futuro!

Y así todo quedó arreglado. Roberto dejaría su pueblito por primera vez en su vida. Subiría montañas hacia el norte, atravesaría cercas eléctricas en dirección a la tierra de la abundancia, los Estados Unidos, donde muchos van, pero muy pocos regresan.

*M*éxico es muy montañoso. Tiene más montañas cubiertas de nieve que ningún otro país cerca del ecuador. Muchas de estas cumbres de nieves eternas alcanzan una altura de 17,000 pies. Y por ser tan altas y estar tan cerca del ecuador, frecuentemente tienen vegetación tropical y montañosa en la misma área. Es una tierra fantásticamente versátil. De hecho, la leyenda cuenta que cuando Hernán Cortés, el conquistador de México, regresó a España y le pidieron que describiera el país que acababa de conquistar. Como le faltaron las palabras, terminó por recoger una hoja de papel y hacerla bola. Después de aplanarla un poco dijo: —¡Éste es México!*

Ésa puede ser sólo una leyenda, pero la idea es cierta. Y a través de la historia ha sucedido una y otra vez que en dicha tierra la gente de un pueblo se aísla de la demás población. Especialmente si hay poca educación. Así que en México es muy común que la gente viva aislada, sin conocer a nadie al otro lado de las montañas, pero todos conocen a todos dentro de su propio pueblo hasta que se vuelven una gran familia y crean su propio código de leyes tan fuerte que nunca salen a pedir ayuda a la ley. De hecho, los asesinatos nunca se reportan. Los castigan según su propia ley. Por eso, casi al final del siglo veinte, México es todavía la primera nación en muertes violentas. Claro que esto no incluye a las naciones que creen que están en guerra.

CAPÍTULO SIETE

A la mañana siguiente, como siempre, Roberto despertó antes de la primera luz del día y miró hacia afuera por la grieta de la pared entre las dos varas amarradas, distinguió el arado y supo que era hora de levantarse, pero no se levantó. Se quedó en la cama pensando. Su vida entera estaba a punto de cambiar. En unos cuantos días saldría hacia el norte, los Estados Unidos, y al mismo tiempo le parecía una imposibilidad. Increíble de verdad. Su madre lo llamó. Él le contestó y se levantó de un brinco. Luego recogió el sombrero, los huaraches y el poncho y salió a la cocina. Miró a su madre. Ella se ocupaba del fuego. La saludó con la cabeza y salió a alistar el caballo, pero se detuvo. Su padre ya estaba allí ensillando al caballo. Roberto lo miró sin decir nada, entonces se dirigió hacia donde estaban los chivos y orinó como todas las mañanas, luego regresó y dijo, —Buenos días. ¿Vas a ir conmigo?

—No seas insolente. Ya me enteré de lo ocurrido.

—¿Qué?

—¡Dije que ya me enteré de lo ocurrido!

—Papá, ¿a qué te refieres?

—¡Chingao! ¿Quieres una paliza? —Y se le acercó a Roberto y lo cacheteó. Roberto no respondió, vacilaba entre la ira y la confusión y entonces agachó la cabeza en señal de respeto. Ésa era la costumbre. Eso era lo que debía hacer un hijo—. Me has convertido en el hazmerreír del pueblo. ¡Y lo hiciste a propósito! Lo sé. —Su padre dejó de hablar y se llevó al gran capón al frente de la casa. Roberto lo siguió—. Así que don Flaco te va a dar mi salario aunque yo no trabaje, ¿verdad? ¿Lo vas a negar? ¡No digas nada! ¡Porque es la verdad! El chofer los oyó y ya se lo dijo a todos y ahora todos se burlan de mí. —Le dio otra cacheteada a Roberto—. Te debería dar una golpiza. Pero no tengo el tiempo ni la paciencia. ¡Ven! Vamos a comer y vamos a ver eso de que te va a dar mi salario en bastimentos. ¡Muchacho pendejo! Los bastimentos no le cuestan nada. Y tú pensaste que te estaba haciendo un favor no pagándote mi salario con dinero. ¡Qué pendejo eres! —Se sentaron y la madre de Roberto les trajo platos con frijoles y tortillas. Esa

35

mañana, Roberto comió lo que le gustaba a su padre. No le dieron su jarro de canela y sus galletas—. ¡Carajo, cuando tenía tu edad hacía el trabajo de cinco hombres! Trabajaba duro y cuando llegaba a casa, trabajaba más. Mira esta casa, yo la hice con mis propias manos. Mira los corrales . . . —Su padre siguió y siguió, y cuando se dio cuenta, ya iban camino al trabajo. Su padre montado en el caballo, y él, a pie y trotando a la par.

Y así pasaron por el pueblo, salieron del valle, y llegaron a las laderas de las colinas. Al llegar a las montañas, su padre desmontó. —¿Dónde dejaste los bueyes pastando anoche? —Roberto le dijo—. Bueno, sube corriendo y tráetelos. No es bueno subir con el caballo en la oscuridad. Sería fácil que se lastimara, ¿verdad? —Roberto asintió—. ¡No te atrevas a contestarme con la cabeza como un indio tonto! ¡Contéstame con palabras! No eres un indio.

—Sí, Papá. Tienes razón. Por supuesto.

—Entonces apúrate.

Roberto salió a pie y en media hora estaba de regreso con los bueyes. Todos los veinte. Y padre e hijo, uno a caballo y el otro a pie, se los llevaron colina abajo hacia el valle. Y llegaron al puente del canal, Roberto le dijo a su padre que le pusiera una venda en los ojos al caballo, pero el padre le dijo que se callara y empezó a cruzar con los bueyes. El caballo salió disparado hacia donde no podía ver y se cayó del puente al agua. Su padre gritó. Roberto corrió hacia la orilla. Vio al caballo tratando de nadar en el agua, pero no vio a su padre. Esperó un poco más y vio burbujas. Se tiró al canal y en unos minutos había sacado a su padre a la orilla. Allí lo dejó unos minutos para que descansara y regresó para guiar al caballo corriente abajo, como lo había hecho la mañana anterior. Después de unos dos kilómetros se dirigió a una orilla y subió. El gran capón subió, pero con dificultad. Roberto montó y corrió por el valle a la orilla del canal. Su padre ya no estaba. Miró por todas partes. Finalmente, después de muchos sobresaltos, pudo distinguir una figura humana en la temprana bruma de la mañana. La figura caminaba hacia el pueblo. Vio que era su padre y se sintió mal. Pues de verdad había puesto en vergüenza a su padre una vez más. Lo hizo parecer aún más tonto que el hombre de la cantina. Carraspeó.

—¡Papá! —gritó—, ¡Papá! —Empezó a correr tras de él, pero se detuvo. No podía ir con él. Tenía sus propias responsabilidades. Y eso era todo. Le cubrió la cara al gran capón tuerto, cruzó el puente rápidamente y alcanzó a los bueyes. El sol ya se podía ver en el horizonte y había mucho que hacer antes de que el sol calentara demasiado y les exprimiera las energías a los hombres y a las bestias.

Al llegar al jacal esa noche, la casa estaba en silencio. Puso el caballo en el establo, se lavó y se encontró con su hermana mayor. Le contó que su madre había oído que él había hecho un trato con un norteño para irse al norte y que estaba horrorizada. Estaba segura de que se iría y de que nunca regresaría como había sucedido con tantos que habían desaparecido. Le contestó a Esperanza que se dejara de tonterías y que le ayudara a su madre a comprender. Ella lo podría hacer. Leía libros. Entonces le preguntó dónde estaba su mamá.

—Está en la iglesia, —dijo Esperanza—. Encendiendo velas y regalando nuestros últimos centavos. ¿Dónde más podría estar?

—¿Y papá?

—En la cantina. Pidiendo tragos. ¿Dónde más?

Roberto se puso tenso. Asintió con la cabeza. Miró a su hermana. Allí estaba, mirándolo directamente a los ojos, sin ofrecer nada. Como hombre. Como macho. Con una arrogancia orgullosa.

—Dime, —le dijo Roberto después de un largo silencio—. Cuando gane dinero en el norte, ¿te lo puedo mandar a ti para que lo cuides y para que papá no se lo beba todo?

Ella asintió. —Claro, ¿por qué no iba a hacerlo? Soy mujer y por eso no tengo nada más que hacer.

Roberto explotó. —¡Esperanza, esto es importante! ¡No hagas más problemas! ¡Carajo, cómo te haces la importante! Eso es un pecado y no nos ayuda con el problema que tenemos.

—¿Qué quieres que haga, eh? ¡Que me persigne y que jure sí, sí, sí, sí en nombre de la Santa Iglesia! —Se volteó y se alejó caminando, fuerte, con la cabeza en alto—. Entra, ya te tengo la cena. Juanito, te esperó para comer contigo. Te quiere. Chiquillo tonto. —Empezó a caminar a la cocina y dijo— Sí, ¿por qué no? Yo guardaré el dinero. Haré una lista de cuánto necesitamos para cada cosa. —Y siguió hablando aparentando estar aburrida, pero en realidad estaba entusiasmada. Ahora sería la jefa. Sí, lo haría.

Roberto, cansado, hambriento y débil se sentó con su hermanito José. Tenía tres años. Esperanza les trajo platos de frijoles y tortillas y un pedazo de queso de chiva. Comió en silencio. Por Dios, que tenía hambre. Esto sólo serviría para quitarle los ruidos del estómago. Le dio el queso a su hermano, dijo que tenía algo que arreglar y salió. Pasó por la iglesia, se asomó y vio a su madre. Respiró. Entró y se hincó a su lado. Al verlo, a su mamá se le iluminaron los ojos, pero siguió con la cara triste y afligida como pensaba que debía ser durante la oración y rezó y rezó mientras él se persignaba, sin rezar. Después de que salieron ella habló, preguntó, rogó, pero al final él le dijo,

—No, Mamá . . . no te preocupes. Por favor, todo va a salir bien y el próximo año te compraré una casa. Una casa que tenga cocina con paredes y un tanque grande de agua y un cuarto grande lleno de grano. Créemelo.

Ella dijo que no quería esas cosas, que eran para los ricos y que él tendría que vender su alma una y otra vez para comprar todo eso. Roberto negó con la cabeza y miró a su madre durante un largo, largo, rato. Era noche de media luna y estaban parados al frente de la Santa Iglesia Católica. Él la besó en la frente y le dio las buenas noches. Tenía un asunto pendiente. Llegaría tarde a casa.

—Por favor, —le dijo—, no vayas a la cantina. Ya sabes cómo enloquecen esos norteños antes de regresar al norte. Por favor. Vente a la casa conmigo. ¡Te lo ruego!

—No, entiende. La bodega está vacía y necesitamos comida. Buenas noches.

Roberto se perdió en la oscuridad y los perros le ladraron mientras cruzaba por la plaza entre los árboles. Se detuvo, vio la tenue luz de la cantina, y escuchó el escándalo de los norteños. De vez en cuando decían algunas palabras en un idioma extraño. Se suponía que era inglés. Explicaron que tenían que practicar el inglés antes de irse al norte. Respiró y miró a su alrededor. Todavía no había partido, pero ya ese pueblo, esa aldea, esa villa se sentía diferente. La sentía pequeña. En verdad demasiado pequeña.

Atravesó la calle empedrada y entró en la cantina. Los norteños les estaban dedicando canciones a diferentes muchachas del pueblo. Pensó que eso no era bueno. En un pueblo tan chico tales cosas podrían acarrearles problemas con algún padre o hermano. Iba contra el código de honor. Pero no hizo caso, y entró a la cantina y lo recibieron bien y esa noche comieron mucha carne y bebieron cerveza y les aventaron los huesos a los perros y gatos que andaban por allí. Y cuando un gato no recogió el hueso que le aventaron, Pedro, el norteño, que estaba al lado de Juan Aguilar, sacó su 45 y mató al gato y todos se rieron y se rieron y después mataron dos o tres perros o gatos más y todo esto les parecía normal. Fue entonces que le enseñaron a Roberto sus primeras palabras en inglés.

—¡*H-hhh-ee-llllooooo!*

—No, no, —se rió Aguilar agarrándole la boca a Roberto—. Tienes que poner la lengua siempre afuera de la boca cuando digas el *hhhelllloo* gringo. —Roberto estaba alegre y medio tomado y trató de decir *hello* con toda la lengua afuera—. ¡Así! —dijo Aguilar—. Así es como se dice. Ahora repite todo. Recuerda todas las palabras. ¿Cómo le preguntas a un secretaria americana joven dónde está el baño?

—¡*Hhe-lllooo!* ¿*Where is theee shithouse?* —Roberto sonrió orgullosamente y todos los norteños se rieron y dijeron que lo había dicho muy bien. Podía pronunciar las palabras más importantes en todo el idioma inglés.

Roberto sonrió viendo de reojo a su alrededor y se sintió muy bien. Esa noche se fue a su casa cantando, despreocupado, feliz y orgulloso. Ya no sería un humilde campesino indio. Ya no daría la mano débilmente. ¡Sería norteño! Al acercarse a casa un perro guardián le ladró y él no lo calmó con palabras; no, recogió una piedra y se la arrojó. ¡Duro! Y se rió y se rió mientras el perro se perdía corriendo. ¡Chingao, ya no más apretones aguados de manos débiles como los campesinos indios! ¡Era hombre! ¡Un macho! ¡Un norteño! La siguiente noche, después del trabajo, hizo lo mismo. Se fue a la cantina con sus amigos norteños altos, con sus sombreros, pantalones, pistolas y chamarras, ¡y ningún hombre se atrevía con ellos! ¡Traían dinero hasta para echar para arriba! Chingao, hasta podían dedicarles canciones a las muchachas del pueblo y nadie podía decir nada.

En la cantina, se acercó a la mesa de su nuevo socio Juan Aguilar y fue bien recibido. Juan no estaba sentado con los norteños. Estaba con varios de los campesinos del pueblo. Les compraba tragos y se despedía de ellos. Eran viejos amigos. Amigos que no se atrevían a ir al norte. En uno o dos días, ellos, los machos, se irían. En la siguiente mesa había otros norteños que también bebían, se despedían y les dedicaban canciones a las muchachas. Roberto se sentó al lado de Aguilar. Estaba contentísimo. En unos días tomarían el autobús en la carretera a 15 kilómetros del pueblo para ir a Guadalajara, la segunda ciudad de México y de allí se transferirían a un autobús moderno. Un autobús que en los Estados Unidos le decían *Greyhound,* perro que corre, y viajarían en ese autobús hasta el norte. Pasarían por Tequila, Tepic, Nayarit, Mazatlán, Los Mochis hasta llegar a Guaymas, justo al sur de la gran ciudad de Guaymas, a Empalme. Irían al enorme edificio americano para ver si había trabajo y si se podía cruzar legalmente. Y si no se podía, ¡se irían "a la brava"! Entrarían ilegalmente a Estados Unidos sólo con el valor personal.

Juan Aguilar se rió y le empezó a contar a Roberto muchos relatos de cosas que él mismo había visto. Cuentos gringos de injusticia y deshonra para los mexicanos, para la raza, para la familia de la Santa Iglesia Católica, así que debía tener mucho, mucho cuidado.

Roberto bebió, escuchó y tuvo un sentimiento extraño: esos hombres bebían y jugaban mucho. La noche anterior, él mismo había empezado a portarse un poco como ellos. Algo no estaba bien. Bebió y miró los labios de Juan Aguilar pronunciar palabras como justicia, honor y verdad y él pensó que eso era todo cuento y no la verdad. Porque ellos iban allá a trabajar. No iban a conquistar gringas ni a saldar deudas de honor. Se preguntó a qué se debía toda esa conversación de hacer dinero. Carajo, si a hombres como estos les iba bien allá, entonces él, si no perdía la cabeza, debía ganar el doble que ellos. Asintió, pensando que estaba bien.

En el trasfondo continuaban las dedicatorias a las muchachas, pero Roberto no ponía atención. Había bebido mucha cerveza y tequila y estaba soñando con el futuro. Y allí, en el futuro, él medía más de dos metros y, borracho y confiado, sentía libertad, poder en su destino y en lo inesperado. Pues él ahora sabía que podía ser el dueño del pueblo y llevárselo sin ningún problema.

Bebió un poco más.

A sí que su código de honor está más allá de toda lógica. Lo llevan en los huesos y se honra y respeta más que ninguna ley. Por ejemplo, a mediados de los sesenta, justo al otro lado de la frontera de Michoacán, en el estado de Jalisco, hubo una carrera de caballos entre dos pueblos y toda la gente de esas aldeas vino e hicieron apuestas y bebieron tequila y comieron tacos y tuvieron peleas de gallos amistosas. Entonces comenzó la carrera estelar entre dos caballos finos, todo mundo la vio atentamente y fue tan cerrada que cada pueblo decía haber ganado. Un hombre que había bebido más tequila de la cuenta y se había inspirado más en los gallos que otros, sacó su .45 automática y le disparó a otro. Después otro hombre disparó sobre el que había disparado primero, y entonces todos empezaron a disparar sobre todos. Las mujeres y los niños corrieron, y los hombres, alegres y vociferantes, dispararon aún más y en sólo unos minutos había once hombres, dos niños y una mujer muertos, y cincuenta y siete heridos.

Llegaron las tropas federales, pero nadie acusó a nadie. Desde entonces el gobierno pasó una ley que decía que en adelante el ejército federal debería estar presente en cada carrera de caballos. La gente del monte dijo que sí, por supuesto, pero después ignoraron la ley federal y continuaron con sus festividades tradicionales. ¡Carreras de caballos! ¡Peleas de gallos! ¡Corridas de toros! Todas ¡a lo macho!

Cada hombre es responsable de proteger su propio caballo, su hogar, su mujer, sus hijos. Y si falla, pero muere con honor, puede descansar en paz porque sus parientes —hermanos y primos— seguirán y verán que el honor de la familia se mantenga vivo para siempre.

CAPÍTULO OCHO

La voz de un hombre retumbó como un bramido. Todos voltearon a ver. Norteños y campesinos. En la puerta estaba un hombre viejo. Era el excapataz de Roberto. El viejo que les hablaba a sus bueyes tan dulcemente que parecía cantar, ahora bramaba.

—¡Aquí está un hombre! —Vestía ropa sencilla de campesino, pero parecía no tener miedo ni estar impresionado con los norteños ni con sus ropas caras y llamativas—. ¡Y este hombre quiere comer! ¡Y beber! Y después . . . —Sonrió ampliamente—. Este viejo quiere apostar su montura contra la montura de cualquiera. —Tenía los ojos en llamas—. Este viejo les quiere quitar su dinero gringo antes que regresen a Estados Unidos. —Caminó hacia el frente. Orgulloso y feliz, rey de su propio universo—. Roberto, ven acá mi lado para que tomemos apuestas y les aligeremos un poco los bolsillos.

Roberto se puso de pie. Juan Aguilar, con el puro en la boca, se puso de pie también. Los ojos de Aguilar brillaron; le gritó al viejo.

—¿Puedo apostar con usted? Me gusta cómo habla. Y si me deja, me gustaría respaldar sus apuestas.

—Bueno, —dijo el viejo—. Lo voy a pensar. —Fingía no estar interesado. Pero en realidad no tenía dinero; pensaba que con su buena actuación podría lograr su objetivo. Le dijo a Aguilar—, Venga, tómese un trago conmigo. Yo invito. ¡Vamos a hablar, como los hombres!

A Aguilar le bailaron los ojos. El viejo no era un indio tímido. Era un verdadero hombre con una alma pura. Tenía huevos. Era el vivo ejemplo del adagio "Lo cortés no quita lo valiente, ni lo valiente quita lo cortés".

Pedro saltó. —Apuesto contra tu caballo, viejo. Carajo, no creo que tengas dinero ni caballo, ni nada; has logrado engañar a mi amigo, don Juan Aguilar, ¡y me daría gusto ganarle dinero a mi gran amigo!

El viejo se volteó calmadamente a ver a Pedro. —No soy ningún ratón de cantina, así que no desperdicies palabras intimidantes conmigo. Predica con el ejemplo, muchacho.

Los hombres se echaron a reír. Pedro miró a su alrededor y enojado sacó un fajo de billetes. —¡Aquí está, viejo! ¡Ahora tú saca el tuyo!

—En la carrera. Mañana en la mañana, al alba, sacaré mi dinero. Ahora no. Y sus ojos centellearon. Espero que tengas un buen caballo. Yo sé que tú eres muy bueno, pero aun un hombre con tu habilidad necesita algo entre las piernas.

Pedro se agarró los tanates. —¡Tengo lo suficiente entre las piernas, y todavía se me para! ¿Y a ti?

—Al alba. —El viejo centelleó—. Al alba.

Ya que la fecha de la carrera de caballos se había fijado, los hombres pasaron la noche bebiendo, comiendo, hablando y preparándose para la carrera.

¡Caballos! El espíritu de los dioses. En esta parte de México todos los machos ven a Dios montado en un enorme semental oscuro, cabalgando por los cielos, con un enorme sombrero en la cabeza. A la mañana siguiente, Dios estaría aquí en la tierra, entre los verdaderos machos. La noche se retiró; el sol entró, largo y pleno, como un pene a un útero, y todo era hermoso.

Todos los hombres del pueblo estaban de pie. No fueron a trabajar. Todos estaban en las afueras del pueblo donde el río se ensanchaba y fluía suave, silencioso, largo y oscuro. Había mesquites en las riberas y allí, cerca de los árboles, del lado más retirado del río, había una pista de carreras. Un camino permanente de tierra limpia para las tradicionales carreras de caballos. Cada pueblo tenía su propia pista y cada pueblo organizaba carreras, y cada pueblo perdía cada año muchas vidas debido al espíritu de Dios montado a caballo.

Entonces, al alba, nadie podía encontrar al viejo.

El viejo panzón había desaparecido unas cuantas horas antes. Muchos empezaron a reírse y a hacer bromas. Aguilar se enojó. Le preguntó a Roberto si el hombre era lo que aparentaba ser o no.

—Es el mejor de los hombres, —dijo Roberto.

—Bueno, —dijo Aguilar.

Pedro se acercó. —Bueno, amigo, tengo a unos hermanos, los Reyes, y ellos tienen dos caballos listos para correr. Uno no muy bueno y el otro muy bueno. —Sonrió—. Son los dueños del famoso Charro Diablo, el caballo invicto de todos estos lugares, pero . . . les dije que no trajeran su mejor caballo. Les expliqué que tú y yo somos compadres y que no quería avergonzarte. Sólo ganarte. —Se rió—. ¡Pero, carajo, parece que ya te avergonzó por no haberse aparecido con algún caballo! ¡No tienes nada con qué correr!

—Mira, amigo, —dijo Aguilar en voz baja—. El viejo va a llegar en unos minutos. Mientras tanto hagamos carreras de hombres, ¿eh? Apuesto a que mi muchacho, Roberto, le gana a cualquiera que traigas.

Pedro sonrió y examinó a Roberto, pero Roberto no le mostró nada. Nada.

—¡Carajo, yo mismo correré contra él!

—Trato hecho, —dijo Aguilar—. Escoge la distancia. Eres un poco viejo por eso te corresponde esa ventaja.

—¿Viejo? —la cara se le retorció y se golpeó el pecho—. ¡Yo!

—Sí, eres viejo, por eso . . .

—¡Corro cincuenta varas contra cualquier hombre vivo!

Y así se acordó la carrera y Roberto, que se quitó toda la ropa menos los pantalones, se sobaba los pies descalzos en la tierra suave y ejercitaba los dedos de los pies, se sentía bien y estaba listo cuando se escuchó una voz alta que venía de atrás. Todos se volvieron y allí estaba Antonio, el viejo panzón.

—¡Vine a correr! —gritó Antonio. Montaba un gran burro blanco. No, no era burro. Era una enorme mula huesuda y de cada lado le colgaba un enorme bote de aluminio de diez o quince galones. Eran botes de leche. La enorme mula estaba verdaderamente sobrecargada—. ¡Vamos! ¿Quién se atreve a correr su montura contra la mía?

Roberto miró a Antonio y a su mula. Ay, Dios mío, iban a quedar en ridículo. Esa mula piel reseca parecía estar hecha de puros huesos. Roberto miró de reojo a Aguilar. Aguilar lo miraba fijamente. Roberto tragó saliva.

—El dinero, —decía Antonio mientras se bajaba de su vieja mula blanca—, no es ningún problema. Aquí está Aguilar de los Estados Unidos, que es mi socio. —Le cerró el ojo a Aguilar. Los ojos de Aguilar se empequeñecieron. Impávidamente el viejo se acercó a Roberto y a Aguilar—, Ténganme confianza. Les vamos a demostrar. —Se volvió hacia la gente—. ¡Y para la carrera . . . bueno, ahí esta Blanca! ¡La mula más rápida del mundo y le ganará a cualquier caballo en una distancia de cien varas! Aceptamos todas las apuestas. ¿Eh, Aguilar?

Aguilar se quitó el puro de la boca y dijo en voz baja, —Di mi palabra, así que sí. Pero . . . si perdemos . . . —Se tocó la .45—. Se acaba todo.

—No te preocupes, —dijo el viejo—. La tenemos ganada. Yo montaré y ningún caballo puede con esta mula.

—¿Tú montarás? —Aguilar abrió unos ojos enormes—. Tú pesas mucho y ellos tienen de jinete un muchacho delgado para la yegua que quieren correr.

—¡Sssssh! Yo tengo que montar. Soy el único que sabe cómo controlar esta mula vieja para que no ganemos por mucho.

—Ah, —dijo Aguilar, asintió y pensó en despedirse de su dinero. El viejo Antonio se había vuelto loco y de hecho, él mismo era un tonto, como bien lo había dicho Pedro.

El viejo le quitó los botes de leche a la mula y emparejaron a los dos animales. La yegua era negra y se veía linda. La mula blanca se veía horrible.

La gente se salió de la pista. Un grupo de oficiales se puso en la línea inicial de la carrera y otro al final. El viejo montaba la mula en una silla grande de trabajo. Uno de los hermanos jóvenes de los Reyes montaba la yegua negra a pelo.

Se oyó un disparo y la carrera empezó.

El viejo dio un grito y salió disparado seguido de una ráfaga de pedos. Mientras el viejo le hincaba las espuelas, la mula giraba la cola y pedorreaba y pedorreaba y pedorreaba. Eran explosiones que estallaban, que hacían eco. Una continúa ventolera de pedos. Y la vieja mula blanca ganó por una cabeza. No por mucho, pues la yegua negra la había alcanzado rápidamente cerca del final.

¡Los hombres blasfemaron! Pagaron sus apuestas y querían otra carrera. ¡Pronto! No les iba a ganar el pinche Aguilar con su dinero gringo. Eran hombres de honra y el espíritu de Dios debía estar cabalgando de su lado.

El viejo se bajó de su mula. —Bueno, —dijo mientras se pasaba la mano por la espalda—. Ya no puedo montar. Me lastimé la espalda, pero si no les importa tal vez mi socio Roberto o su hermano Juanito puedan montar. Juanito, el hermano de Roberto de once años, acababa de llegar montado en el caballo tuerto.

Los hombres gritaron, "¡claro, por supuesto!" No les importaba quién montara. Lo único que querían era hacer la distancia más grande, de ciento cincuenta varas.

—Bueno, —dijo el viejo cerrándoles el ojo a Roberto y a Aguilar—. Aceptamos todas las apuestas. —Después llamó a Aguilar y le dijo que apostara mucho. Probablemente ésta sería su última carrera pues iban a ganar por mucho. Aguilar asintió maravillado. Carajo, en ese momento creería cualquier cosa. Entonces el viejo le explicó a Juanito cómo montar, cómo espolear y añadió—, Recuerda, lo más importante con esta mula vieja es hacerla pedorrear. Entre más pedos le saques, más rápido corre. Es como yo. Trabaja mucho. Come mucho. Y lo echa afuera a pedos. Mantiene limpio el sistema. —Levantó un puño—. Deben ser pedos grandes, fuertes, desde la tripa.

Y así la carrera empezó de nuevo y la mula salió con un torrente de pedos continuos que sonaban como un impulso de propulsión a chorro y la yegua negra con el jinete a pelo no tuvo ninguna posibilidad de ganar.

Ahora sí, los hombres estaban verdaderamente enojados. Querían que un caballo mejor corriera contra esa pinche máquina de pedos. Otro de los hermanos Reyes habló. Tenía más o menos veinte años y dijo, —¿Qué les parece nuestro gran caballo, el Charro Diablo?

Antonio negó con la cabeza. —No. Ese caballo es muy bueno, sólo la yegua de mi patrón, la Niña Linda, podría competir con ese tipo de semental. No soy tarugo. Sé mis límites. Hablaba muy humildemente. Trataba de negociar el compromiso de la mejor manera posible. Roberto y Aguilar miraban. Estaban verdaderamente orgullosos de su socio—. No puedo correr contra el mejor. Ese caballo es mucho para mí. Pero . . . —Y sus ojos centellearon—. Le apuesto a mi mula vieja contra su gran garañón negro en una distancia de veinticinco varas.

Pablo habló. Pablo era el mayor de los hermanos Reyes. Eran trece hermanos y él era el jefe. Se rumoreaba que el padre había perdido la razón.

—¡No, de ninguna manera! ¡Ese semental no corre por menos de cien mil pesos! ¿Nos tomas por tarugos? ¡Esa mula no podría correr contra el olor del culo de nuestro gran Charro Diablo! —Escupió en la tierra. Llevaba también una .45 amartillada y lista.

—Bueno, —dijo el viejo muy humildemente. Vestía ropa de trabajo y actuaba sumiso—. En una carrera de distancia, no, pero . . . en una de veinticinco pasos mi mula le ganaría hasta a un tigre. Te lo apuesto. ¿Por qué no? —Y se dio un golpe en el pecho—. Estoy vivo y respiro, ¡y allí está el mundo para ganarlo!

Pablo enrojeció y se aprestó a contestarle. Seis o siete de sus hermanos se pusieron a su lado. Todos armados. La familia no era muy rica, pero aún así era muy poderosa. No tenían que ir al norte a buscar riqueza. Tenían tierras.

—Viejo, —dijo en un tono burlesco—, eres un pendejo por ponerte a pelear contra nosotros. Estamos fuera de tu esfera social. ¡Tenemos propiedades y somos hombres de estaca! ¡Puros machos! No hacemos amistad con norteños inútiles y maricones. —Aguilar se acobardó. Los otros norteños también se acobardaron—. Tú y esos "don Nadie" sólo quieren molestar a nuestro gran caballo para que no pueda correr contra el caballo de su jefe algún día. ¡Don Flaco Ricachón los mandó para que trataran de ridiculizarnos! Ustedes y don Flaco son una bola de . . .

Un bastón le golpeó ligeramente el hombro a Pablo. Éste se dio vuelta. Y allí estaba . . . el don. Llevaba un traje de charro, un gran sombrero caro y dos pistolas .45 amartilladas y en fundas de plata. Parecía estar esculpido en la historia: Alto, delgado, orgulloso, verdaderamente un espléndido don Quijote de pelo blanco, bigote largo y un brillante traje de charro. Sus ojos azules centelleaban ahora. Se quitó el cigarro. Sonrió.

Roberto y Antonio se pusieron a su lado. Aguilar lo notó, pero no se movió. Este pleito no era con él. Pedro sonrió y se alejó. La demás gente se dispersó.

—Señor Reyes, por favor, cuando quiera hablar de mí, hábleme a la cara. Soy viejo y estoy listo para morir, créamelo, así que llevarme por delante una boca irrespetuosa sería un honor.

Sonrió y fumó. Sabía que Pablo Reyes, un hombre no completamente estúpido, se quedaría allí parado y aguantaría lo que le dijera a la luz del día, porque los vigilantes, un grupo de hombres honrados, estarían allí en cualquier momento. Y él, el don, estaba a cargo de los vigilantes.

—El dinero, —continuó—, cuando su familia tenga suficiente dinero, y sí, también suficientes agallas, me dará mucho gusto traer mi yegua y correrla contra su gran garañón, pero hasta que llegue ese día, compórtese más como el hombre de su posición.

Pablo sonrió presuntuosamente. —Mi familia le apostará cien mil pesos en cualquier momento.

—¿Puercos? ¿Piedras? ¿Tierras cansadas? Ah no, amigo, quiero ver dinero efectivo, contante y sonante.

Y el don se hizo hacia atrás y a su alrededor se acomodó un grupo de hombres con escopetas caseras retrocargas. Hacían su trabajo de vigilantes tratando de ver si un día de carreras podía transcurrir sin el derramamiento de sangre. Y así pasó. Se acabaron las carreras, nadie murió y el día siguió su marcha hasta que llegó la noche y a todos los cubrió con su cuerpo dulce y tibio, como siempre. Sí. Era de noche y los hombres estaban tan emocionados, casi en un trance religioso, que ahora necesitaban mujeres. El código de honor hasta la muerte no se había realizado y el hambre de sangre no se había saciado. Y en ese momento, en el silencio femenino de esa noche mística era fácil darse cuenta por qué la Virgen María había llegado a ser la Virgen de Guadalupe. Pues sólo la sangre de una virgen puede calmar al hombre en tan altos estados emotivos de Dios en la tierra.

LIBRO DOS

La tierra se movió y un estrepitante rugido
explotó. El fuego se levantaba
hacia el cielo y la lava se escurría por
toda la tierra, formando otra montaña
a la que también había que hablarle.

*M*éxico está tan cerca del ecuador y a tal altura que la sangre hierve, la mente se aligera y el corazón palpita fuertemente. Aún así, no todo México es tan extremo como lo es aquí en las montañas del suroeste. Las montañas que rodean Jalisco con Michoacán al sur y Zacatecas al norte son famosas por su machismo. Son famosas por el mejor tequila, por los caballos más finos y por los hombres que llevan pistolas finas y tienen un orgullo insano por adherirse a su propia ley. De hecho, se dice que en esta área no hay mujeres ni niños. Pues todos por aquí son machos que viven una vida sin temor, sin reglas y siguen la vida libre que el hombre nació para vivir. Según los corridos, los hombres de esta región no pueden llegar a viejos en la frontera entre Estados Unidos y México porque no están acostumbrados a vivir bajo la sombra de la ley: ni la mexicana ni la americana. Así que la primera vez que un hombre les levanta la voz, capataz gringo o americano pocho, lo matan al momento, rápido. Y después, o se baten a tiros y mueren, o se regresan huyendo a sus queridas montañas donde ningún hombre le teme a otro hombre, y los hombres no deben una muerte; tienen la muerte asegurada.

También es verdad que en esta tierra inhospitalaria nadie es demasiado rico ni demasiado pobre, porque la tierra es tan árida que cada hombre debe trabajar la suya. Y un nativo puede esconderse sabiendo que ni siquiera los federales vendrán a buscarlo. Pues los montañeses ayudan a su propia gente. Nunca se rajan. Así que cuando los hombres abandonan esta área para ir al norte, a los Estados Unidos, van ciegos, están fuera de lugar y es por eso que tantos se pierden o mueren a balazos y jamás regresan.

Además hay una broma típica en esta parte de México que dice, "Gracias a Dios, no tengo hermanas". Pues es verdad que un hombre sin hermanas está relativamente seguro que nunca tendrá que meterse con el código del honor. Pero un hombre con muchas hermanas tiene serios problemas y aprende a dormir con los dos ojos abiertos.

CAPÍTULO UNO

Estaban los norteños en la cantina dedicándole canciones a la hermana de Pablo Reyes, la del bigote. Las canciones eran chistosas y los norteños se divertían, cuando de repente se escuchó el eco de un disparo. Se escuchó una retahíla de palabrotas y dos norteños escucharon su nombre. Dieron un salto echando mano a sus .45, pero era demasiado tarde. En la puerta abierta de la cantina había dos hombres que disparaban sus escopetas retrocarga.

Roberto, que estaba sentado al lado de Juan Aguilar, sintió dolor en varios sitios. Se tiró al piso. Aguilar estaba a su lado retorciéndose y sangrando. Y por todas partes la gente gritaba, se escondía. Aguilar por fin disparó en contra de los atacantes. Las luces se apagaron. Roberto recogió a Aguilar y, por la puerta trasera, lo arrastró hacia afuera. Escuchó que se acercaban unos caballos. Lo ayudó a llegar a un muro de piedra y trató de pasarlo al otro lado. Pero Aguilar estaba mal herido y no pudo pasar.

Los caballos se aproximaban, se acercaban más y más. Roberto quitó algunas piedras del muro, levantó al hombre grande y pesado, y lo arrojó sobre el muro al chiquero y entonces él también brincó. Aguilar chilló de dolor y luchó contra los puercos, que pensaron que era hora de comer y trataron de morderlo. Roberto alejó a los puercos hambrientos a patadas, y Aguilar dejó de chillar.

—¿Quiénes llegan? —preguntó Aguilar.

—No sé. —Los puercos hacían ruido, los hombres dentro de la cantina gritaban de dolor y disparaban sus .45, y, de vez en cuando, les contestaban con una retahíla de balazos.

Los jinetes llegaron golpeando con sus cascos el empedrado. Roberto y Juan los escucharon decir: —¡Maté a un hijo de la chingada! ¡Estoy seguro!

—Bueno, de eso no sé, Pero estoy seguro que cargué de plomo al grandote que estaba con Roberto García.

—No le diste a Roberto, ¿verdad?

—¿Qué importa? Ya es uno de ellos.

—Sí, creo que tienes razón.

Roberto se enojó. Ya sabía quiénes eran. Eran dos de los hermanos jóvenes de los Reyes y habían sido buenos amigos de él hasta hacía unas semanas cuando tuvo que despedir a uno de ellos por flojo. Quitó una piedra, hizo un puerco a un lado, y estaba a punto de brincar el muro, cuando de repente escucho la explosión ensordecedora y sintió el fogonazo de la .45 de Aguilar a un lado de la oreja. Se agarró la oreja para calmar el horrible dolor, y escuchó más disparos, y en su mente la noche se abrió como si fuera el amanecer, se soltó de la piedra y se agarró la cabeza por el eco de dolor. Los dos jinetes rodaron de sus caballos y, espantados, echaron a correr. Aguilar brincó el muro, y al ver a uno de los hermanos todavía retorciéndose, le disparó otra vez. La cabeza del hombre se reventó en fragmentos sanguinolentos.

Roberto se estremeció y miró a su alrededor para ver si alguien más había visto el último disparo. Eso no estaba bien. Matar a alguien estaba bien; era el código, pero acercársele a alguien y matarlo cuando se encontraba indefenso no era correcto.

Juan Aguilar tambaleó y empezó a caer pero logró caminar al muro y reclinarse en él. Le puso un nuevo cargador a su .45 y se preparó. Empezaba a llegar gente de todas partes. Los dos cuerpos serían identificados, se notificaría a su familia, y antes del amanecer, llegaría el padre junto con sus hijos y sobrinos a cazar a Juan Aguilar y a todos sus amigos, hasta matarlos a todos. Roberto tragó saliva.

Dos horas después, cuando el arado anunciaba que ya pasaba la medianoche, el padre de Roberto salía del pueblo jalando su caballo tuerto. Aguilar iba amarrado al caballo y Roberto se agarraba de la cola. Ellos y los sobrevivientes iban camino al norte. Dos norteños habían muerto. Aguilar y otro habían sido heridos. Pedro no había sido herido. A la luz de la luna salían siete hombres y un caballo tuerto del pueblo, iban por el camino a lo largo del riachuelo que desemboca en el río Lerma.

Del otro lado del río apareció la madre de Roberto. Lloraba, gritaba, rezaba y bramaba como vaca con becerro. Lo amaba. Quería que se quedara en casa. Que por favor, por el amor de Dios, no se fuera porque no regresaría nunca. Ella estaba segura. Lo siguió del otro lado del río iluminado por la luna durante dos kilómetros, iba llorando de amor y miedo y de un dolor que partía el corazón. Roberto empezó a llorar y le pidió por favor que se fuera a casa. Pero ella seguía gritando su amor con rosario en mano. Finalmente se calló. Estaba exhausta. El padre de Roberto le dijo, —No, mi'jito, no cruces el río para ir con ella. Sigamos. Sólo empeoraría las cosas, y además . . . si te alcanzan los Reyes, te matan. Son una familia grande, trece hijos. Y ocho de ellos pueden manejar una pistola.

Roberto le gritó a su madre que regresaría con dinero y le compraría una casa. Y empezó a tambalearse y a llorar. Su padre le dijo que se agarrara con las dos manos de la cola del caballo y siguió andando los diez kilómetros hasta la carretera donde el camión se paraba debajo un gran árbol para recoger a los campesinos. Tenían que apurarse para alcanzar el autobús, llegar a Guadalajara, que estaba a cuatro horas, y llevar a Aguilar con un doctor o se moriría. Roberto viviría. Los disparos sólo le habían alcanzado el hombro y la cara.

El autobús llegó poco después del amanecer, y el padre de Roberto le dijo, —Hijo, allí viene tu camión. De verdad no quería que fueras. Son muchos los que nunca regresan. Pero ahora tienes que irte. Así que escucha y hazme caso, si crees que hay hambre aquí . . . espera hasta que llegues al campamento de legalización. Yo estuve allí una vez cuando era joven, y las personas, que viene de todas partes tratando de entrar legalmente a los Estados Unidos, se mueren como moscas. —Tomó aliento—. Hijo, acércate. —Se alejaron a una distancia donde no podrían oírlos—. Escucha, ahora te tienes que ir, los dos lo sabemos, así que te voy a decir lo que sé. En un pueblo pequeño, todos tienen que ser honrados porque todos se conocen, pero a donde tú vas, nadie conoce a nadie, así que nadie es honrado. Por la noche, mientras duermas, tu mejor amigo te puede degollar por unos centavos. —Roberto empezó a contradecir a su padre—. ¡Cállate! Y créeme. No confíes en nadie. Especialmente en estos colmilludos norteños. Se dice que al otro lado, después que ustedes, los muchachos, han ganado su dinero, los abandonan o los matan, les roban su dinero y luego les echan la culpa a los gringos. Ten cuidado. Regresa a casa con nosotros. Te amo. ¡Tú eres mi primogénito! —Abrazó a Roberto—. ¡Ahora, vete! Cuídate y abre bien los ojos, especialmente si alguna vez tienes dinero. Ah, y otra cosa . . . si te da miedo y te pones nervioso después de unos días, no sientas vergüenza de regresar. Muchos lo han hecho. Yo también lo hice.

Roberto se quedó paralizado mirando a su padre un largo, largo rato, y sintió que lo amaba de verdad y de corazón, por primera vez en años y empezó a hablar, pero las palabras no le salían, así que se limitó a asentir con la cabeza. Se dio vuelta. Partió rápidamente. Se subió al autobús y agitó la mano en señal de despedida a su padre y a la tierra donde nació y se crió, y a la que nunca antes había abandonado. Pensó que iba a llorar.

Sintió un codazo en las costillas. Era Juan Aguilar. Le ofrecía a Roberto una botella pequeña de tequila invitándolo: —Bebe. Sé cómo es la primera vez. Bebe. Y trata de dormir. Sigue con el sueño por algún tiempo, o la realidad te acarreará lágrimas y . . . los hombres como nosotros, heridos y sangrando, ¡nunca más debemos llorar! ¡Somos braceros! ¡Norteños! ¡Y hasta el demonio nos tiene que respetar!

Roberto sonrió, bebió, escuchó el motor del viejo autobús y miró a su alrededor: campesinos con jaulas de pollos y pichones, más allá un hombre con un guajolote y una mujer con un puerquito, y allá dos indios tarascos puros, como él, con montones de mantas y figuras talladas de madera. Bebió. Se sintió bien porque había dejado de sangrar, miró hacia afuera y fue testigo fiel de la mañana, la tierra, la vegetación; vio entonces dos burros cargados con varas para la leña y a un hombre a pie que los arreaba, y sonrió . . . era una visión tan familiar. Después en un campo vio dos bueyes que empezaban su trabajo antes de que el sol calentara demasiado y les quitara la energía, y respiró profundamente pensando en sus dos bueyes. Contuvo el llanto, bebió de nuevo y murmuró algunas oraciones aprendidas de memoria para que Dios ayudara a su familia. Oró por sí mismo, para no perderse, para no morir, para no despeñarse al fin del mundo. Tenía que vivir. Tenía que hallar trabajo y ganar dinero, o ellos, su familia, se morirían de hambre.

Empalme queda a varios cientos de millas al sur de la frontera de Estados Unidos. A fines de los cincuenta y principios de los sesenta, allí se estableció un campamento temporal para legalizar la entrada temporal de trabajadores a los Estados Unidos, al lado del Mar de Cortés. Los americanos establecieron sus oficinas en una bodega enorme y procesaron una fuerza laboral de miles de braceros para trabajar en los Estados Unidos. Los hombres venían de todas partes de México y ese pueblito de unos cuantos jacales creció de un día para otro en un desesperado hormiguero de cincuenta mil almas. Se procesaban miles de hombres todos los días, pero aún así, más llegaban, y la pequeña comunidad se volvió un carnaval de estructuras temporales, restaurantes, estafadores, prostitutas y aquello se volvió una pesadilla.

Hombres hambrientos y perdidos. Y en lo más caliente del día, a más de cien grados Fahrenheit, decenas de miles hacían cola. Y pronto empezaron unos a sofocarse y cientos se desmayaban, y cuando uno caía, otro le registraba rápidamente los bolsillos y desaparecía entre la masa de hombres desconocidos . . . y el caído era pisoteado por los que seguían, exhaustos y sudorosos, como perros hambrientos tratando de que los contrataran para ir a la tierra de la abundancia.

¿Y cómo podrían portarse de otra manera? Habían echo cola durante semanas, meses, y no estaban dispuestos a esperar por nadie. Habían pedido prestado, robado y pedido limosna para sacar dinero y llegar hasta allí, ¡y tenían que lograrlo! En sus hogares tenían familia que dependía de ellos.

CAPÍTULO DOS

En Guadalajara, los otros norteños siguieron su camino y dejaron a Aguilar y al otro herido bajo el cuidado de un doctor. Roberto caminó por la ciudad mirando los edificios altos y por poco lo atropella un carro. Así que dejó de mirar y regresó a la casa de un amigo de Juan Aguilar donde habían rentado un cuarto.

Al día siguiente, el otro norteño herido murió, ni modo. Aguilar le quitó las botas y la chaqueta y le pidió a Roberto que se las probara. Roberto no quería, pero . . . nunca había tenido ropa de tienda. Se las puso de inmediato. Le quedaban perfectamente. Carajo, cualquier cosa le hubiera quedado bien. Y esa tarde salieron en autobús. Era un autobús enorme sin pollos ni guajolotes que se encaminó rápidamente hacia el norte. Roberto se quitó las botas, las apretó cariñosamente contra su chamarra de gamuza y miró el campo, las montañas, los valles, los pueblos; siguieron así de rápido toda esa noche y el día siguiente, y de repente ya no hubo montañas. Todo era plano y hacía tanto calor y humedad que Roberto sintió el sudor que manaba suavemente de su cuerpo. Apenas si podía respirar. No le gustó el olor a encerrado ni otros olores poderosos y desconocidos. Allá, de donde venía, siempre había olido fresco y limpio, aún al mediodía bajo el ardiente sol. Por la noche, una mujer se desmayó y se cayó del asiento en el autobús. Nadie le ayudó. Roberto se le acercó. Trató de colocarla de nuevo en su asiento. Estaba muerta. Regresó a su asiento y miró un rato el cuerpo de la mujer, se movía de un lado a otro. Todo le parecía tan lejano a Roberto.

Más tarde el autobús se detuvo y todos se bajaron. Habían llegado a Empalme. Había hombres por todos lados. No había mujeres, sólo hombres. Decenas de miles. Parecía que no tenían nada que hacer; lo único que hacían era mirar por debajo de sus sombreros, pero no decían nada. Roberto se estremeció. Todos parecían estar muertos. Semejaban cuerpos sin rostro, sin expresión, máscaras oscuras y cansadas de una pobreza desesperada.

Juan Aguilar dijo, —Sígueme, y no le hables a nadie. Creo que sé dónde encontrar a nuestros amigos.

Pedro y los otros norteños habían llegado primero. Se suponía que Juan, Roberto y Miguel Sánchez, el norteño herido, viajarían juntos. Pero Miguel había muerto. Sólo llegaron sus pantalones y botas, su sombrero y chaqueta. Caminaron por entre la muchedumbre de hombres. La tierra era plana y arenosa, con unas cuantas palmeras esparcidas. Un camión pasó a su lado con una voz poderosa. Era un megáfono. Daba información sobre cuál estado mexicano se atendería primero en la fila americana de trabajo.

Algunos hombres se echaron a correr. Otros empezaron a maldecir.

Roberto los vio, no dijo nada y se quedó cerca de Juan Aguilar. Había hombres por todas partes, apretándose uno contra el otro como pollos hambrientos en una jaula. Por su vestimenta, Roberto supo que no eran de su pueblo. Muchos llevaban ropa de la ciudad. Pantalones y camisas manufacturados en fábricas. Roberto pensó en su antigua ropa hecha de un áspero saco de algodón, y se dio cuenta que había algunos vestidos así, pero no muchos. Mientras caminaban se dio cuenta que era más alto que algunos. Aunque poco, era notablemente más ancho de hombros y de cintura. Comparado con la mayoría, parecía bien alimentado y fuerte. Seguía cerca de Juan. Sintió miedo mientras caminaba por la multitud de hombres sin mujeres, y se metió las manos a los bolsillos delanteros donde tenía sus cien pesos —ocho dólares—, todo el dinero que tenía. Estaba horrorizado.

Aproximadamente, a tres kilómetros de distancia de la parada del autobús, hallaron unos vagones de ferrocarril oxidados y allí encontraron, con muchos otros, a sus paisanos. Roberto se sintió raro. Nunca le habían caído bien allá en el pueblo. De hecho había pensado en matar a uno de ellos, y sin embargo, aquí rodeado de hombres sin cara, se sintió repentinamente lleno de afecto al ver a sus paisanos. Esto le produjo una emoción no sentida antes. Y todos sonrieron y se abrazaron y se pusieron al tanto de la situación actual, Pedro gritó de repente: —¡Espérense un momento! ¿No son estos el sombrero y la chamarra de Miguel Sánchez? ¿Eh? ¡Contesta, chiquillo de mala entraña! —Y sacó una navaja de resorte y se lanzó hacia Roberto. Roberto lo esquivó. Pedro le tiró un navajazo.

—Párate ahí, —gritó Aguilar—. Miguel murió de sus heridas, y yo le di . . .

Pedro ya no escuchó las palabras de Aguilar. Era chaparro, nervudo y famoso por manejar el cuchillo, y a pesar de tener casi cuarenta años, no tenía ni una cana. Era un indio puro, duro de corazón y de cuerpo, y en ese momento sólo pensaba en Roberto.

Juan Aguilar se rió y trató de bromear sobre la situación. —Compadre, por favor, es mi muchacho. Escúchame, en su lecho de muerte, Miguel le regaló su ropa a Roberto.

—¿Que qué? —dijo Pedro—. ¡No te creo!

—Pero, compadre, es la verdad de la Virgen madre. Le dio su ropa y le dijo: "Roberto, toma mi ropa y vete al norte. ¡Y sácales provecho a esos gringos cochinos. ¡Sácales en mi nombre!" Tú conocías a Miguel y sabes cómo era. Es la verdad, créeme.

Pedro asintió con la cabeza. —Está bien. Ésas son palabras de Miguel. Te creo. Pero tú, —y le puso la navaja al cuello a Roberto— ¡vale más que les saques! ¡Y les saques mucho, en memoria de Miguel!

Roberto tragó saliva, despacio se quitó la navaja con un dedo, y dijo: —No tengas cuidado, que les voy a quitar todo lo que pueda.

—Bueno. Que no se te olvide.

Roberto asintió. Asintió y controló su rabia interior y no dijo nada, por supuesto. Éste había sido el que había puesto a su padre en vergüenza y lo pagaría. Sí que pagaría, más tarde. Roberto seguía con la mano en el bolsillo del dinero mientras los hombres siguieron hablando. Por fin uno de los jóvenes se dio cuenta de lo que estaba haciendo Roberto. Se carcajeó y le dijo a todo mundo, y Juan Aguilar le dijo a Roberto que se sacara la mano del bolsillo.

—Por Dios, la gente pensará que llevas diez veces más dinero de lo que tienes y alguien te degollará antes del anochecer.

Por la vergüenza, a Roberto se le puso la cara de un rojo oscuro. Se sacó la mano del bolsillo y los norteños y los otros jóvenes se rieron y bromearon diciendo que era el más indio, el más tonto entre ellos.

Roberto no dijo nada. Sólo escuchaba, miraba y absorbía todo. De verdad, empezaba a estar de acuerdo con ellos: era muy estúpido e ingenuo.

Se acercó un camión. Anunció que era el turno de otro estado mexicano y que había espacio para legalizar a trescientos hombres, y si ya habían entregado sus papeles, más valía que se pusieran en la cola americana, rápido. Algunos hombres brincaron y corrieron, otros lloraron de hambre, deseando tener la fuerza para ir, pero no podían. Estaban agotados. Otros que no fueron llamados gritaron al cielo y rogaron ser llamados antes que estuvieran demasiado débiles para pasar el examen físico de los americanos. Recientemente muchos que fueron llamados fueron rechazados. Habían estado esperando en esta pesadilla, sin comida ni techo adecuados, y ya no tenían la fuerza para ser jornaleros.

En la esquina de un vagón, un viejo crujía los dientes con los ojos cerrados y aullaba: —¡No me dan nada! ¡Nada! ¡Nada! ¡Nada! ¡Eso es lo que necesito! Entre más necesito, menos me dan. ¡Así que me pueden mandar a la chingada de una vez por todas! —Se reía con una risa horrible y enfermiza, con los ojos cerrados al mundo, repitiendo su cantaleta una y otra vez. Tenía la cara curtida por la intemperie, los ojos cerrados, y su risa se mezclaba con aullidos de dolor. A su alrededor, los hombres sonreían. Era chistoso. Era horrible. Era un humor descarnado y era la verdad. A la mexicana. ¡Viva la vida!

Otros, que habían estado en la tierra de la abundancia una y otra vez, estaban muy tranquilos, pues no querían gastar sus energías. Una vez que los llamaran se pondrían en fila muy derechos para no ser pisoteados. Muchos habían muerto pisoteados después de haber sido llamados a la última fila porque no tenían suficiente fuerza para mantenerse en pie entre la muchedumbre. Así que los hombres con experiencia descansaban. Descansaban para poder esperar a que les procesaran sus documentos y para pasar el examen físico. Eso era todo lo que se necesitaban. Después de eso, los americanos, esos grandotes y sucios hijos de la chingada, se ocuparían de ellos de allí en adelante.

Primero los americanos les darían un cuarto donde podían bañarse, un cuarto con regaderas. Después les darían jugo de naranja, ¡frío! ¡de veras! Un vaso de cartón grande lleno de jugo de naranja frío, que decían sabía a miel, y luego uno o dos sándwiches (una cosa que tenía pan por fuera y carne, queso y lechuga por dentro). Y ya bañados y alimentados, los pondrían en trenes con asientos magníficos, gratis, y los mandarían al norte, a la tierra de la abundancia en donde trabajarían hasta que ya no pudiera el cuerpo. Y no sólo les pagarían, sino que los alimentarían y bañarían ¡y les pagarían aún más!

¡Qué buenos esos gringos!

Y todo empezaba cuando un gringo terminaba de mirarte el culo y decía en inglés, —¡Okay!

Okay era la palabra buena, la que te conseguía jugo de naranja frío que sabía a miel.

¡Caramba! La riqueza y la organización de esos gringos sucios, hijos de la chingada, eran increíbles, ¡fantásticas!

¡Okay!

Sí, okay, ésa era la palabra mágica: ¡Okay!

Y entonces llegaban al hormiguero de hombres los coyotes —así se conocen esos ladrones que dan la impresión de conocer las leyes— que
prometían procesar los documentos en un lapso de ocho días.

    *¡Ocho días! Porque eran abogados y decían saber cómo tratar a los
gringos y cómo hacer las cosas al estilo americano. Y así cientos de hombres
formaban una línea para darles su dinero a los hombres de traje que se
cubrían del sol con un gran paraguas que tenía la bandera mexicana de un
lado y la americana del otro. Y durante seis días seguidos, los abogados les
quitaban trescientos pesos a cada uno de esos hombres tan rápido como
podían, durante todo el día hasta el oscurecer. Al séptimo día ya no regresaban. Y hombres maduros, con las manos llenas de callos y cuchillos al
cinto, se tiraban al suelo y lloraban como niños. Sin dinero y llenos de
vergüenza. Miles de ellos emprendían entonces, a pie, el largo camino a
casa, a la casa donde sus hijos lloraban de hambre, las mujeres rezaban y
los hombres se emborrachaban. Aún así, allí había más que aquí.*

    *Los que no regresaban, que estaban sin dinero y con hambre, empeza-
ban a robar, a pelear y a matar, y la policía no podía hacer nada. ¿Qué chingaos podían hacer cinco policías contra miles de hombres desesperados?*

CAPÍTULO TRES

Primero le enseñaron a Roberto la palabra fantástica: okay, después tuvo que pronunciarla en voz alta con toda la lengua fuera, y luego lo pusieron a él y a los otros jóvenes en una fila. O mejor dicho, fueron puestos entre la gentuza que esperaba en el campo cercado de alambre de púas fuera del almacén remodelado de los americanos. Los norteños se turnaban, de uno en uno, para estar con los jóvenes mientras los otros dos descansaban a la sombra del vagón y defendían con puños y cuchillos el espacio que tenían para poder dormir por la noche.

Pasó una semana, y luego otra, y seguían esperando en la fila; entonces Juan Aguilar le dio una mordida de ciento cincuenta pesos a un guardia para que averiguara qué había pasado con los documentos, y supo que los documentos no se habían presentado. ¡Juan Aguilar estalló de furia! Ese pinche abogado coyote de Guadalajara que siempre había procesado sus documentos por adelantado, lo había coyoteado a él esta vez. Juan Aguilar mandó un telegrama a Guadalajara y le contestaron que el abogado se había mudado y cerrado su oficina. Aguilar mandó otro telegrama preguntando a dónde se había mudado. Le contestaron que nadie sabía, tal vez a la Ciudad de México.

Juan Aguilar llamó a Roberto y los dos se fueron a un lugar aparte y allí Aguilar contó su dinero. Le quedaban doscientos pesos. Dieciséis dólares. Hacía un año había cruzado la frontera hacia México con más de veintidós mil pesos, mil ochocientos dólares. Ay, cómo se había evaporado el dinero. Conseguir nuevos documentos costaría mucho dinero, y para ponerse adelante de los cincuenta mil que esperaban tomaría aún más dinero en mordidas. Le preguntó a Roberto si tenía dinero y él dijo que sí, por supuesto. Le dijo a Aguilar que le quedaban quince pesos. Un dólar con veintitantos centavos. Juan le acarició la cabeza al muchacho y le pellizco un cachete.

—¡Vente! Vamos a empezar a pensar como ladrones, como lobos en la noche para encontrar la manera de trasquilar a estos borregos. —Juan le dio palmaditas a su pistola .45 que llevaba debajo del pantalón cerca de la ingle. Siguieron caminando, y durante dos días no pudieron encontrar ningún bo-

rrego. Los cincuenta mil hombres parecían lobos, tan hambrientos y desesperados como ellos. Al tercer día, Roberto tuvo una idea al ver a un hombre
vendiendo hielo. Fue a los basureros, donde encontró unas enormes latas.
Luego fue al mar, que era algo que lo fascinaba, y restregó las latas toda la
tarde con agua y arena. Ese día, ya muy tarde, le comunicó su idea a Aguilar.
Los otros jóvenes se rieron y le dieron innumerables razones por las cuales
no le daría resultado. Pedro le dijo que era un tonto, un indio que no razo-
naba. Juan Aguilar asintió, luego volvió a asentir y fue a comprar jarabe de
sabores mientras Roberto regresaba a los basureros para conseguir cajas para
una mesa y docenas de latas pequeñas para servir. Esa noche, Roberto y
Aguilar trabajaron alistando las cosas para el día siguiente. En la mañana
Roberto fue por el hielo. A media mañana habían vendido tantos raspados
que el bloque de hielo se había casi agotado. Y, chingao, el día apenas empezaba y ya habían recuperado los treinta pesos de su inversión inicial más una
ganancia de más de doscientos pesos.

Roberto fue por más hielo. Se tardó casi una hora en regresar, mucho
tiempo. Perdieron clientes, pero cargar un bloque de hielo bajo una temperatura de 110° F no es nada fácil. Les pidió ayuda a dos de los jóvenes que
se habían reído de él, y les pagó inmediatamente después de que le ayudaron.
Ese primer día tuvieron una ganancia de novecientos pesos, y al siguiente
día, mil doscientos, y al tercer día llegó la policía pidiéndoles el permiso para
vender. Como no lo tenían, los multaron con cien pesos después de que
Aguilar les dijo que habían ganado sólo doscientos.

Roberto y Aguilar resucitaron. Tenían dinero. Más de dos mil pesos.
Comieron. Bebieron. Eran hombres saludables con una visión más amplia y
una nueva confianza.

Entonces, mientras caminaban por entre la muchedumbre, Aguilar
señaló a alguien con el dedo. —¿Ves esos dos tipos con traje? ¡Uno de esos
es mi abogado! El hijo de la chingada que robó mi dinero, y esos trabajadores
le están poniendo una mesa y una sombrilla. —Respiró profundo—. Hoy nos
sonríe la fortuna. Te lo dije, la fortuna es toda una dama. Cuando se deja venir,
se viene una y otra vez, como una puta caliente; pero cuando se va . . . Dios
mío, también me ha tocado estar allí. ¿Ves esas dos banderas que han puesto?
Sí, esos coyotes son de la peor ralea de lobos que hay. Engañan a la gente con
esas dos banderas haciéndolas pensar que representan a ambos países.

—¿Debemos avisarle a la policía?

—No, —dijo Aguilar y sonrió con una sonrisa que hizo temblar a Roberto. Juan Aguilar encendió un cigarro y sacó una botellita de tequila—. No,
los acecharemos como buitres hasta que mueran.

—Pero nos robó, dijiste. Debemos reportarlo.

—No . . . matarlo.

—¿Ahorita?

—Muchachito . . . tú hablas mucho. Déjame planear esto y disfrutar de mi plan. Mira, no le puedes sacar mucho a un hombre muerto. Un poco de efectivo. Y nada más. Pero con un plan puedes sacar una dulce venganza y mucho más. Mira y aprende.

Roberto asintió y no dijo nada más.

—Bueno. Estás aprendiendo.

Se pusieron en cuclillas a distancia y miraron. Aguardaron hora tras hora, como zopilotes girando alrededor, como lobos acechando su presa. Entonces, Juan Aguilar dijo, —Ya sé. Espérate aquí mientras voy a hablar con ellos. Pero no hables con nadie. Ni una palabra. ¿Entiendes? Ni una palabra.

—¿Habrá peligro? Puedo pelear.

Juan se rió, —Claro que no. Les voy a hablar dulcemente.

Dos horas después, Juan Aguilar tenía quinientos pesos más en el bolsillo, y él y Roberto le contaron a los norteños que les acababan de dar documentos a varios hombres y que de seguro estarían al otro lado de la frontera en una semana. Los abogados lo habían garantizado por escrito. ¡Como lo hacen los americanos! Y la gente corrió y luchó por ponerse en fila. Decenas de miles estaban dispuestos a pagar sus trescientos pesos y poder cruzar la frontera en ocho días también. Al día siguiente, Juan Aguilar regresó por el resto del trato: mil pesos más unos documentos falsos. Le dio doscientos pesos a Roberto. Roberto tenía ahora casi ochocientos pesos, más dinero del que había visto en su vida, y estaba feliz.

Juan Aguilar se guardó los documentos falsos y sonrió. Tenía casi dos mil pesos. Le dio una palmadita en la cabeza a Roberto y le dijo que eso no era nada. Esa tarde Aguilar le compró calcetines y ropa interior nueva. Roberto nunca antes había tenido ropa interior. También compraron trajes de baño, algo que Roberto nunca había visto, y se fueron a bañar al mar.

En el mar había algunas chicas del lugar: jóvenes y gordas, morenas y bonitas. Aguilar se metió al agua, empezó a salpicarse y miró a su alrededor a ver si alguien lo estaba viendo. Era musculoso, de huesos grandes, piel blanca y muy guapo. Roberto trató de imitarlo, pero se sintió tímido por su traje de color verde encendido. Entonces Juan Aguilar caminó más adentro y se tiró un bello clavado sobre una ola grande. Roberto trató de hacer lo mismo, pero no se metió tan adentro y el agua lo lanzó sobre la arena, perdió el equilibrio y no se podía parar. Tragó arena, escupió agua y por fin se levantó horrorizado. Corrió hacia la playa. Aguilar se rió y se rió. Algunas muchachas que estaban en la playa se echaron a reír también. Roberto se puso rojo y fue a buscar su ropa. Esa noche salieron al pueblo cercano y fueron a un restaurante que hizo que a Roberto le saltaran los ojos con el lujo del mantel, cubiertos y servilletas. Juan se rió y le enseñó a Roberto cómo usar los cubiertos, y después de la comida, cómo usar el palillo, y Roberto lo imitaba en todo.

A Juan Aguilar de veras le caía bien ese muchacho inocente. Tal vez se quedaría con él. Tal vez lo regresaría a su casa sano y salvo. Nunca había tenido tiempo de tener un hijo y éste le caía muy bien.

Después se llevó al muchacho a una cantina con mujeres y Roberto tuvo su primera experiencia con una prostituta, y al día siguiente se sintió mal y fue a la iglesia, encendió tres velas y rezó durante mucho tiempo, pero esa tarde, con unas cervezas y dinero en el bolsillo, su conciencia estaba más tranquila y regresó a la cantina con las mujeres. Una muchacha joven, bella y morena, se le acercó y le dijo que era *muy* ancho de hombros, *muy* fuerte. Él le compró un trago. Ella se lo tomó, le agarró los pantalones, y a él se le salió el miembro. Ella le dijo que era muy grueso, pesado y enorme, ¡verdaderamente increíble! Era lo doble que el de hombres dos veces más grandes que él. Ella lo besó y le pidió por favor, por el amor de Dios, que la fuera a ver a la playa después de la media noche. Roberto sintió que la cabeza le daba vueltas. Ella se rió y le dijo que nadarían desnudos y que después harían el amor en la playa, igual que en las películas americanas. ¡Roberto sintió que se le salía el alma! Era fantástico tener una muchacha. Una muchacha tan bella que lo quería ver en la playa. Tragó saliva. No se dio cuenta que muchos hombres lo observaban. Todo lo que podía ver era una muchacha que quería estar con él en la playa a la medianoche. Corrió a decirle a Aguilar. Aguilar se rió y le dijo que se cuidara y siguió jugando póquer. Había ganado quinientos pesos, cuarenta dólares, y ahora de nuevo fumaba puros. Le dio un puro a Roberto. Éste lo encendió y empezó a toser y todos se rieron. Roberto salió. Esperaría a la muchacha en la playa. Carajo, era casi el anochecer y no faltaba mucho para la media noche.

Se fue silbando hacia la playa. Se fue al puente largo que atravesaba una entrada de mar entre Guaymas y Empalme, y allí se quedó paralizado. Como una estatua en medio aire. Había gente por el puente y una muchacha estaba desnuda.

Dios mío, se le saltaron los ojos hasta que se dio cuenta que no estaba realmente desnuda. Llevaba una tirita sobre los pechos y otra sobre las nalgas, y Roberto se preguntó si sería prostituta o si era tan pobre y desvergonzada que no se molestaba en comprar ropa. Ella se veía tan esbelta, tan delgada y sin embargo estaba con un hombre que parecía bien alimentado y vestía ropa cara. No podía concebir que caminaran hacia un carro sin techo. El carro estaba estacionado de este lado del puente. Brillaba y parecía nuevo. Ésa era gente de dinero. Tenían un carro. No podían tener hambre. Y él miraba las caderas de la mujer, sus piernas, su pelo dorado, sus movimientos y pensó que ella era lo más raro que había visto: una mujer rica, hermosa, mal alimentada.

Alguien le dio una palmada en la espalda. Roberto dio un salto y vio a un hombre igual que él, trigueño, que estaba riéndose de él.

—¡Muchacho! ¡Deja de ver! Es sólo una gringa. ¡No es un ser extraterrestre!

Aún así, Roberto no podía dejar de ver. Ahora ella se daba vuelta y se metía al carrito bajo, dejando ver su ombligo, ¡ay! tan suave, pequeño y hermoso. Ahora que se agachaba para meterse al carro, se veían su trasero redondo y los cachetes de mango de sus nalgas. La respiración se le detuvo a Roberto, y se excitó tanto que las rodillas empezaron a temblarle y se mareó. Tragó saliva. Respiró. Los vio alejarse con un gran ruido del motor. Y después de un rato siguió caminando. Esperó a la muchacha en la playa del Mar de Cortés. Esperó hasta la medianoche, hasta el amanecer, pero la muchacha de la cantina nunca apareció. Con la llegada del sol, sintiéndose tan solo, tan estúpido, tan inocente, se acordó de su casa, de su familia y de su madre que corría por el río gritando su amor. Y después, al oír el canto de un gallo a la distancia, se acordó de los bueyes, del caballo tuerto y los ojos se le llenaron de lágrimas.

Se puso de rodillas y le empezó a pedir a Dios que lo perdonara. Se había olvidado de ellos completamente. Qué pena. Tenía dinero. Debía mandarles algo hoy mismo. Sacó su dinero. Lo contó. Tenía más de setecientos pesos. Le preguntaría a Aguilar si podría mandarles seiscientos. Se puso de pie, sintiéndose mucho mejor.

*D*urante la Segunda Guerra Mundial había pocos hombres en casa, en Estados Unidos, y se necesitaban hombres para el trabajo del campo. Así es que el gobierno importó mexicanos. Estaban justo al sur de la frontera y parecía muy práctico. Así que contrataron legalmente a mexicanos para hacer ciertos trabajos en ciertos ranchos por un salario garantizado, y esos trabajadores legales llegaron a ser conocidos como "braceros", los que trabajan con los brazos. Se importaron cincuenta y cinco mil entre 1941 y 1945.

Entonces, después de la guerra, después de probar el buen trabajo barato, los agricultores y rancheros del suroeste mandaron cabilderos a Washington para explicar que necesitaban esa mano de obra barata. No había americanos dispuestos a hacer ese tipo de trabajo en el que se rompían las espaldas de tanto estar agachados. Y por eso se olvidaron de unos cuantos millones de méxicoamericanos, okies de Oklahoma, arkies de Arkansas y filipinos que habían hecho ese trabajo antes de la guerra, y la importación de los braceros se extendió por unos cuantos años más y se convirtió en un gran negocio. ¡Enorme! Se importaron cien mil en el primer año. Y más y más cada año, así que para 1954 se importaban más de cuatrocientos mil cada año y sólo Dios sabe cuántos indocumentados, braceros ilegales, se pasaron a la brava.

Para esa fecha, el venir al norte y hacer fortuna allí era el sueño de todos los jóvenes de México. Pero al emigrar jóvenes fuertes al norte, muchos ranchos fueron abandonados en México. No importaba que fueran legales o ilegales. Carajo, el dólar americano era el dios del mundo.

CAPÍTULO CUATRO

Roberto se desperezó en la temprana luz de la mañana. Fue al mar y se lavó la cara con agua salada. Respiró profundamente y se sintió bien. Mandaría dinero a casa. Sonrió y se fue de regreso hacia el pueblo. Se detuvo en el puente. El océano estaba retrocediendo. Estaba más bajo y arrastraba peces. De repente, vio una cosa redonda, aguada, de tonos verde, azul y púrpura fantásticos que resplandecía como una luz, y se quedó estático. Era tan hermosa. Rápidamente bajó del puente y empezó a quitarse la ropa. Se metería, la atraparía y la vendería por mil dólares americanos. ¡No pesos, sino dólares!

Un hombre le gritó, —¡No, tonto! —Pescaba desde el puente—. ¡No!

—¡Es mío! ¡Si lo saco primero! ¡Es mío!

El hombre se rió. —No, no digo a quién le pertenece. Sólo te quiero decir que no vale nada. Es una aguamala y cuando baja la marea salen docenas. De verdad que no valen nada. —Roberto miró del hombre al aguamala—. En verdad, no sirven para comer ni para nada. Y si tocas una te quemará y te provocará ampollas e infecciones. —Le sonrió a Roberto y vio que era moreno, de cara ancha. Era indígena, terco y no le creería a menos que fuera amable, así que le dijo—, Ven. Tengo una caña extra. Podemos pescar juntos.

Roberto vio la sonrisa amable, se puso los pantalones, revisó su dinero, se fue donde el hombre y pescaron toda la mañana, y fue cierto, al retroceder el mar vio muchas aguamalas, así como otros tipos de peces y todo le parecía fantástico. Tan hermoso. Pescaron varios peces mientras la marea bajaba, y el hombre le explicó a Roberto acerca del mar. Roberto estaba tan contento que se olvidó de su hogar y de la muchacha que lo había hecho esperar toda la noche, y no emprendió el camino de regreso hasta el mediodía. Al entrar al pueblo, una camioneta se le acercó.

—Oye, muchacho, —lo llamó un hombre viejo mexicano desde dentro de la camioneta—. ¿Quieres trabajo?

—Claro, —dijo Roberto—, para eso vine.

El hombre sonrió. Llevaba sombrero de paja y tenía un gran bigote.
—Bueno. Me da gusto por fin oír a alguien hablar así. ¿Tienes amigos que quieran trabajar?

—Claro. Somos siete y todos vinimos a trabajar.

El hombre sonrió ampliamente. —¡Muy bien! ¿Dónde están tus amigos? Roberto le dijo.

—Está bien, súbete. Vamos a buscarlos.

Roberto nunca había estado en una camioneta. No sabía cómo abrir la puerta. El hombre se la abrió, Roberto se subió, y partieron. Roberto se sintió grande en lo alto de un vehículo privado mirando a todos los demás que iban a pie. Sonrió. El hombre lo vio y le preguntó de dónde era.

—De Michoacán, —dijo Roberto orgullosamente—. De arriba de las montañas.

El hombre asintió y le explicó su situación. Necesitaba hombres, muchos hombres. Él y muchos otros agricultores estaban perdiendo sus cosechas porque no había trabajadores. Roberto se alzó de hombros. No podía entender. Había hombres por todas partes sin nada que hacer. No dijo nada y llegaron al ferrocarril. Hacía un calor horrible. Halló a Pedro y a Aguilar a la sombra de su vagón de ferrocarril. Pedro estaba echando a un forastero de su área. El forastero se fue. Roberto llegó y les contó sobre la oferta de trabajo. Pedro le gritó.

—¡Si serás tonto! Si es tan buen trabajo, ¿por qué no puede hallar suficientes hombres? Carajo. Hay miles por aquí. ¡Si serás tonto! Se supone que estás en la cola para poder entrar a los Estados Unidos. Sólo porque tuviste suerte con esa mermelada de hielo, crees que eres especial, ¿verdad?

Roberto miró a Pedro y después de un momento dijo —Bien. Si eres tan inteligente, dime, si no tenemos documentos legales, ¿cuál es el propósito de estar en la cola?

Pedro explotó. —¡Eso no tiene nada que ver! ¡Tú haces lo que nosotros digamos! ¡Somos los que tenemos la experiencia! ¿Entiendes? ¡Nosotros! —y se apuntó al pecho y se dio golpes fuertes—. ¡Nosotros! ¡No tú! —Estaba furioso.

Roberto lo miró, pero no contestó. Le contó a Aguilar del hombre de la camioneta. Que tenía algodón y que necesitaba hombres ahora mismo. Que él los conduciría a su rancho, no les cobraría por eso y les pagaría mucho por cada kilo de algodón. Juan Aguilar asintió.

—¡Y tú te crees eso! —gritó Pedro, escupiendo al piso—. ¡Muchacho pendejo!

Roberto se irguió visiblemente.

—Pedro, —dijo Aguilar lentamente—. De nada sirve que se insulten. —Después a Roberto—. Ven. Vamos a ver. Vamos a ver qué es lo que quiere ese hombre.

Roberto se dio vuelta para ir con calma y en silencio. Desde que oyó la palabra "pendejo" había decidido no decir nada más. Todavía no era el tiempo apropiado para la venganza, pero, Dios mío, Pedro lo estaba provocando mucho.

—¡Ustedes vayan! ¡Yo me quedo! No voy a perder ni por un segundo la oportunidad de cruzar al otro lado. —Pedro se recostó en el piso del vagón.

Juan Aguilar asintió y dijo que quizá Pedro tenía razón. Debían enfocarse en su meta de cruzar la frontera, pero aún así . . . era mejor algo seguro que nada. Salió con Roberto a la luz del día y el hombre le dio toda la información. Aguilar le dijo que quizá al día siguiente irían a su rancho. El viejo alzó las manos al cielo.

—¡Por amor de Dios! Les estoy pagando el salario más alto. ¡No puedo pagarles más, o me voy a la quiebra!

—Señor, no es la paga. La paga es más que justa. Es que tenemos que platicarlo entre nosotros esta noche y decidir qué es lo que nos conviene.

—Claro. Claro. ¡Ya he oído eso antes! —Echó a andar el motor—. ¡Se quedarán aquí prefiriendo morir de hambre con el sueño del dinero gringo! ¡Claro! ¡Ya sé! Y perderé la cosecha este año también. Claro. Claro. ¡Estos americanos hijos de la chingada los han perdido a ustedes! ¡Los han vuelto locos! ¡Miren! ¡Miren! Ustedes dos están bien alimentados. ¡Pero miren hacia allá! —Miraron. Había treinta o cuarenta hombres bajo dos palmeras. Parecían exhaustos. Sedientos y cansados. Tenían los ojos cerrados y se movían lo menos posible. Algunos ya ni se molestaban en quitarse las moscas de la cara—. ¡Se están muriendo por el sol y por el hambre! ¿Pero saldrán de este hormiguero para ir a trabajar? ¡No! ¡No lo harán! ¡Prefieren morir aquí! ¡Esperando! ¡Con la esperanza de pasar la frontera al lado americano! ¡Locos! ¡Locos! ¡Esos gringos los han vueltos locos! —Y se fue en una gran nube de polvo abriéndose paso entre la muchedumbre de hombres enfermos y cansados.

Nueve mil fueron contratados ese día. Cuatro mil más llegaron por la tarde. Así que la multitud de hombres en espera siguió igual, entre cuarenta y cincuenta mil, y los coyotes hacían sus rondas burlando a los más débiles, a los más inocentes y a los que todavía valían la pena explotar.

Los días pasaban y Roberto no podía dormir bien. Él y Aguilar ganaban tanto dinero que tenían miedo que los robaran. Lo que daba por hecho era que cada cara que veía sabía que era asquerosamente rico. Y había miles de caras.

Él y Aguilar habían seguido haciendo propaganda a los abogados rateros, y también crearon otros métodos de esquilar a ovejas perdidas y, carajo, había tantas ovejas perdidas que Roberto se sentía desnudo si no traía encima quinientos u ochocientos pesos todo el tiempo. Finalmente, mandó algún dinero a casa por medio de un giro bancario como le había enseñado Aguilar. Le mandó a su mamá quinientos pesos, cuarenta dólares, pero a nombre de su hermana. Se sintió mejor, muy bien, y caminaba orgullosamente. Se sentía más alto que sus cinco pies con siete pulgadas de estatura y más pesado que su peso de ciento cincuenta libras. Fue a una tienda y compró hilo y aguja. Carajo, todavía tenía setecientos pesos que no necesitaba. Sólo necesitaba treinta o cuarenta para toda la semana, y tenía miedo, así que se escondió en el basurero para coserse el bolsillo del pantalón y después regresó caminando entre la multitud de gente. Todavía sentía miedo, pero se sentía un poco mejor.

Los días se pusieron calientes. No podía dormir y pronto empezó a bajar de peso. Se sentía sucio y enfermo. Centenares de hombres se desmayaban. Seis murieron en una tarde. Uno le cayó arriba a otro que había caído y con un cuchillo le desgarró el bolsillo y corrió. Roberto corrió tras él y derrumbó al ladrón, y los dos se fueron rodando entre las piernas de los que esperaban. El ladrón se separó de Roberto a patadas, y se puso de pie, cuchillo en mano. Tenía unos ojos feroces y rojos, y la cara picada de viruela. Caminó en círculo alrededor de Roberto. Los hombres se agruparon olvidándose del hombre caído que se asfixiaba con el polvo de los pies que se arrastraban. La chusma miraba el pleito. Roberto se hizo hacia atrás y se cayó. El hombre picado se fue contra él con la rapidez de una serpiente. Roberto le aventó arena a la cara y brincó hacia un lado, apenas salvando su vida. El hombre se rió y se abalanzó una vez más sobre Roberto con un largo cuchillo que brillaba con la luz solar. Entonces se oyó un grito. Era Juan Aguilar. Quería parar la pelea.

Pedro estaba con Aguilar, se rió y dijo, —Deja que pelee el muchacho. ¡Carajo, no he visto nada de acción! ¡Allí te va! —Se sacó el cuchillo y se lo aventó a Roberto. Roberto lo atrapó—. ¿A ver qué sabes, eh? ¡Muchacho creído!

—Pero nunca he usado un cuchillo para pelear, —contestó Roberto—. No sé nada.

Al oír esto, todos los hombres alrededor empezaron a reír y el cacarizo se rió también, —No te preocupes, chiquito, yo te voy a enseñar. Se corta ¡ASÍ! —y se le fue encima a Roberto y le cortó el brazo. Los hombres se echaron a reír.

Juan Aguilar gritó, —¡Roberto! ¡Tonto! ¡Si te corta otra vez, yo mismo te mato! ¡Eres mi muchacho! ¡Usa el cuchillo, muévete y mata a ese cabrón horrible!

—Ah, —gritó otro—, ¡tú le vas al muchacho indígena! ¡Te apuesto a que se muere! El que pelea con él es de Chihuahua, ¡mi terruño!

—¡Mierda! —dijo Aguilar—, ¡mi muchacho es de Michoacán, al lado de Jalisco, mi estado!

—Jalisco —dijo un mexicano pelirrojo—. ¡Chingao, entonces yo le voy a él! Es mi paisano. Pero yo no soy indio. Soy de los Altos de Jalisco. ¡Vamos, muchacho, córtalo!

Y las apuestas circulaban mientras Roberto agarró una piedra de arena y con el otro daban vuelta a un círculo imaginario. Los ojos de los hombres estaban enfocados en el intento de matar. Ojos de ojos . . . Daban vuelta en derredor como gallos de estaca. Entonces, el cacarizo hizo un amague con el cuchillo, le aventó una piedra que le pegó a Roberto en la cabeza, se fue sobre él pensando que ya lo tenía, ¡y le tiró una cuchillada! Pero la adrenalina de Roberto estaba tan alta que casi no sintió nada y sólo se tambaleó. Trituró la piedra en la mano y arrojó la arena a los ojos del cacarizo.

—¡Mátalo! —gritó Aguilar. La ventaja ahora era de Roberto. El otro no podía ver—. ¡Mátalo ahora que está ciego!

—Pero . . . —dijo Roberto, volviéndose hacia Aguilar—. No puede ver.

Los hombres se rieron. Pedro empezó a reír a carcajadas y a darle palmadas en la espalda a Aguilar.

—¡Chingado! ¡Por eso! —gritó Aguilar—. ¡Cuidado! —Roberto se volteó saltando hacia un lado, pero era muy tarde. No se escapó del cuchillo esta vez. Lo cortó a través de las costillas y la sangre le empezó a brotar. El ladrón se rió, cambió de mano el cuchillo y se fue otra vez sobre él. Roberto se echó hacia atrás con la mano en el costado, y al levantar la mano vio sangre.

¡Su sangre!

En ese momento, con la sangre roja, el sol blanco, y toda esa gente a su alrededor, algo le pasó a Roberto en su interior. Algo que nunca antes había experimentado en su vida. Empezó a temblar, a perder control, y pensó que tenía miedo, que estaba totalmente aterrorizado. Pero después el temblor cesó, y una sensación de hielo suave empezó a bajarle por la espalda hacia la entrepierna. Gritó como un salvaje: Ya no era el mismo, ya no tenía control de sí mismo y un ser extraño brincó fuera de él . . .¡para matar!

Y así, gritando y tirando tajos, sorprendió al ladrón y le cortó la mano con la que sostenía el cuchillo, sacándole sangre. Lo vio y sonrió. ¡Ah, qué sonrisa! y el ladrón cacarizo la vio, y le creyó y se dio vuelta hacia la derecha lejos del cuchillo de Roberto.

Pedro gritó, —¡Oye, esto se está poniendo bueno!

Y así terminó la pelea a cuchillo del bien y el mal, y un serio juego a muerte empezó. Era uno de esos enfrentamientos en donde dos hombres bien escogidos se cortan uno al otro hasta que están débiles por la pérdida de sangre. Como en las peleas de gallos, dan vueltas y atacan con una furia de tajos y gritos, pateando y simulando, escupiendo y tirando y después descansan, circundándose uno al otro con los ojos mortales en el alma.

El hombre es la bestia más letal desde el comienzo del tiempo.

Roberto, sin saberlo, sonreía mientras giraba, y el cacarizo, experimentado en peleas a cuchillo y miradas como la de Roberto, se fatigaba. Pues este muchacho estaba ahora a prueba. Y la muerte, una buena muerte, era la prueba de la vida. El cacarizo se persignó y avanzó sobre el muchacho. El momento había llegado. Todo era uno y lo mismo: la vida y la muerte en el mismo sitio.

Roberto lo vio y sonrió, se persignó también, y empezó la mejor pelea. Los hombres miraban con los ojos bien abiertos y sus corazones palpitando felices. El tiempo se detuvo, aquí y ahora. Y los cuchillos tiraron tajos. Girando ahora, simulando después, luego parando, deteniéndose, mirándose cara a cara. Durante minutos enteros ninguno movió un músculo mientras esperaba, sangrando y debilitándose, la muerte del otro. Se sabe que algunas de estas peleas a cuchillo duran horas, hasta que cada hombre cae en un charco de sangre y no se puede levantar, pero aún entonces tratan de tirar una última cuchillada. Al que nunca deja de pelear se le llama "gallo de mucha estaca", y en estado de exaltación realmente no importa si uno muere, pues esto es estar a prueba y allí es donde estaba Roberto ahora, en cuerpo y alma.

Ahora, débil y sangrante, Roberto circundaba al ladrón cacarizo forzándolo a retroceder. Estaban cara a cara, cuchillo a cuchillo, mientras la chusma de hombres miraba extasiada la divina comedia del hombre, la necesidad de matar el cuerpo y trascender al alma pura. La chusma sonreía con corazones palpitantes, y hablaba y aprobaba con gran admiración. Esos muchachos, esos hombres, eran gallos de mucha estaca y eso era un gran espectáculo, ¡tan bueno como cualquier corrida de toros!

Roberto se tambaleaba. El otro parecía desfallecido. Juan Aguilar gritó, —¡Basta! ¡Ése es mi muchacho! ¡Y lo necesito vivo!

Pedro y la chusma gritaron, —¡No! ¡La prueba lo es todo! ¡No hay salida de la sagrada muerte!

Aguilar dio un paso adelante y pidió que pararan inmediatamente, o que se prepararan a pelear con él.

Al oír esto, y habiendo aprendido mucho de autodefensa en la última media hora, Roberto hizo como que obedecía el mandato de Juan. Se dio la vuelta con el cuchillo hacia abajo y el ladrón cacarizo se lanzó sobre él como una serpiente. Roberto, que esperaba esto, se hizo a un lado, le aventó arena a la cara y lo pateó. El ladrón dio traspiés. No podía ver. Tiraba tajos ciegamente. Roberto esperó, entonces se le acercó y le dio una patada en los huevos. El hombre cayó con un grito. Soltando el cuchillo y agarrándose los testículos.

—¡Mátalo! —gritó Pedro—. ¡Mátalo! ¡Mátalo!

Roberto se dio vuelta, sangriento y débil y gritó, —¿Matar? ¿Matar? ¡A ti! —Y se fue sobre Pedro. Pedro corrió. Roberto se fue tras él. Juan Aguilar agarró a Roberto y lo obligó a soltar el cuchillo. ¡Los hombres chillaban y decían que eso era bueno! Que el muchacho pelearía con cualquiera, en cualquier lugar, a cualquier hora. ¡Era muy macho! ¡Muy gallo! ¡Muy hombre! Y todo a la prueba, como hombre.

—Basta, —dijo Aguilar—. La pelea se acabó. —Y agarró a Roberto debajo del sobaco y se lo llevó. Roberto estaba tan débil que las piernas le bamboleaban. Se llevaron a Roberto al pueblo para comprarle medicamentos de primeros auxilios en una farmacia. No se necesitaría que lo viera un doctor, Aguilar sabía cómo tratar heridas. Y al ladrón lo dejaron ahogándose entre el polvo que levantaba la chusma, tosiendo y sofocándose hasta que murió como la víctima a la que había robado no hacía ni siquiera una hora allá en la tierra bajo el sol.

Varias horas después, Roberto no había mejorado. Estaba peor. Sudaba y tenía fiebre. Sus heridas a las costillas eran más profundas de lo que había pensado Aguilar. Lo llevó a un doctor. Ya era tarde en la noche. El doctor no estaba. Aguilar agarró a la jovencita del cuello, le puso un billete de cien pesos en la mano, y le dijo que trajera al doctor enseguida. La muchacha se fue gritando hacia la parte de atrás. La oficina era también una casa muy limpia y bonita. Después de unos minutos apareció el doctor. Le preguntó a Aguilar acerca del dinero antes de examinar a Roberto. Aguilar le mostró rollos de billetes. El doctor le pidió disculpas y le dijo, —Dios mío, hay tantos que mueren como moscas . . . es horrible. Los americanos son los responsables. Deberían declarar a Empalme una zona de desastre y mandar a la Cruz Roja. Toda esa gente, y sin dinero . . . El muchacho se ve bien alimentado. Sobrevivirá. Necesita más que todo sal, comida y descanso. Está agotado.

Y así, en 1959, los campesinos americanos trabajaban más y más por menos, hasta que llegaron a sesenta centavos la hora. *Trabajaban como animales espantados, desesperadamente temerosos de perder su trabajo. Porque por allí, por la noche, como perros hambrientos, venían los braceros y los indocumentados. Decenas de miles. Muriéndose por conseguir trabajo a cualquier precio en la tierra de la abundancia.*

Por esto el programa de braceros fue cancelado por el gobierno en 1963. *Estaban sin trabajo los méxicoamericanos, los okies y los arkies, y Estados Unidos tenía que proteger a sus ciudadanos. Y empezó la tentativa por deportar mexicanos, como en el enorme "Operation Wetback" de los años cincuenta. La policía decía que arreaba mexicanos como si fueran puercos, que eran analfabetos, degenerados y sucios, y que ellos, la ley, tenían que proteger a los verdaderos ciudadanos. Se le preguntó a un oficial del valle de San Joaquín por qué les pegaba, y éste contestó: —Hay que derramar sangre. Esa gente no es como tú y yo; básicamente les gusta que se les golpee. Carajo, si no dejas que sangren un poco, no se puede confiar en ellos. Yo lo sé. He estado tratando con ellos toda la vida.*

Y así se trató de detener una de las más grandes pero menos conocidas migraciones de hombres, pero no se pudo. *Pues los mexicanos siempre habían entrado y salido de la frontera durante siglos. Ahora simplemente era ilegal y fue peor.*

CAPÍTULO CINCO

Los rumores de la pelea a cuchillo se esparcieron y la gente se empezó a dar cuenta de que Roberto y Aguilar eran los mismos que habían estado haciendo propaganda para los abogados.

Aguilar notó esto y supo que tenían que irse de Empalme. Los abogados coyotes se escurrirían cualquier noche y entonces ellos, Roberto y él, serían los únicos responsables del timo.

—Ven, —le dijo Aguilar a Roberto—, ya es hora que nos venguemos. —Aguilar sonrió—. Esos coyotes nos creyeron tarugos, así que los traicionaremos antes de que ellos nos traicionen a nosotros.

Fueron al paraguas de los abogados con la bandera americana de un lado y la mexicana del otro. Todo se veía tan oficial y legal ante los ojos de esa gente desesperada . . . y Juan Aguilar empezó a gritar exigiendo sus documentos.

—¡Ya pagué! ¡Y ya pasaron ocho días! ¡Ya pagué, y ustedes son coyotes!

Los abogados y sus ayudantes, todos vestidos de traje, trataron de calmarlo. Centenares de hombres miraban. Algunos ya habían pagado, otros estaban en fila para pagar. La muchedumbre empezó a acercarse. El exabogado de Aguilar trató de meter la mano debajo de la mesa. Juan Aguilar sacó su .45 y la presionó contra la oreja del hombre.

El abogado quedó congelado, como si hubiera sido esculpido en movimiento.

—Levántate despacio y dame esa pistola —le dijo Aguilar. El abogado no se movió. Juan le pegó en la sien con su .45. El abogado cayó al suelo y los otros hombres trajeados se hicieron a un lado. Estaban aterrorizados—. Roberto, —dijo Juan—, date la vuelta. Coge la pistola y recoge nuestro dinero. —Y se volvió a la chusma—. ¡Lo único que quiero es que me regresen mi dinero! ¡Mis trescientos pesos! Es lo justo. Más vale que ustedes recojan su dinero también. Esos, —y los apuntó con su .45—, ¡tienen su dinero! —Se volvió a Roberto. En voz baja le dijo—, ¡Rápido! ¡Agarra el dinero, haz como que lo cuentas y avienta el resto al aire! ¡Rápido!

Al ver el dinero volando, la chusma se fue sobre él. Cientos de rostros furiosos. Uno de los ayudantes gritó que le tuvieran compasión.

—¡Fueron ellos! —dijo apuntando a los abogados—. ¡Yo no! ¡Por el amor de Dios, créanme! ¡Pensé que esta operación era legal!

Aguilar agarró otro puño de billetes, lo aventó hacia un lado, y corrió hacia el otro; Roberto lo siguió. Los hombres gritaron, bramaron. Roberto, ya bien repuesto de la pelea a cuchillo, luchó a brazo partido para salir del mar de gente y apenas si logró escapar con vida.

Se agarraba el lado herido. Respiró profundo y vio, con la cara torcida en una mueca de miedo, que algunos hombres que trataban de recuperar su dinero caían al suelo y eran aplastados a pisotones por la chusma. Los abogados . . . los abogados . . . ¿los abogados? Fueron despedazados. Quedaron irreconocibles.

A una distancia segura, Juan y Roberto miraban en silencio. La chusma, tan furiosa e histérica, se mordía a sí misma como rata herida, como un coyote destripado, dando vueltas en círculo, devorando sus propios intestinos. El miedo mordisqueaba el dolor que se acrecentaba y daba más temor. Giraban sobre sí mismos. Roberto tragó saliva. Era una pesadilla. Se persignó y los ojos empezaron a llenársele de lágrimas. No sabía por qué, pero quería a su madre. Ya fuera del peligro, tenía más miedo que cuando había estado en la pelea a cuchillo. No pudo ver más. Se dio vuelta y vio la cara de Aguilar . . . estaba en éxtasis. Aguilar se pasaba la lengua por los labios y se aprestaba a encender un puro. Roberto sintió que el estómago le daba vueltas. Tuvo que hacer un esfuerzo para no vomitar. Cerró los ojos. Los últimos gritos de los coyotes desaparecieron con la muerte.

—La venganza, —dijo Aguilar—, qué dulce es. —Le dio unas palmadas en el hombro a Roberto y le dijo—, Ven, ya se acabó la diversión.

Roberto oyó estas palabras y abrió los ojos. Miró fijamente y no podía creer lo que estaba viendo. Hombres maduros, de manos callosas y cuchillos al cinto, se dejaban caer al suelo llorando como niños, maldiciendo como Satanás, y otros sacaban el cuchillo para pelear con otros por el dinero.

Juan Aguilar agarró a Roberto fuertemente. Lo hizo girar y se fueron. Tenían dinero. Habían ganado dinero de este incidente y tenían que salir de Empalme. Vendrían a buscarlos para matarlos. Caminaron los dos o tres kilómetros a la parada del camión. Había que esperar dos horas. Regresaron a los vagones. No encontraron a sus compañeros. Se tiraron al suelo para dormir una siesta. Roberto despertó repentinamente. Se llevó la mano al bolsillo que había cosido. El dinero había desaparecido y había un hombre, cuchillo en mano, doblado sobre Aguilar. Roberto gritó. El hombre se espantó y le tiro un tajo a Roberto. Éste se hizo a un lado rodando por el suelo. Aguilar despertó con pistola en mano y el ruido ensordecedor de la .45

automática hizo eco en los vagones cuando el hombre gritó y cayó muerto hacia adelante sobre Roberto.

Roberto pateó histéricamente.

Juan Aguilar le quitó el cuerpo de encima y agarró a Roberto del brazo.

—¡La suerte! Empieza a ir en nuestra contra, —dijo Aguilar—. Ven. ¡Pronto! Agarra tu dinero que nos vamos. —Brincaron del vagón; había hombres por todos lados. Se toparon con Pedro y sus compañeros—. Maté a un hombre, —dijo Juan—. Ya sabes, el truco de regresar a nuestro terruño, ¿Okay?

—Okay, —dijo Pedro. —Este lugar enferma.

—No, —dijo uno de los norteños—. Yo me quedo. Mañana voy a intentar algo nuevo. Carajo, hoy sólo legalizaron a dos mil, según los altoparlantes. La semana pasada estaban legalizando casi diez mil diarios. Voy a legalizarme antes que sea demasiado tarde.

—Como gustes, —le dijo Aguilar—, y si alguien te pregunta de este tiroteo, no digas nada. Si te fuerzan, di que nos regresamos a nuestro terruño, a las montañas de Michoacán. Ahí queda todo. Ningún representante de la ley se atrevería a perseguir a un hombre en nuestras montañas.

Roberto y el grupo salieron en dirección al sur. Esa noche tomaron el autobús hacia Ciudad Obregón. Allí esperaron hasta el día siguiente. La ciudad estaba caliente y húmeda. Habían decidido esconderse trabajando en un rancho. Averiguaron dónde estaban pizcando algodón y caminaron cinco millas a lo largo del río Yaqui donde hallaron trabajo. Les vendieron unos costales de doce pies de largo que estaban reforzados en la parte de abajo, se echaron al hombro el costal y empezaron a pizcar. Era la primera vez que Roberto pizcaba algodón y no lo hacía muy bien. Aguilar empezó a toser. Tuvo que dejar de trabajar. Regresó al establo donde había cientos de camas. Se echó en la cama a pensar. Sabía que los americanos habían rechazado a muchos hombres por ese tipo de tos y por eso no había presentado los documentos falsos para que se legalizaran. No correría el riesgo de ser rechazado individualmente y que lo supiera el resto de sus compañeros. Prefería que pensaran que todos habían sido rechazados, todos se verían forzados a pasarse a la brava.

Al terminar la semana, Roberto ya era un buen pizcador de algodón y sabía las mañas. Empezaba temprano, una hora antes que saliera el sol, y así, antes de salir el sol, él y su grupo ya tenían la mitad de su costal lleno. Cuando hacían esto, al llegar al pesaje —les pagaban por kilo— el algodón, impregnado del rocío de la mañana, pesaba más, ganaban más y terminaban antes que llegara el calor del día. Otros se iban al campo cuando llegaba el capataz, trabajaban bajo el calor del día, y muchos se desmayaban.

Un viejo que pizcaba al lado de Roberto murió. Roberto estaba pizcando con su costal al hombro cuando de repente vio que el viejo respiraba de una manera anormal. Respiraba y se hablaba a sí mismo, pidiendo agua, pero no dejaba de trabajar. En vez de eso pizcaba más y más rápido y hablaba más y más hasta que se cayó sin aliento. Roberto se le acercó. Tenía la cara fría como hielo, aún en el calor, y su cuerpo rezumaba sudor. Roberto trató de levantarlo, pero el viejo gruñó y silbó e hizo a Roberto a un lado, y empezó a temblar con convulsiones. Llegaron otros hombres y llamaron al capataz. El capataz se lo llevó en su pequeño tractor, y después del trabajo, Roberto se enteró que el hombre se había ahogado al tragarse su propia lengua.

Esa noche Roberto tomó sus pastillas de sal, que todos tenían orden de tomar, y se fue a ver a Juan Aguilar que había iniciado un juego de póquer. Era un juego importante. Los hombres habían recibido su paga esa tarde y todos bebían cerveza, jugaban baraja y se relajaban después de una dura semana de pizca.

Roberto había conocido a una muchacha. Era muda. Vivía en un rancho cerca. No era bonita. De hecho era fea, pero era joven y tenía hambre. Él le dijo que le gustaba y le compró un vestido. Ella le dijo que lo quería y empezaron a hacer el amor todas las noches. Se veían en el campo, entre los surcos de algodón, durante la parte más fresca de la noche. Roberto echaba su sarape sobre la tierra blanda y la montaba. Y ella sabía mucho, mucho más que él, y en silencio le enseñó diferentes maneras. Él la montaba una, dos, tres veces por noche, noche tras noche, y ella gemía, jadeaba y arañaba y decía que lo quería palmeándose el corazón, agarrándose el corazón y ofreciéndoselo a él con la mano estirada. Había tal sinceridad en sus ojos que él decía, "Dios mío, ¡esto tiene que ser el amor!" Y la montaba de nuevo. Esa noche lo hizo siete veces, hasta que murió esa pequeña muerte tantas veces que gritó "¡NO MÁS!" Había enloquecido, viniéndose, yéndose, y las restricciones de mujer dentro de ella quedaron rotas para siempre. Quedó abierta, abierta, a todo lo que un hombre y una mujer pueden llegar a ser. Ahora. Aquí. Sí. Juntos para siempre.

Minutos después, la tierra dejó de girar. Se despertaron y él se acordó. Debía estar en el juego de póquer para ayudar a salir a Juan Aguilar. Le dio las buenas noches a la muchacha muda y empezó a levantarse, pero ella no quería dejarlo ir. Gimió y dijo algo con su lenguaje de gestos, y con los ojos le rogó que se quedara. La miró y trató de explicarle que tenía que irse, que regresaría. Ella lo abrazó de las piernas y empezó a llorar. Él se puso de rodillas, la besó y la abrazó, y la luna los iluminó entre los altos surcos de algodón. Finalmente, sin saber que más hacer, le dio dinero. Ella vio el dinero y brincó sobre él con las uñas por delante. Lo arañó. Él la tiró. Ella se cayó llorando. Él se quedó allí . . . con dinero por todas partes. La brisa nocturna soplaba levemente. Respiró, tragó saliva, se sentía mal, pero no sabía qué hacer. Así que se alejó caminando. Oyó los gemidos mudos durante gran parte de la noche.

Y así, la broma de cerrar la frontera se llevó a cabo. Se completó. Se escribió y se aseguró en los libros de leyes, como tantos otros asuntos de la nación que se ponen en los libros de leyes y después se archivan.

Por ejemplo, en 1963 el congreso americano anuló el programa de braceros, les dio un año de gracia en algunos casos, y para 1965 todo el programa había terminado definitivamente. O así lo pensaron las mentes legales.

Pero los coyotes en México y los contratistas en Estados Unidos no iban a permitir que desapareciera un negocio de cien millones de dólares. ¡Claro que no, carajo! En 1955, los braceros ganaron 65 millones de dólares sólo en California, en 1956 ganaron 85, y en 1961 ganaron 91, y nadie sabe cuánto ganaron por año los indocumentados. Así que ésta no era una industria pequeña, era más bien un gran negocio. Entonces entraron los grandes políticos, y se hicieron leyes, y se detuvo el programa —lo que fue un gran triunfo para el sindicato de César Chávez y los ciudadanos americanos que trabajaban en el campo— que resultó ser un gesto vacío. Pues estaban convirtiendo a los mexicanos en ciudadanos americanos por decenas de miles, y los que no, eran pasados a la brava por la frontera, y la guerra por la mano de obra barata continuó, se expandió y se volvió ilegal, de alto riesgo y de ganancia rápida. Sus tácticas eran las de los pandilleros, y docenas de mexicanos aparecían muertos a lo largo de las carreteras americanas.

Y así continuó esta guerra por la mano de obra barata, durante los sesenta y setenta, y hasta nuestros días, creciendo más y más y haciéndose más desesperada cada año.

CAPÍTULO SEIS

—¡Dame el dinero! —le gritó Juan Aguilar

—Ya te lo di casi todo, —contestó Roberto.

—¡Mira, muchacho, no me des explicaciones! ¡Dame el dinero! —Juan Aguilar estaba borracho y había perdido todo su dinero además de casi todo el de Roberto y estaba furioso. Ya no jugaban póquer. Apostaban a las peleas de gallos. Y los hombres del campamento estaban contentos. Toda la semana Juan Aguilar les había ganado en el póquer y ahora estaba perdiendo todo en las peleas de gallos. Aguilar seguía apostándoles a los gallos de un hombre que tenía gallos de su pueblo, en las montañas de Jalisco y seguía perdiendo porque el orgullo por su estado no lo dejaba no apostar—. ¡Roberto! —sacó el cuchillo—. ¡Córtate el bolsillo y dame tu dinero! ¿Quiéres que te lo corte yo?

—Más vale que hagas lo que te dice, —dijo Pedro—. Tú eres su muchacho y no tendrías nada si no fuera por él.

Roberto le tenía respeto y miedo a Aguilar, así que asintió, aceptó el cuchillo de Juan y con él se abrió el bolsillo delantero y le dio el dinero.

—¡Bueno! —gritó Juan—. ¡Yo pago todas las apuestas! Le apuesto al gallo de mis montañas. ¡Está listo! ¡Miren esos colores! ¡Su raza! De ancestros ingleses y mejora mexicana. Más fuerte por el aire de montaña de mi querido Jalisco.

Las apuestas se hicieron. Se pasó el tequila. Los gallos se incitaron uno contra el otro. Sus afiladas navajas quedaron al descubierto y despés fueron lanzados uno contra el otro. La pelea comenzó en un furioso revoloteo de navajas y plumas. Uno de los gallos cayó. El otro se erguía orgullosamente. Y habían ganado, Juan y Roberto habían ganado. El gallo de sus montañas había despedazado al otro, pero entonces su gallo se alejó y Juan Aguilar en un frenesí de gritos y emociones le gritó al dueño del gallo que lo regresara y que mostrara su valor asesino.

—¡A la prueba! ¡A la prueba! ¡A la prueba!

Todos gritaban, —¡A la prueba! —Y los dos galleros recogieron sus gallos y los incitaron uno contra el otro, y el moribundo parecía más interesado, más listo para seguir peleando, aunque se estaba muriendo.

Juan gritó, —¡Bájenlos! ¡Veremos si saben morir!

Los dos galleros bajaron sus gallos para ver cuál era más valiente en la proximidad de la muerte, cuál mantenía su valor hasta su último aliento. Juan Aguilar le gritó a su gallo que regresara a la pelea, que mostrara su valor y acabara con el otro. Porque si su gallo se alejaba, aunque era el más bravo, ¡perdía! Porque el ganador era el que mostraba un verdadero valor como asesino. Y si el moribundo mostraba que quería seguir peleando, entonces era el ganador.

Juan Aguilar bramó.

Su gallo, el que había medio matado a su oponente, se alejaba sin interesarle rematar al herido y moribundo gallo que se levantaba tambaleante, con deseos de pelear. Así que este gallo moribundo fue el ganador.

Los hombres se echaron a reír.

Roberto no se rió. Ese gallo, que había sido el mejor, actuaba igual que él en la pelea a cuchillo. ¿Por qué pelear con un moribundo? ¿Eh? ¿Por qué? Pero todos los hombres se reían.

Juan Aguilar brincó al centro del palenque y se arrancó la camisa y gritó frenético, —No tengo ni un centavo. ¡Lo he perdido todo! ¡Llegué a este mundo desnudo y hambriento! Así que todo lo que traigo puesto y todo lo que siento, ¡Es ganancia! Así que ya llevo ganancia en esta vida. ¡Respiro! ¡Escupo! ¡Siento! —Y se agarró la verga y los cojones y se los jaló hacia arriba—. ¡Aquí llevo ganancia también! Adonde cuenta para un hombre! —Y dio de brincos bramando su mala suerte, pero ningún hombre le podía ganar, podía matarlo, sí, pero no ganarle—. ¡Soy hombre! ¡Y un hombre no puede ser vencido! ¡Me pueden destruir, sí! ¡Pero no derrotar! —Y se sacó la .45 y mató al gallo que había ganado pero se había alejado. Los hombres se paralizaron. Ahora los apuntaba a ellos con su pistola.

—¡Manos arriba! —Ordenó que todos se acostaran en la tierra y que le tiraran su dinero. Lo hicieron. Les dijo a Roberto y al otro norteño que recogieran el dinero. No todo el dinero, sólo la mitad. Y que aventaran la otra mitad sobre la muchedumbre. Roberto hizo lo que se le decía. La gente empezó a pelear para recuperar algo de su dinero, y Roberto y Juan y sus camaradas desaparecieron en la oscuridad de la noche.

Corrieron por las márgenes del Río Yaqui. Llegaron a las afueras de Ciudad Obregón. Detuvieron un camión. Le pagaron al chofer unos cuantos pesos y él los llevó a Empalme donde los hombres —las decenas de miles— habían desaparecido. Sólo había cientos de ellos. Se dirigieron a la bodega americana donde estaban las oficinas. El campo rodeado del alambre de púas estaba casi vacío. Las carpas de estructuras temporales de carnaval estaban casi desiertas. Después vieron la Cruz Roja mexicana y americana. Tenían camiones y tiendas, y se habían instalado en un edificio grande. Los hombres morían por docenas. La desesperación y el agotamiento en medio de ese terrible calor estaban matando a los hombres como si fueran moscas. Los gobiernos mexicano y americano trataban de alimentar a los hombres que no habían aún conseguido sus documentos de legalización; después se les mandaba a sus casas. Los hombres lloraban; preferían la muerte si no podían obtener trabajo en los Estados Unidos.

Juan Aguilar preguntó a varias personas. Descubrió que los americanos estaban legalizando sólo dos o trescientos hombres al día, ya no miles. Algo de un sindicato pocho: un pinche mexicano nacido en Estados Unidos, César Chávez, y el congreso habían decidido terminar el Programa de Braceros. Juan Aguilar dijo, —¡Vengan! —Se fueron a un lugar aparte—. ¿Qué dicen, eh? ¡Vámonos a la brava!

—¿Por qué no? —dijo Pedro—. Como ese viejo del vagón decía siempre . . . "¡Espero y espero! Nunca me dan nada, así que me puedo ir a la chingada de una vez por todas!" —Se rió—. Chingao, no tenemos nada que perder. Y un hombre sin nada que perder es indestructible. Así que vamos a quitarles a los gringos que nos robaron las tierras.

—¡Claro que sí! —dijo Juan Aguilar—. Vamos, y reto al mismo diablo que trate de impedírnoslo. ¡A la brava!

—¡A la brava! —gritaron todos. Roberto no dijo nada. Esos hombres se le hacían cada vez más raros. Estaban tan desesperados, tan locos, tan valientes. Él tenía mucho miedo, así que se mantuvo en silencio tratando de no mostrar su temor.

Se fueron al pueblo, desayunaron abundantemente y después abordaron un autobús para Mexicali. A varios cientos de kilómetros al norte. Viajaron todo el día y el clima caliente y húmedo se intensificó. Poco después no estaba tan húmedo. Sólo hacía un calor de la chingada. Atravesaban unos desiertos tan áridos que Roberto pensó que no estaba en la tierra. Nunca había visto nada parecido. Las montañas de su tierra estaban llenas de pinos y encinos y las tierras calientes tenían bosques tropicales y bananales. Se mantuvo en silencio y empezó a pensar en su tierra. Durante semanas todo había sucedido tan rápido que nunca pensó en su hogar, pero ahora, mientras todos sus paisanos dormían en este autobús-perro que corría, pensó en su familia, se acordó de su madre que lo seguía al otro lado del río, iluminado por la luz de la luna, y de cómo le gritaba que nunca regresaría, que lo matarían. Y pensó, "¿Dios mío, a cuántos he visto morir? ¿Tres? ¿Cuatro? No, cinco, seis. ¡Ay!, tantos. ¿Y de cuántos más he oído pero no visto? Docenas. Quizá cientos". Y en la imaginación vio a su madre que venía por el río. Morena, baja y vieja. Apenas si tenía treinta años, pero parecía que tenía cincuenta. Había traído a este mundo once criaturas, pero cuatro habían muerto al nacer.

El autobús seguía con el rugido del motor y su madre lo seguía por el río iluminado por la luz de la luna hasta que se cayó.

Él también se cayó. Estaba exhausto. Aterrorizado. Tragó saliva y se quedó inmóvil. Un grupo de alrededor de veinte hombres estaba en la frontera. Era la medianoche y estaban cerca del canal americano, a unas siete millas al oeste de Mexicali. Un coche de la patrulla del U.S. Border Patrol acababa de pasar y ellos estaban tirados bocabajo en el margen. Esperaron. Los corazones les latían contra la tierra, y después, a una señal de Aguilar, se levantaron y empezaron un lento caminar a largos pasos por la margen del canal. Había como veinte hombres, la mayoría de los cuales Roberto no conocía.

Unas cuantas millas más adelante llegaron a una carretera. La 98 de California. Se alejaron del canal y atravesaron los campos arenosos brincando cercas de alambres de púas. Vieron que se acercaban unas luces. Uno de los hombres se dejó llevar por el pánico cuando se desgarró una pierna en el alambre de púas. Otro hombre le pegó.

El silencio cundió.

Esperaron. El corazón contra la tierra. Las luces pasaron. Se levantaron y echaron a correr. El hombre con la herida en la pierna se empezó a rezagar. Nadie lo esperó. Cruzaron la carretera y llegaron a otra cerca. Un alambrado. Había ganado en el campo. Un hombre tocó el alambre. Gritó. El alambre estaba electrificado. Repentinamente se encendieron las luces de algún lugar y una voz gritó por un altoparlante, primero en inglés y después en español, —¡Párense! —Los hombres se dispersaron corriendo en todas las direcciones. Juan agarró a Roberto y se regresaron hacia México. Algunos los siguieron. La patrulla se fue en pos de los que corrieron hacia el norte. Aguilar torció su camino hacia el este y corrió con todas sus fuerzas con Roberto a su lado. Más tarde el grupo como de quince volvió a dirigirse hacia el norte y corrieron hasta que se cayeron sofocados.

Juan tosió y tosió, después se levantó y dijo, —Muchacho, ahora es cuando el poder de la juventud empieza a pagar. ¡Dame la mano y vámonos!

Roberto, sudoroso y cansado, se puso de pie de un salto y agarró a Juan del cinturón y empezó a correr.

—¡Más rápido! —dijo Aguilar—. Jala más rápido y no me sueltes hasta que se me doblen las piernas o me quede doblado.

Roberto se aferraba a él y jalaba y así siguieron. Milla tras milla. Ahora había sólo diez hombres con ellos y todos jadeaban como perros. De repente Roberto se quedó boquiabierto, sofocado, y se cayó escupiendo y respirando con esfuerzo.

—¿Qué pasa? —preguntó Juan entre su propia respiración sofocada.

—¡Me los tragué! ¡Me los tragué! —Dijo Roberto y señaló hacia una gran masa de insectos que habían alborotado—. Me tragué una bocanada de esos.

—Ah, —y Juan sacó una botella de plástico para leche llena de agua—. ¡Bebe! Enjuágate la boca y esos pinches bichos americanos. ¡Rápido! Probablemente los rociaron con veneno. —Roberto bebió y tosió—. Toma otro trago más y . . . ya estuvo bueno, ¡ya basta! No más. ¡Vámonos!

Siguieron corriendo, y casi toda la noche corrieron y caminaron. Cruzaron bichos e insectos, campos de hortalizas y brincaron cercas eléctricas. Más adelante, atravesaron un área de granito y matorrales, y lo peor, profundos montículos de arena. Y siguieron así. Escapando hacia la tierra de la abundancia. Llegaron a una autopista. La carretera hizo que Roberto, olvidándose que se estaba escondiendo, se detuviera, se pusiera de pie, y mirara asombrado. Qué vista tan maravillosa. Toda construida por el hombre. Aguilar lo jaló y cruzaron la autopista y siguieron, hasta que Juan le dijo, —Bueno, ¿ves aquellas luces que están allá? ¿Esa montaña de luces? Ésa es la planta donde hacen el yeso. Nos vamos por aquí . . . —y señaló hacia el noroeste—. Conozco un lugar donde podemos conseguir más agua. —Se volteó hacia Roberto—, ¿Cuánta agua nos queda?

—No mucha.

—Bueno, vámonos. Tenemos mucho que andar antes del alba.

Ahora sólo quedaban diez de ellos. Se habían quedado más. Así, los más hábiles se dirigieron hacia una lucecita distante que Aguilar dijo ser un rancho que tenía agua y que distaba sólo unas millas. Anduvieron horas y horas por el rico Valle Imperial en la esquina sureste de California. Pero la luz distante no parecía más cercana.

Finalmente un hombre desconocido dijo, —Mira . . . no creo que sepas adónde vamos. Para mí esa luz puede estar a unas cuarenta millas.

—Entonces no nos sigas. Vete adónde te dé la gana, —le dijo Aguilar y continuó hacia la luz en la distancia.

El alba los sorprendió a la misma distancia de la lucecita. Estaban en un campo de hortalizas y venía un avión. Venía volando bajo y haciendo un gran ruido, así que se tiraron al suelo bocabajo sobre la buena tierra entre los surcos verdes y allí se quedaron en el brumoso amanecer de la primera luz del día. Con el corazón acelerado y la nariz destrozada esperaron al avión que venía hacia ellos y los roció con un líquido verde azulado de químicos.

Juan Aguilar empezó a toser. Rápidamente se cubrió la boca y la nariz con la manga de su camisa y le indicó a Roberto que hiciera lo mismo. El avión subió en medio de un gran y potente rugido, dio la vuelta e hizo lo mismo dos veces más, y cada vez que subía el avión y el piloto no podía verlos, se echaban a correr. Saltaban sobre los surcos, tirándose sobre la tierra, tratando de descansar cuando bajaba de nuevo el avión con su carga de gases ponzoñosos. Respiraron profundamente y corrieron escapando más hacia la tierra de la abundancia mientras el avión nublaba el alba con sus gases.

Para el amanecer ya iban saliendo de los campos de hortalizas e internándose en el desierto seco. Llegaron a una bomba de irrigación que tenía un tanque grande montado en postes de diez pies de altura. Apilados sobre la tierra había enormes costales vacíos; y agua, o lo que parecía agua goteaba de un lado del tanque. El desconocido que había discutido antes con Aguilar palpó las gotas con las puntas de los dedos, las olió, miró la pila de costales vacíos, leyó sus etiquetas y dijo, —No, no beban. Es mala.

—¿Puedes leer inglés? —preguntó Aguilar.

—Un poco, —dijo el desconocido. Se llamaba Luis.

—Ah, —dijo Aguilar y asintió—. Entonces sólo me enjuagaré la boca un poco.

—No, —dijo Luis. Era alto y delgado, la cara la tenía picada de viruela. Tenía un gran bigote y unos ojos grandes y abiertos.

—¡¿Qué me dices?! —dijo Aguilar—. Nadie me dice lo que debo hacer. —Empezó a recolectar el líquido que goteaba en la mano.

—Yo no lo haría, —dijo Luis—. Puede ser veneno.

—Y puede no serlo. ¡Chingao! ¡Tengo sed! Sólo me voy a enjuagar. No me puede hacer daño si no me lo trago.

Roberto iba a imitar a Juan que estaba recolectando el agua que goteaba, sorbiéndola, revolviéndosela en la boca y echándosela para refrescarse. El desconocido detuvo a Roberto.

—No, no lo hagas. Créemelo.

Roberto se detuvo, y él y Luis vieron cómo los otros se refrescaban. Después siguieron su camino. Salieron de la tierra cultivada y entraron al desierto yermo, lleno de arena y unos cuantos matorrales. Pronto el calor parecía bailar y cantar en una nada resplandorosa y brillante.

La arena plana reflejaba las olas de calor de una blancura ondulante. Los insectos producían un misterioso chillido que no parecía de este mundo. El sol se elevó más y más, y pronto el chillido de los insectos y el baile de las olas de calor empezaron a adormecer los ojos y oídos hasta que ya no había nada aquí, todo estaba allá, más adelante. Y aquí, por todos lados, nada. *Nada. Nada. Nada. Nada.* Y Roberto instintivamente empezó a murmurar oraciones memorizadas mientras seguía caminando, aturdido, completamente solo. Separado de todos los hombres, de toda la vida, sintió que se le evaporaba su conciencia de humano en la inmensa, infinita, nada de todos los desiertos sin mar desde antes de la prehistoria. Mientras caminaban seguía murmurando oraciones. Era sólo la media mañana y los hombres empezaron a tambalearse. Atravesaron un montón de piedras. Para poder acostarse como perros tuvieron que echar a patadas de la sombra a las víboras de cascabel. Jadeantes y adoloridos trataban de hallar humedad en lo profundo de sus gargantas. Los hombres que habían bebido del tanque tenían un poco de blancura alrededor de los labios. Algunos empezaron a balbucear palabras sin ningún significado. Los demás descansaron sin decir palabra. Roberto, que era joven y fuerte, pudo dormirse inmediatamente, recuperando energía para el cuerpo y la mente. Soñó que mataba, robaba y conseguía dinero, pero su padre estaba borracho y le pedía un trago a un hombre que vestía una camisa elegante.

Despertó. Sentía la lengua seca y áspera como papel de lija. Miró a su alrededor. Vio a Pedro. Se sintió bien que Pedro todavía estuviera con ellos, y el corazón de Roberto se regocijó con el sentimiento de venganza. Se puso de pie. Aguilar lo vio y sonrió.

—Bueno, uno de nosotros todavía está fuerte. Vamos. Avancemos un poco más. —Aguilar trataba de aparecer fuerte, pero se veía enfermo—. Encuentra un lugar con mejor sombra.

—No, —dijo un hombre—. Yo me quedo aquí. Mi cabeza. Mi estómago. Ay, Dios mío.

—Les dije que no bebieran, —dijo Luis, poniéndose de pie.

—De nada nos sirve que hables del pasado. ¡Por qué no regresas a los sembradíos y traes a alguien que nos ayude! Por el amor de Dios, ¿no somos todos hermanos?

Todos los hombres que habían bebido tenían un aspecto amarillento, pero sólo dos se quejaban de verad y se autosugestionaban.

—De mí no esperes ayuda, —dijo Aguilar—. Yo bebí, pero no estoy llorando. Quédate y muere, si eres tan cobarde.

—Amigo, —le dijo un hombre enfermo—. Todos somos raza. No nos dejes, por favor.

—Todos mis amigos murieron, —dijo Aguilar, y empezó a levantarse, pero gimió de dolor.

Luis negó con la cabeza. —No creo que ninguno de nosotros vaya a llegar, especialmente los que bebieron.

—¡Mentira! —gritó Aguilar. Estaba enfermo pero todavía conservaba el valor de la concentración. Se le notaba en los ojos—. Mi muchacho y yo vamos a seguir. —Se levantó—. Roberto, dame la mano.

Roberto obedeció.

Luis miró a su alrededor. —Bueno, cuando menos hay que hacerle la lucha.

Algunos de los hombres gritaron que no los dejaran. Otros empezaron a levantarse para intentarlo. Aguilar se apoyó en Roberto y empezaron a caminar. Los hombres lloraban por miedo a ser abandonados.

Luis se detuvo y dijo, —No sean tontos. Quédense bajo esa sombra y yo les prometo que si salgo de aquí, les mandaré ayuda. —Luis se volteó y siguió a Roberto, a Aguilar y a Pedro y poco a poco el llanto de los que se quedaban empezó a perderse en el gran silencio de los espeluznantes chillidos de los insectos y bichos y desapareció. Aquí no, sino allá. Más adelante. Por todos lados. Unas cuantas millas más allá, cayeron dos otros, pero aún así, los fuertes seguían caminando. Hacia la espectral y resplandeciente nada que cantaba y bailaba en el desierto *nada, nada*.

En la carretera 78 cerca del Salton Sea, en un restaurante de Ocotillo Wells, hay un letrero histórico que dice que allí se hallaron seis esqueletos. Eran mexicanos. Sin duda trataban de cruzar la frontera del desierto para conseguir trabajo en la tierra de la abundancia.

También, durante los últimos años de los sesenta, la patrulla fronteriza y miembros de la policía hallaron, en un periodo de dos meses, diecisiete muertos en el sur de California. Y un viejo guardia fronterizo dijo, "Eso no es nada. Imagínense a cuántos nunca hallamos".

CAPÍTULO SIETE

Al mediodía habían llegado a las montañas del desierto al sur de Palm Springs y todo resplandecía de blanco y empezaba a soplar un viento horrible, pero ellos siguieron adelante. Tambaleándose por el viento. En los lugares bajo el nivel de mar, el viento les latigueaba la cara con arena y los cegaba, y en los sitios altos, el viento los zangoloteaba como muñecos sin peso y junto con el sol les penetraba hasta los huesos.

Se encaminaron hacia un promontorio de piedras y unos matorrales. Allí descansarían el resto del día y después continuarían durante la noche. Ahora sólo quedaban seis hombres, y habían sido más de veinte al cruzar la frontera.

Al llegar a la sombra, de pronto se encendió un motor y un vehículo todo terreno se fue directamente hacia ellos, escarbando y arrojando arena por todas partes. Aguilar gritó, —¡La Migra! —Salió corriendo y todos lo siguieron excepto Luis quien se quedó en su sitio

—Amigos, —exclamó Luis—. Guarden las fuerzas, ya nos agarraron.

Pero los hombres corrían, se caían tratando de escapar y Roberto era el más rápido. Corría como conejo. La patrulla lo siguió, pasando a los demás y arrojándoles arena y piedras a la cara al perseguirlo. Finalmente, después de una terrible carrera de doscientas yardas sobre arena, piedras y cactos, Roberto se cayó. Los hombres saltaron de su vehículo y se pararon sobre él. Eran dos oficiales que vestían uniforme y llevaban lentes negros.

—Muchacho, —le dijo un oficial en español—, ¿para qué corres, eh? El sol está muy caliente.

Roberto no dijo nada. Tenía arena en la cara y en la boca, y sangraba, escupía y tosía horriblemente.

El otro agente de inmigración gritó, —¡Okay! ¡Todos ustedes! Vengan para acá. No corran más. ¡Ya los agarramos! —Algunos empezaron a obedecer—. ¡Apúrense! Hay seis de ustedes. Los hemos estado observando mientras venían caminando. ¡Pronto! Vengan acá. Tenemos agua fresca para ustedes. Mucha agua fresca. ¡Oye, sólo hay cinco! ¿Dónde está el alto de sombrero grande? Vénganse, hay mucha agua, pero nadie podrá beber hasta que todos estén aquí.

Luis dijo, —El alto se fue por allá. Manden a su amiguito joven por él. Él y estos otros bebieron agua mala de un tanque. Todos están enfermos, pero no lo quieren admitir.

—¡Oye, chamaco! —exclamó el oficial mayor—, Ve a buscar a tu amigo antes que se caiga muerto.

Roberto estaba temeroso. Los hombres vestían uniformes y tenían armas, cinturones, anteojos oscuros y un coche que podía saltar sobre las piedras y la arena. Se levantó y obedeció. Encontró a Aguilar detrás de unas rocas. Estaba sin aliento murmurando que había perdido su sombrero favorito. Sudaba como una cascada. Roberto le puso el brazo sobre su hombre y regresaron al vehículo. Les dieron buena agua fresca, pero no mucha. Luego les dieron tabletas de sal y más agua. Entonces los pusieron en la sombra para que jadearan y gimieran como una jauría de sabuesos deshecha. Después, más tarde, les hicieron preguntas, y Luis les dijo a los oficiales acerca de los que se habían quedado atrás, enfermos y a punto de morir. Dos oficiales de inmigración, Lou y Jack mandaron pedir ayuda por radio. A Jack, el más joven se le dijo que fuera a investigar a los que se habían quedado rezagados. Jack se montó al todo terreno "internacional" y se marchó. Lou se sentó y encendió un puro. Empezó a contarles lo afortunados que habían sido. Hablaba buen español y les contó que hacía diez años él y su compañero habían hallado a tres indocumentados muertos en el desierto de Texas. Estaban tan secos que parecían la suela de zapato. Eran como momias. Carajo, la carne y los huesos se les habían secado tanto que el viento los zarandeaba como si fueran hojas secas.

—Muchachos, de veras. Encontré un cuerpo que el viento había arrojado sobre un cacto. Todo lo que quedaba era su cinturón de cuero, parte de sus zapatos, y unas cuantas tiras de ropa. Por el amor de Dios, no saben la buena suerte que han tenido que los agarráramos. Sí, de verdad, les salvamos las vidas. —Lou les preguntó de dónde eran y les contó una anécdota de cada lugar que mencionaron. Lou Martin había andado por todo México porque le gustaba. Pensaba jubilarse en el lago de Chapala, cerca de Guadalajara. Hablaba y hablaba, fumaba y fumaba, escupía la saliva del puro; hacía preguntas, se las contestaban y se reía, rubicundo y alegre; todo mientras hacía su trabajo amigablemente.

Aguilar se sentía mejor ahora, así que se paró a buscar agua. Pedro y él bebieron juntos, hablaron. De repente, Aguilar sacó la pistola y se la puso en la cara a Lou Martin. Lou se paralizó. Quedó como estatua, con el puro a dos pulgadas de la boca. Parecía bizco con los ojos fijos en el cañón de la pistola.

—Dame tu pistola, —le dijo Aguilar—, o te arranco la cabeza.

Lou se sacó la pistola, un revólver .38 especial y se lo dio a Aguilar. Aguilar tomó la pistola y se la metió en el cinto y dijo, —¡Roberto! Llena nuestra cantimplora de agua. Nos vamos. —A los otros les dijo—, Ustedes pueden venir o quedarse. Me importa un carajo.

Luis se puso de pie. —Amigo, —dijo—, por favor devuélvele la pistola a este hombre antes que nos metamos en serios problemas.

—¿Qué? —dijo Aguilar.

—Ya te dije, —dijo Luis—. Piensa. No podemos escapar. Ya pidieron ayuda por el radio y todo lo que tienen que hacer es rastrearnos. Por eso, regrésale su pistola. En este momento no somos criminales. Somos indocumentados únicamente, trabajadores honrados, eso es todo. Pero si no le devolvemos la pistola . . . ay, amigo, en que lío nos metemos.

—Tiene razón, —dijo Lou Martin—. Además, no tienen ningún chance.

—¡Cállate! —gritó Aguilar y se fue sobre el viejo patrullero para pegarle.

—¡No! —gritó Luis y se abalanzó sobre Aguilar, agarrándole la mano que sostenía la pistola—. Tenemos que razonar.

—¡Suéltame! —Aguilar empezó a luchar con él.

—¡No! —dijo Luis.

Ahora sí era una gran pelea. El patrullero se levantó. Pedro lo tiró al suelo y recogió una piedra para pegarle. Roberto vio que Pedro iba a pegarle al viejo —el mismo Pedro que había humillado a su padre— y gritó, se puso de pie de un brinco, y se fue sobre Pedro. Era un gran pleito: Roberto contra Pedro y Aguilar contra Luis. Por fin, Luis desarmó a Aguilar que estaba debilitado por su enfermedad. Pero ahí tirados, rodando por la tierra y mordiéndose estaban Pedro y Roberto.

Pedro gritó, tratando de aplastarle la cabeza a Roberto con la piedra. Pero Roberto lo mordió en la cara arrancándole piel y sangre. Pedro aulló, gritó, pero Roberto seguía mordiendo furibundo como un animal salvaje. Luis le dio las dos pistolas al patrullero. El oficial le dio las gracias, se puso de pie, y disparó al aire, pero la pelea continuó. Roberto estaba loco. Finalmente, separaron a Roberto de Pedro, y este último ya no tenía nariz; tenía la cara destrozada y llena de sangre; era algo espantoso. Pedro seguía retorciéndose con dolores agonizantes.

—. . . si vuelves a humillar a mi padre, —le dijo Roberto—, ¡Te como vivo! ¡Hijo de tu chingada madre!

Luis se echó a reír. Todo era tan absurdo y sangriento. —Estamos aquí, —se rió—, muriéndonos bajo el sol y ese muchacho trae rencillas familiares desde México. Tienes que ser de Jalisco o de Michoacán. ¿En qué otra parte hay tanto orgullo ridículo?

—Okay, —dijo Lou con pistola en mano—. Váyanse a la sombra. Dios mío, ese muchacho si que tiene dientes.

Todos esperaron a que llegara la otra patrulla. Dos horas después, llegó una camioneta Ford todo terreno. Allí los metieron. Enfilaron hacia el desierto donde encontraron a Jack, el patrullero joven. Jack traía un indocumentado vivo, otro muerto, y faltaban dos de los últimos diez. Sólo el viento sabía cuántos más faltaban. Pero el viento ahora era negro y soplaba y cegaba. Los patrulleros tuvieron que usar el compás para encontrar el camino de regreso por el desierto y llegar al camino pavimentado.

César Chávez y sus campesinos americanos celebraron una victoria. La frontera se había cerrado legalmente y ahora los agricultores americanos ya no podrían enfrentar a pobre contra pobre para mantener así los sueldos bajos. Pero esta celebración no duró mucho. Pues en un año, antes que nadie se enterara, trescientos mil braceros fueron convertidos en ciudadanos americanos. Además, los coyotes les cobraban a los mexicanos doscientos dólares por cabeza y metían a quince en un vehículo de remolque para acampar, o a seis en la cajuela de un coche, o amarraban a dos debajo de una camioneta, y los metían de contrabando al norte, donde un contratista les pagaba otro tanto.

Y así, la lucha por conseguir mano de obra barata continuó durante los setenta, los ochenta, y en épocas más recientes.

CAPÍTULO OCHO

El desconocido se llamaba Luis Espinoza y era muy diferente a Pedro y a Juan Aguilar. Era del norte de México, del estado de Sinaloa, y no llevaba pistola ni cuchillo. Sabía manejar un tractor, cambiar una llanta, hablar en inglés con el jefe, y lo buscaban muchos agricultores del valle de San Joaquín, al norte, la meca de los indocumentados. Lo necesitaban allí ahorita mismo. Inmediatamente. Lo necesitaban para trabajar esta temporada, y si él quería, cualquiera de esos agricultores le ayudaría a hacerse ciudadano americano.

Roberto y Juan Aguilar estaban con él en Mexicali, justo al otro lado de la frontera. La oficina de inmigración en El Centro estaba tan abarrotada de indocumentados que no estaban castigándolos ni mandándolos en avión lejos de la frontera para que se les dificultara el regresar a Estados Unidos. No, la oficina de inmigración tenía una sobrepoblación de detenidos. Así que simplemente pusieron a Roberto y a sus compañeros al otro lado de la línea fronteriza de Calexico, California.

Estaban esperando una camioneta para que los llevara hacia el oeste por el lado mexicano de la frontera al otro lado de la montaña de comunicaciones, atravesando el desierto de agua salada, hasta llegar a las montañas de La Rumorosa. Allí se escurrirían una vez más al otro lado de la frontera, subirían por la montañas hasta Jacumba, donde los recogería un camión de renta Hertz y serían llevados de contrabando al norte hasta Bakersfield en el valle de San Joaquín. Luis Espinoza había hecho todos los arreglos y todos viajaban con otros veintidós. Pedro no venía con ellos, todavía estaba en el hospital. La cara y la nariz se le habían infectado horriblemente. La mordida de un humano es peor que la de un perro. Roberto realmente tenía mandíbulas fuertes.

Llegó la camioneta. Ellos y diez más se subieron en la parte de atrás. Salieron de la ciudad con rumbo al oeste. Otra camioneta se le unió y atravesaron calles llenas de gente. Mexicali hormigueaba con gente sin rostro. La mitad de los cincuenta mil que no habían sido contratados en Empalme se habían venido a Mexicali para intentar pasar a la brava. Otros cincuenta o sesenta mil habían llegado de los alrededores cuando se esparció el rumor de la ciudadanía americana. Ahora Mexicali era un hormiguero de más de trescientas mil almas. Había hombres por todos lados, pero aún así los agricultores mexicanos no podían hallar quién les ayudara porque todos soñaban con irse a la tierra de la abundancia. Los agricultores mexicanos estaban furiosos. Su cosecha se les echaría a perder. No podían hallar trabajadores que aceptaran la paga en pesos. No les importaban treinta, cuarenta, y hasta sesenta pesos al día. Solo soñaban con dólares. Con el dinero gringo porque valía doce veces más que el mexicano.

La camioneta frenó bruscamente. Un hombre había saltado de la muchedumbre justo en frente del camión. Le rogaba al chofer que lo llevara también a él; que todo lo que había conseguido eran cincuenta dólares, pero por amor de Dios, que lo llevara.

El chofer se negó.

El hombre se abrazó al cofre del camión gritando que los iba a acusar si no lo llevaban. Que había una recompensa para los que denunciaran a coyotes.

El chofer y su socio lo discutieron y le dijeron que se subiera. Se subió a la parte de atrás y se sentó junto a Aguilar. Juan lo hizo a un lado y lo llamó "un cabrón rajado, un soplón hijo de la chingada". El hombre se alejó de Aguilar y se sentó muy callado.

Luis Espinoza encendió un cigarro y dijo, —Amigo, en realidad no nos ibas a reportar, ¿verdad?

El hombre, flaco y temeroso, dijo, —No, claro que no. —Trató de sonreír—. Sólo trataba de ir al norte. Ya saben ustedes cómo está la cosa. —Le sonrió a Roberto, que estaba a su lado, mostrándole un diente de oro—. ¿Oye, no eres tú el de la gran pelea a cuchillo en Empalme?

Roberto empezó a contestar, Aguilar no lo dejó hablar. —¡Qué chingaos te importa a ti! ¡Pinche soplón!

El hombre vio bien a Aguilar y se quedó en silencio como si se hubiera congelado. El resto del viaje fue muy tranquilo. Salieron del pueblo, pasaron los ranchos verdes y llegaron al desierto. Era un terreno plano, yermo, café pálido, más adelante, las tierras bajas resplandecían de sal y más allá las altas montañas rocosas de La Rumorosa sobresalían seis, siete, y en algunos sitios hasta diez mil pies.

Esa noche el que había amenazado con denunciarlos rogaba que no lo mataran mientras que uno de los choferes se llevó a los demás a las montañas.

Roberto no dijo nada, no oyó nada y no pensó en nada mientras caminaba tras de Luis y Aguilar en la oscuridad. En las últimas seis semanas había habido tantas muertes y robos que, carajo, uno más no importaba. Los veinticinco hombres siguieron al chofer por las montañas durante tres horas.

Era noche de media luna. No soplaba el viento y había un poco de nieve en los valles escondidos. Roberto nunca había sentido tanto frío, pero cuando vio la nieve se maravilló. Nunca antes en toda su vida había visto algo así. La tocó. La probó. Siguió a Luis y a Aguilar. Le parecía bien que Luis Espinoza estuviera con ellos. Porque ese forastero parecía inteligente, no llevaba pistola y aparentemente nunca se metía en problemas.

Ya estaban del otro lado de la frontera. Llegaron a un camino y les dijeron que esperaran. El chofer se fue y regresó al rato para llevarlos a un gran camión Hertz escondido entre unos árboles. Parecía una bodega cerrada. Les ordenó que subieran. La bodega grande era de metal y estaba completamente cerrada. Las grandes puertas traseras fueron cerradas, atornilladas. Partieron. Pronto la bodega de metal empezó a calentarse y a sofocar a la gente. Los hombres empezaron a toser. Uno de ellos vomitó y después muchos tuvieron que mear, cagar y vomitar. Aguilar empezó a golpear en la parte del frente y a gritarle al chofer que se parara y los dejara salir a tomar aire. Luis no hizo nada. Roberto siguió el ejemplo de Luis y el camión Hertz siguió su camino en la noche. Las llantas chillaban en las curvas y se movían rápido en los segmentos rectos. Ahora los hombres empezaban a desmayarse.

Juan Aguilar seguía golpeando. Varios hombres hicieron lo mismo, pero al poco rato tenían los puños en carne viva y cubiertos de sangre. Luis estaba quieto. Medio dormido. Roberto hizo lo mismo.

Más tarde el camión se detuvo, las puertas de metal se abrieron, y los hombres salieron con gran prisa. El chofer les explicó la situación. Tenían que salir hacia el norte tan pronto como fuera posible. Les dio diez minutos para respirar, limpiar la mierda y los orines, y después volvieron a subir al camión para seguir el viaje en la oscuridad. Viajaron durante horas. Los hombres empezaron a desmayarse de nuevo. Otros empezaron a vomitar y a mear. Juan Aguilar empezó a golpear la parte del frente de nuevo.

El camión se detuvo. Las puertas no fueron abiertas. Aguilar empezó a toser y a quejarse que los habían abandonado. Luis le dijo que se callara, que tal vez la migra estaba cerca, que tal vez se habían parado a cargar gasolina, o algo parecido. Aguilar se calmó. Esperaron. Y esperaron. Y esperaron. Y después, hasta Luis se puso nervioso y empezó a examinar el interior de metal tratando de hallar la forma de escapar. Los hombres tosían, no podían respirar, y algunos empezaron a rezar. Roberto se puso de rodillas. También rezó. Recordó su hogar, su madre, sus hermanos, sus hermanas y rezó. Rezaba, tosía y se sentía débil. Vio a su madre. Vio el río iluminado por la luz de la luna. Más y más débil, cada vez más débil. La mayoría de los hombres estaban ya en el suelo. Sólo Roberto y unos cuantos más estaban conscientes. Sentía lágrimas en los ojos, palpitaciones en la cabeza y empezaba a sangrar por la nariz, y ay, Dios, se aferraba a la vida, murmurando más y más rápido. De repente se escuchó un ruido. Un ruido en uno de los tornillos de las grandes puertas de metal, y las puertas se abrieron. Dos jóvenes de pelo largo y ropa chistosa abrieron desmesuradamente los ojos al ver todos los cuerpos yertos. Roberto gimió desde debajo de los cuerpos y los empujó a un lado para salir. El aire fresco le pegó como una pared de piedra, la cabeza le dio vueltas, sintió que el pecho se le partía de dolor cuando cayó en el asfalto. La muerte y la vida eran una —una y la misma— y sintió que caía en una eternidad.

En la oscuridad.

Un dolor le recorrió de la cabeza al pecho y le bajó por todo el cuerpo adormecido . . . mezclándose con la nada.

Hace doscientos años, el filósofo Schopenhauer dijo que tarde o tempra-no el hombre se cansaría de hacer este mundo más y más fácil y que la gente entonces daría la media vuelta y se rebelaría en contra de la facilidad. Porque necesitamos resistencia. Necesitamos obstáculos para fortalecer nuestra ira y crecer. "La vida sin tragedia no sería digna del hombre."

Y así, durante los sesenta, en los Estados Unidos empezaron a suceder cosas. Los jóvenes ricos empezaron a sentir la necesidad de realizar sueños imposibles.

John F. Kennedy fue asesinado en 1963 y el mundo entero lloró. En México, la gente se conmovió tanto como si Cristo acabara de morir crucifica-do. ¿Mexicanos? ¿Identificándose con un gringo?

Martin Luther King, Jr. fue asesinado en 1968. El ganador más joven en la historia del Premio Nobel, un negro.

Robert E. Kennedy, días antes de su asesinato en 1968, recibió la santa comunión con César Chávez después que Chávez estuvo en huelga de hambre por veintitantos días. ¿Huelga de hambre? ¿En el siglo veinte?

Y así quitaron a Dick Tracy de la primera plana y pusieron en su lugar a Charlie Brown y a Snoopy y una nueva generación empezó su rebelión. ¿Por qué? ¡POR EL MERO GUSTO DE LA REBELIÓN! Por la vida. ¡La vida se hizo para vivirla con gusto y con gritos!

CAPÍTULO NUEVE

Los dos jóvenes trataban de meter a Roberto a su camioneta Volkswa-
gen. Roberto trataba, entre conatos de tos, de decirles que ayudaran a Aguilar
y a Luis. Por fin, el muchacho del pelo rubio entendió, se metió de un brinco al camión y le pidió a Roberto que los identificara. A Aguilar lo tuvieron
que sacar en peso. Otros pidieron que los llevaran. En un español muy defi-
ciente les explicó que sólo podía llevar a cinco. Los que no estaban tan mal.
Eran tácticas de guerrillas. Las había aprendido en el ejército durante un
entrenamiento de defensa ante un ataque atómico. Les dijo a los otros que se
escondieran y que trataría de mandar a Paco Miller, un amigo que vendría en
una camioneta blanca.

Roberto y su grupo se sentaron tranquilamente en la parte de atrás mientras la muchacha y el muchacho de pelo largo manejaban hacia la carretera.
La muchacha llevaba camisa, pantalones y botas; el muchacho tenía el pelo
largo revuelto y no llevaba zapatos ni camisa, y hablaba un poco de español.
Dijo llamarse "Little John" o Juanito y él y su novia, Mary, vivían en un rancho de San Berdú —San Bernardino, California. Dijo que los llevaría a su
casa, los presentaría a su familia, y que después verían qué hacían.

En el rancho, Roberto y sus compañeros se lavaron con una manguera y
se preguntaron de qué vivía la familia de Juanito. Había sólo tres niños. La
mayoría de la familia consistía de mujeres guapas de pelo largo, pero eran
tan pobres que la ropa que llevaban era vieja y sucia y no usaban zapatos.
¿Era ésta la tierra de la abundancia?

Roberto no dijo nada. Luis, que hablaba inglés se puso a conversar con
Juanito, que reía y brincaba y decía "no, no, no", y "sí, sí, sí". Y Mary y todas
las muchachas abrían los ojos y escuchaban. De pronto una de las
muchachas, una muy joven, llamada Adrene Jones llegó hasta Roberto, se le
sentó en las piernas y lo besó. Roberto se petrificó. Estaba horrorizado, el
corazón le golpeaba el pecho. Esperaba ver armas. Ella lo volvió a besar.
Juanito se echó a reír y se puso de pie de un salto y se acercó a Roberto. Éste
no se movió. Esperaba la muerte, pero se sorprendió cuando Juanito le dijo,

—Mi casa es tu casa. Haz lo que quieras. Nosotros somos libres como las aves del Señor.

Ahora la muchacha lo besaba con más intensidad, y Roberto confuso y horrorizado esperaba ver armas. Pero no apareció ninguna escopeta de retrocarga. Entonces la muchacha lo tomó de la mano y empezó a jalarlo hacia otra parte, todos reían. Roberto no dijo nada y la siguió. Lo llevó a un cuarto pequeño en la parte de atrás, cuyas ventanas no tenían vidrios. Las ventanas estaban cubiertas con papel periódico clavado, como en México, y Roberto no sabía qué decir. *Se suponía que ésta era la tierra de la abundancia.*

La muchacha empezó a desvestirse. Con los ojos a punto de desorbitarse, Roberto tragó saliva y la miró verdaderamente por primera vez y sintió lástima. Allí estaba desvistiéndose y sonriendo, y Roberto pudo ver que tenía alambres plateados en los dientes. "Pobre muchacha", pensó "Se le están cayendo los dientes". Allí estaba desnuda y era tan flaca. "Dios mío, esa pobre niña no podía mascar la comida y se moría de hambre". Ahora les hacía algo a sus ojos. Se había metido el dedo en un ojo y, ay, Dios mío, se sacó los ojos y los puso en una pequeña tina de metal . . . Roberto tragó saliva. Estaba horrorizado. Ella se acercó a él. Con los brazos abiertos, desnuda, sin dientes y sin ojos. Roberto miró a su alrededor tratando de escapar. Vio una puerta, la abrió y encontró una cocina. Se lanzó sobre las ollas con comida olvidándose completamente de la muchacha desnuda.

Más tarde, después de haber comido y bebido una sabrosa leche fría, se sintió mejor y más tranquilo, y se dio cuenta de los deseos de la muchacha. Quería absorber su salud. Roberto fue con ella al pequeño cuarto oscuro y ella lo hizo suyo. Una y otra vez, y Roberto nunca notó si tenía alguna enfermedad, pues ella tenía tanta hambre y . . . era sorprendentemente fuerte para ser una muchacha alimentada tan pobremente.

Esa noche Juanito y otros estuvieron consultando mapas y haciendo planes para llevarlos a Sacramento, California.

Carajo, era divertido.

Después de mucho discutir y divertirse poniéndose en el papel de policías, decidieron viajar durante el día. La policía pensaba que los contrabandistas operaban de noche. A Juanito se le ocurrió ir a un teléfono público y llamar a la patrulla fronteriza. En un tono sincero preguntó dónde estaban los puntos de inspección principales. Les dijo que era un reportero de *Los Angeles Times* y que necesitaba entrevistar a los agentes en su lugar de empleo. Le dieron la información, regresó al rancho y decidieron la ruta. Salieron de San Berdú por la autopista 15, debían salir en Hesperia y doblar hacia la carretera 395 hasta llegar a Bakersfield. Ya en Bakersfield volverían a llamar a la patrulla fronteriza para saber cuál ruta seguirían.

Se dieron un gran banquete de hot dogs y coca-colas. Roberto se sorprendió cuando le sirvieron perros calientes, pero sin decir palabra se comió media docena de esa longaniza de perro con mostaza y rábano picante y le lloraron los ojos. "Dios mío, los gringos comían comida más picante que los mexicanos", pensó. Después, con el estómago lleno y muchas risas, se subieron a la camioneta y empezaron el viaje a Sacramento llevando consigo a cinco "mojados". Con el radio a todo volumen y conduciendo a la velocidad asignada, los jóvenes americanos se sentían como proscritos, felices y sin obligaciones.

¡Proscritos! A los que cazaban, a los que se buscaba, la emoción interna más grande, excepto tal vez por la del mismo cazador. El perseguidor. El matón. El enfoque de los dos ojos del ser, la búsqueda del hombre en el futuro desde la oscuridad prehistórica . . . para sobrevivir, para crear, para luchar contra las aburridas normas de la sociedad.

Entonces escucharon las noticias. Un camión de renta Hertz con una caja a prueba de aire había sido encontrado en Colton, California. Habían encontrado cuatro ilegales procedentes de México muertos, se sofocaron en el camión cerrado, y otros cinco habían sido hallados en condiciones críticas escondidos debajo de un puente.

Juanito se rió nerviosamente y siguió conduciendo con rapidez por el alto desierto en la carretera 395 en California.

César Chávez no es nada nuevo. Sus esfuerzos son antiguos. Tan antiguos como los deseos de la adquisición territorial del hombre. Tan viejos como las fronteras entre naciones, razas, culturas y religiones. Y no es el primero ni el último gigante. Ernesto Galarza, que escribió Los mercaderes del trabajo, *era un gigante cuando trató de organizar un sindicato en el Valle Imperial durante la década de los treinta. Una época en que era verdaderamente imposible hacer tal cosa. Carey McWilliams se agigantó cuando escribió,* North from Mexico *en los años cuarenta y usó frases como "los diablos tejanos", "gringos and greasers", "sangre en el pavimento", "la política del prejuicio", y citó a King Fisher, un buen "ranger" texano para describir la esencia de la situación en la frontera. Alguien le preguntó a Fisher cuántos hombres había matado. Él contestó, "treinta y siete, sin contar a los mexicanos".*

Como ven, los mexicanos no importaban ni para ser contados, y así sigue siendo de muchas maneras hasta hoy.

CAPÍTULO DIEZ

Juan Aguilar quería que los llevaran al centro de Sacramento y que los dejaran, pues los agricultores irían a buscarlos ahí y entonces podrían negociar la paga y lo demás. Sabía que durante la época de la cosecha aún la patrulla fronteriza se hacía de la vista gorda, pues los agricultores eran muy poderosos y podían imponer las leyes que quisieran; por eso lo mejor era ir hasta el centro de Sacramento.

Luis Espinoza negó con la cabeza y dijo, —No, eso ya no es verdad. El sindicato de Chávez es ahora tan fuerte como los agricultores, y la migra ya no se hace de la vista gorda. Nos apresarán y nos deportarán si nos hallan. Yo sugiero, —continuó Luis—, que Juanito nos lleve a un rancho que conozco que está al sur de Sacramento. En ese rancho estaremos a salvo de la migra.

—No, —dijo Aguilar. Estaba enojado. Tenía que mantener las apariencias. Luis lo contradecía muy a menudo—. Si vamos a un rancho, nos tienen agarrados de los huevos. Nos pagarán lo que quieran. Digo que es mejor correr el riesgo en Sacramento. Somos ilegales, así que somos libres. Allí podemos conseguir trabajo por contrato, no por hora. Y con contrato un buen trabajador puede ganar hasta treinta dólares; ¡dinero americano!

—Mira, amigo, —dijo Luis tranquilamente—. Lo que dices es cierto, pero ya las cosas no son como eran hace algún tiempo. Los tiempos cambian. Chávez está echando a los alambristas. Tenemos que andar con calma, amigo.

—¡Chávez, ese pinche pocho, me gustaría chingármelo!

—No hace falta. El rancho que conozco es seguro. Conozco al dueño, al señor Davis personalmente, y creo que nos puedo conseguir trabajo con contrato.

—¿De veras? —dijo Aguilar—, ¿con contrato?

—Sí, creo que sí.

—Bueno, pues entonces . . . —dijo Juan Aguilar mirando a su alrededor y habló con voz más firme—. Tal vez debemos echarle una ojeada a este rancho.

Luis sonrió. —Sí, creo que valdría la pena.

Luis le preguntó a Juanito si los podía llevar a Acampo, de este lado de Sacramento. Juanito dijo, —¡Sí hombre! —Después preguntó—, Oye, ¿por qué hablan mal de César Chávez? Pensé que estaba tratando de sindicalizarlos, los pobres campesinos.

—¡Ni madre! —gritó Aguilar—, ¡Ni madre! ¡Es un cabrón pocho!

—¿Pocho? ¿Qué es eso?

—Un pocho, —dijo Aguilar—, es un mexicano nacido aquí en los Estados Unidos.

—Ah, y ustedes, los que nacieron en México, ¿no los quieren?

—Bueno . . . —comenzó a decir Luis.

—¡Son unos cabrones! —interrumpió Aguilar—, Son unos mestizos que nos quieren cortar los tanates.

Roberto sonrió al escuchar la palabra "tanates", y Adrene, que estaba sentada a su lado, recargó la cabeza sobre su hombro. Estaban sentados en la parte de atrás de la camioneta.

—No, —dijo Luis—. Aguilar está siendo muy irracional. No nos quieren cortar los tanates, simplemente tratan de proteger su nivel de vida. Mira, los de México venimos aquí, trabajamos unos meses y ganamos . . . quizá mil dólares. Luego nos agarra la migra a propósito y nos llevan en avión a México, y esos mil dólares son mucho dinero allá en los pueblitos de México. Pero para los pochos de aquí unos cuantos miles de dólares por un año de trabajo es muy poco dinero. Todo es tan caro aquí. Así que Chávez está tratando de echarnos a todos para que pueda negociar salarios más altos.

—¡Nos quiere cortar los tanates! Ese pinche pocho. Es un huevón. Eso es lo que es. Es huevón y bien águila, y quiere que todos le den cierta cantidad de dinero al mes para enriquecerse. Es un cabrón. Y si me lo encuentro por allí, me lo chingo. El año pasado tuvo una huelga donde yo trabajaba y tuve que huir antes que se enteraran que no tenía documentos. Esa gente no sirve para nada. No nos dejan trabajar en libertad. Lo sé. ¡Así que no me digan mentiras! —Gritó tan alto que todos se callaron. Juan Aguilar ya no estaba enfermo y era grande, fuerte, y muy impactante.

La van seguía su camino y hacía mucho calor. Todos bebieron cerveza Olie y comieron hot dogs con mostaza en tortillas, era la comida favorita de Juan.

—¿Y tú, Roberto, qué piensas de Chávez y su sindicato? —Juanito sorprendió a Roberto con la pregunta.

Roberto le dio un trago a su coca-cola y alzó los hombros. —Todo lo que sé es que vine muy lejos y mi familia tiene hambre. Así que, bueno, tengo que ganar lo más que pueda.

Juanito asintió. —Buena respuesta. En el fondo, cada uno tiene que valerse por sí mismo. —Juanito asintió de nuevo y siguió manejando. Ya habían pasado Bakersfield y ahora llegaban a Fresno.

Entraron al rancho al oscurecer. Quedaba a 20 millas al sur de Acampo. Era una huerta enorme. Los cinco "mojados" le dieron las gracias a Juanito y le pidieron que por favor regresara el siguiente fin de semana para que cuando tuvieran dinero lo pudieran pasear por el barrio durante la noche. Juanito se rió y dijo, —Claro: mariachis y enchiladas.

Y Adrene abrazó a Roberto y dijo que si Juanito no venía, ella sí vendría. Amaba a Roberto. Lo besó y todos los hombres se rieron. Adrene se subió a la van con Juanito y atravesaron el campo donde soplaba el viento, y desaparecieron en la huerta de árboles enfilados.

La tierra era limpia y pareja. Roberto los miró y suspiró, instintivamente sabía que ella nunca regresaría. Le había mostrado una foto de la casa de sus padres. Ella era una muchacha rica del norte de Hollywood. Para ella, él era sólo un juguete.

Luis lo palmeó en la espalda y se encaminaron a los barracones. Esas construcciones habían sido alguna vez barracas militares y estaban en dos filas, una al lado de la otra; cada fila tenía cinco barracones y estaban a setenta y cinco pies uno del otro. Entre fila y fila había dos construcciones de lámina más grandes que parecían establos, estos medían aproximadamente doscientos pies de largo cada uno, y una distancia de cuarenta yardas los separaba. Uno servía de cocina y en el otro estaban los baños.

Llegó un camión haciendo mucho ruido. Salieron unos hombres de él: traían sombreros grandes y ropa de trabajo sucia. Se oyó una voz por el altoparlante: primero en inglés, después en español. Decía que la cocina abriría en media hora y que permanecería abierta hasta las ocho, pero que nadie podía entrar al menos que se bañara y se cambiara de ropa. Ésa era la ley. La ley sanitaria, y era una buena ley. Un regaderazo les ayudaría a relajar el cuerpo. Entonces se anunció que todos los nuevos fueran a la oficina.

Luis se volteó hacia sus camaradas y les dijo que lo siguieran, que él iba a hablar. Conocía al patrón personalmente. Juan Aguilar se retorció, pero los siguió. Se metieron en el barracón pequeño. Luis le preguntó a la secretaria si estaba el señor Davis. La secretaria le preguntó a Luis en español si lo conocía. Luis dijo que sí. La secretaria asintió, fue al cuarto de atrás y después de unos minutos salió un americano grande y pelirrojo. El grandote vio a Luis y sonrió. —¡Luis! ¿Dónde carajo andabas? Entra a mi oficina.

Luis pasó por las puertas giratorias, por el escritorio de la secretaria, y entró a la oficina del señor Davis. Los otros cuatro apenas si podían creerlo, y después de unos momentos Luis salió de nuevo sonriendo y dijo que todos tenían trabajo por contrato y que recibirían un adelanto de diez dólares inmediatamente.

Juan Aguilar refunfuñó. Roberto se levantó admirado.

La secretaria hizo que llenaran formularios, que firmaran con "equis" si no sabían escribir, les dio a cada uno un cheque por diez dólares, y les dijo que compraran lo que necesitaran en su tiendita. Roberto no entendió. Tenía ropa. Tenía todo lo que necesitaba. ¿Para qué necesitaba más? Pero sintió vergüenza y no preguntó, siguió a Luis y a Aguilar y no dijo nada. Encontraron la tienda. Estaba oscuro ahora; la tienda era un camión con las puertas de los lados abiertas y con luces que mostraban la mercancía igual que en las tiendas. Roberto sonrió y se dijo, —¡Estos gringos son increíbles!

Observó a Juan escoger una camisa de caqui, un par de vaqueros Levi's, una toalla roja grande, un jabón, y él hizo lo mismo. Entonces el vendedor le dijo, —¡No! —y le quitó los pantalones a Roberto. Y le dijo en español—, Toma estos. Esos no son de tu medida.

—¿Medida? —preguntó Roberto.

—Aquí la ropa se vende por medida.

—En casa compramos los más anchos y después sólo ajustamos la cuerda.

—Bueno, aquí no. Aquí compras a tu medida. Creo que tienes veintiocho de cintura y treinta de largo . . . deja verte los hombros. Treinta y ocho o cuarenta en los hombros. Toma, llévate una toalla grande. —Roberto apuntó a algo que Luis había comprado—. Ah, ése es un cepillo de dientes, ¿quieres uno? —Roberto se detuvo y se preguntó para qué serviría.

—¿Sabes para qué sirve?

Roberto asintió. —Sí, claro. —El hombre le dio uno rojo. Roberto lo recibió y le dio vuelta. Nunca había visto algo igual. Pero Luis había comprado uno, así que él compraría uno también, y lo que hiciera Luis con él, lo haría él también.

—¿Quieres pasta de dientes? —le preguntó el vendedor.

—¿Pasta de dientes?

—Sí, para que te enjabones los dientes con el cepillo.

Roberto pensó . . . miró su toalla y su jabón. Dijo, —Ya tengo jabón.

—Sí. Pero necesitas . . . chingao, pruébalo así unos días.

Después de recoger sus cosas se fueron a las regaderas. La construcción era larga y estaba dividida en dos por dentro. De un lado estaban las regaderas al lado de la pared. Había como cuarenta. Del otro había unos lavabos enormes. Algunos de ellos tenían, al lado, en el suelo, tablas para fregar. Se desvistieron. Hacía como semana y media que Roberto no se bañaba. Sonrió. Se fijó en los otros, caminó hacia una regadera y abrió la llave a todo lo que daba. Aulló. Era pura agua caliente. Luis se rió y le dio unas palmaditas en la cabeza y le explicó que una llave era para el agua caliente y la otra para la fría. Roberto preguntó de dónde venía el agua caliente. Que si tenían un ojo de agua que hervía como en su pueblo. Aguilar, que estaba debajo de otra regadera, contestó que no, que tenían calentadores. Le dijo que se callara;

que no hiciera más preguntas; que estaba cansado . . . muy cansado. Así que terminaron de bañarse en silencio y después se fueron a la estructura de lámina que les correspondía. El número siete. Cada estructura tenía piso de cemento y tres hileras de camas; cada hilera tenía cincuenta camas. Tomaron una vacía. Había un barril anaranjado a la cabecera de cada cama. Hacía las veces de cómoda. Pusieron las toallas mojadas sobre el barril anaranjado y sus cosas adentro. Todas las camas eran iguales. Una caja de hierro con resortes cubierta con un colchón viejo y una cobija. No había sábanas. Roberto brincó arriba y abajo en su cama. Nunca antes había dormido en una cama.

—¡Deja de hacer tanto escándalo! —le dijo Aguilar. Estaba enojado—. ¡Cabrón! Me duele la cabeza.

Roberto dejó de brincar y salieron a la cocina. La cocina funcionaba como una cafetería. Cada uno recogía una charola y se servía lo que quería y luego se iba a una mesa que tenía sillas viejas de metal. Tenían quince minutos para comer y después tenían que salir. Había otros hombres esperando para comer. Roberto preguntó si podía servirse más comida. En su vida nunca le habían ofrecido comer todo lo que pudiera. Luis le dijo que sí, que se parara por más. Aguilar se levantó, les dijo que los vería en el dormitorio, y salió. Roberto sonrió, se puso en fila para servirse más comida y Luis bebió su café y observó. A Roberto se le abrieron los ojos. Había pollo frito. Había arroz cocinado con pollo. Sopa de pollo. Había paquetes y paquetes de pan blanco. Había frijoles y chile. Había manzanas y duraznos y racimos de uvas. ¡Había tanto! Se sirvió más pollo frito, más frijoles y chile, más pan y dos manzanas. Entonces . . . se dio cuenta que tenían cartones de plástico con una pequeña cabeza de vaca. No los había notado antes. Preguntó si era leche de vaca. El mexicano detrás del mostrador le dijo que sí, que se sirviera lo que quisiera. A Roberto se le iluminaron los ojos . . . esos gringos, esos gringos eran fantásticos, se llevó dos cartones y sonrió feliz al ir a su mesa a comer más.

Después Luis y él regresaron a la construcción de lámina número siete; Aguilar le dijo a Roberto que fuera a lavar la ropa de ellos mientras él se quedaba a cuidar las cosas. Roberto le preguntó dónde y cómo, y si había que pagar. Aguilar le dijo que siguiera a Luis y que no, no había que pagar. Roberto obedeció, y él y Luis salieron al barracón de las regaderas. Allí se enteró para qué servían las tablas que estaban al lado de los enormes lavabos. Allí vio a Luis usar el cepillo para limpiarse los dientes, así que Roberto sacó el cepillo que llevaba en su camisa de caqui nueva, le puso jabón, le puso agua y se cepilló los dientes. Sabía horrible. Escupió. Aventó el cepillo por un lado.

—¡Gringos estúpidos!

Luis se echó a reír. —Necesitas pasta de dientes. Recoge tu cepillo.
—Roberto lo recogió y Luis le dio pasta de dientes y le enseñó cómo usarlo.
—¡Bueno! —dijo Roberto—. ¡Eso sí sabe muy bueno! —Sonrió y puso
el cepillo de regreso en su cajita de plástico y luego se la puso en el bolsillo
de la camisa de caqui y se vio al espejo y se sintió orgulloso. Camisa nueva,
cepillo nuevo. Sonrió—. ¡Esos gringos! ¡Esos gringos! —dijo con
admiración, sinceridad y orgullo.

Luis terminó de rasurarse, Roberto todavía no tenía que rasurarse, y
regresaron al dormitorio. Aguilar estaba dormido. Roncaba ruidosamente.
Roberto vio cómo los demás habían colgado su ropa lavada en una cuerda de
alambre cerca de sus camas, tan cuidadosamente, tan ordenadamente. Él hizo
lo mismo y se acostó, pero no le gustó la cama. Cada vez que se daba vuelta
los resortes de hierro hacían tanto ruido que lo despertaban.

—¡Gringos estúpidos! —dijo y quitó el colchón y la cobija de la cama
de hierro y durmió en el piso de cemento. Allí estaba mucho más firme.
Mucho mejor. Rápidamente se quedó dormido. Soñó con su jacal con la grieta abierta por donde veía en lo alto del cielo las estrellas y el arado.

*L*os antiguos barracones del ejército estaban rodeados de alambres de púas; y el hijo del dueño dijo, —¿Creen que estos barracones son malos? Deberían haber visto a esos mojados antes del programa. Llegaban miles y vivían bajo los matorrales como perros. Y algunos agricultores, el tipo de basura blanca, llamaba a la migra para que se los llevara y no tuvieran que pagarles.

—Pues sí, los años cuarenta y cincuenta fueron malos, pero ahora sí están bien los trabajadores. Todo está de acuerdo a la ley ahora y el Departamento de Salubridad revisa su comida y su vivienda regularmente, y el gobierno federal controla sus salarios.

—Para mí, Chávez y Kennedy y McGovern y todos esos santones le han hecho mal al mexicano. Están haciendo mucho escándalo donde no hace falta, y mienten y exageran sólo para mejorar su vida personal. ¿Usted qué piensa? —le preguntó al entrevistador.

El entrevistador todavía seguía mirando al campamento cercado por alambre de púas y luces, como si fuera una prisión. El hijo del dueño se dio cuenta.

—¿Ah, el alambre? No le ponga mucha atención. Todo es sanitario y legal, —sonrió orgullosamente—. Controlado por el gobierno federal.

CAPÍTULO ONCE

Cuando sonó el ruidoso despertador todo estaba oscuro. Roberto se puso de pie de un salto, traía puesta su ropa nueva y miraba para todos lados. Estaba horrorizado. Luis Espinoza le dijo que no era nada. Era sólo para indicar la hora de ir a comer para después ir a trabajar. Aguilar no se rió. Retorciéndose, le profirió una maldición al despertador.

—¿Qué te pasa? —preguntó Roberto.

—No sé, —dijo Juan—. Antes sólo me molestaba la tos . . . ahora hasta los huesos me duelen. Especialmente las piernas.

—¿Quieres que le avisemos a la oficina?

—¡No! ¡Tonto! Me sacarían del trabajo. —Bostezó. Se estiró. Se veía muy cansado—. Voy a estar bien en cuanto me empiece a mover un poco. La corrida en el desierto y la subida en las montañas me dejaron sin energía. Ven . . . dame una mano.

Roberto le metió el hombro debajo de la axila y caminó con él alrededor del dormitorio hasta que Aguilar se sintió mejor, entonces todos fueron a las regaderas, hicieron sus necesidades y Roberto leyó un letrero que decía "Lávese las manos". Cuando salieron todavía estaba oscuro.

Roberto dijo, —Ese letrero decía que tenemos que lavarnos las manos.

—Muchacho, estoy cansado, ¡así que no me vengas a presumir con tu habilidad de leer! —contestó Aguilar.

Roberto asintió, suponiendo que Aguilar simplemente estaba demasiado cansado. Y además, la noche anterior se habían lavado por todas partes, así que esa lavada debía durarles todo un mes. Adentro había mucho movimiento en la cocina. Había cientos y cientos de mexicanos con grandes sombreros y caras oscuras; había muchos de bigote, y todos vestían ropa de trabajo pesada. Comían rápidamente y después iban a una mesa, echaban comida en una bolsa de papel y salían rápido. Roberto cogió una charola y se formó en la fila detrás de Luis. Aguilar estaba atrás. Luis le dijo a Roberto que no comiera mucho o se enfermaría en el campo. Al ver tanta comida, Roberto le dijo que nunca se había enfermado por comer.

Luis le dijo, —Bueno, entonces hazlo y aprende por ti mismo.

Roberto sonrió. Había tanta comida de dónde escoger: Tocino, huevos fritos y revueltos, tostadas, mantequilla, crema de cacahuate, mermelada, cartones de leche y jugo de naranja. Y en la mesa del *lonch*: platos de salchicha de Bolonia, queso y hot dogs. Había tanto. Roberto tomó un poco de todo. Nunca había visto la crema de cacahuate, pero la probaría. Fueron a una mesa. Aguilar se sentó y se puso la cabeza entre las manos.

—¿Qué te pasa? —preguntó Roberto.

—No sé. Dios mío, la cabeza, los huesos.

—A mí me duele lo mismo, —dijo Luis—. Lo mismito. Yo creo que fue ese avión que nos roció cuando atravesamos la frontera.

Juan asintió. —Tal vez. Pero si así es, ¿por qué este muchacho no se siente mal? Mira cómo come. No le duele nada, y estuvo allí con nosotros.

—Es cierto. Pero es muy joven. Nunca antes tuvo contacto con los químicos. Nosotros, los norteños viejos, ya tenemos muchos químicos en el cuerpo.

—Quizá. Pero creo que no. Creo que fue el calor del desierto y que estamos viejos y cansados. Carajo, tengo treinta y seis años. Pero con unos cuantos días más de buena comida y trabajo estable me mejoraré. —Miró a Roberto que se comía los huevos con crema de cacahuate—. No, tonto. Eso es para hacer sándwiches. Con eso y mermelada te haces un sándwich dulce. Y le pones queso y carne de Bolonia a otro sándwich.

Roberto hizo un sándwich de crema de cacahuate y mermelada y lo probó.

—¡Está bueno! ¡Qué rico! —y sonrió. Estaba tan, pero tan contento. ¡Esos gringos! ¡Hasta pueden hacer que algo que parece caca de bebé sepa tan sabroso!

Juan sonrió y le palmeó la cabeza a Roberto. —Come muchacho, come, pues créeme que, de hoy en adelante, ¡vas a trabajar como cinco pochos!

Roberto se sirvió más crema de cacahuate y mermelada y se hizo cinco sándwiches que puso en una bolsa de papel con dos plátanos y una bonita toalla blanca de papel llamada servilleta y salieron. Todavía estaba oscuro. Había una docena de camiones esperando cerca de la entrada del alambre alto y estaban subiendo a hombres rápidamente, ligeros como el carajo. Cada camión iba a un rancho diferente. Era la época de la cosecha en toda el área de Sacramento y todos los agricultores necesitaban trabajadores. Luis sabía lo que tenían que hacer, encontró el camión que necesitaban y los llamó. Hoy, los tres irían a un rancho de verduras. Se subieron al camión y en sólo unos minutos ya estaban en marcha. Salieron de la huerta, subieron a la carretera y llegaron al lugar que iban. Se bajaron rápidamente y empezaron a trabajar. Al empezar a salir el sol, Roberto sudaba y tenía sed. Luis le dijo que no bebiera agua, que sólo le daría más sed durante el calor del día.

Roberto le hizo caso y trabajó arduamente. Hacía tanto calor a media mañana que mucha gente empezaba a dejar de trabajar. Roberto quedó maravillado. ¿La gente podía simplemente dejar de trabajar?

Dios mío, en Ciudad Obregón, en campos mucho más calurosos que éste, uno no podía dejar de trabajar sin que el capataz le gritara y lo amenazara.

Roberto y sus camaradas siguieron trabajando. Pizcaban tomates de cáscara delgada. Allá, en otro campo, unas máquinas pizcaban los tomates de cáscara gruesa. Los gruesos los podía pizcar la máquina, pero estos delgados, con más jugo y sabor, no los podía pizcar. Al mediodía sólo unos cuantos seguían trabajando. La mayoría había dejado de trabajar y esperaba a los camiones bajo una sombra de cien grados Fahrenheit. Los camiones llegaron a las dos de la tarde. Empezaba a soplar un viento caliente y polvoroso que les golpeaba la cara. Durante todo el camino de regreso, Aguilar tosió y se retorció con convulsiones. Cuando llegaron al campamento, todos bajaron lentamente, cansados, sucios y agotados. El altoparlante gritó en inglés primero y después en español. Se les dijo que la cocina abriría en una hora y que todos deberían bañarse y cambiarse de ropa primero. Que nadie sería admitido hasta que estuviera bañado. Ésa era la ley. Además un regaderazo los refrescaría y los ayudaría a relajarse.

—¡Vete a la chingada! —gritó Aguilar al viento polvoso y caliente—. Ya me di un regaderazo ayer, hijo de tu chingada madre. —Pero no gritó lo suficientemente alto. El viento estaba en contra de él, así que se volteó refunfuñando y se fue con los otros hombres a sus respectivos dormitorios. Ya adentro, Aguilar se dejó caer en la cama y empezó a toser. Roberto le preguntó si podía hacer algo.

—¿Qué puedes hacer? —exclamó Aguilar—. ¿Matarme como a un caballo con la pata rota? —Una fuerte tos lo hizo doblarse y respiró profundamente—. No . . . gracias, muchacho. No hay nada que puedas hacer. Pero te doy este consejo: haz todo el dinero que puedas ahora que estás joven, porque los campesinos no duramos muchos años. —Se acostó y le hizo una señal a Roberto que se alejara. Roberto y Luis fueron a las regaderas. Se dieron un regaderazo y regresaron al dormitorio; Aguilar había desaparecido. Preguntaron a los demás. Uno de ellos lo vio subirse a un carro nuevo con tres hermanos trabajadores. Seguramente habían ido a la cantina cercana. Roberto y Luis fueron a comer. Había pollo frito, arroz, frijoles, Kool-Aid, y platones de pastel y galletas. Roberto devoró la comida y se llenó las manos con galletas. Regresaron a su barracón. Afuera se ponía el sol, pero todavía hacía calor. Hacía más calor en los barracones que afuera. Todavía no había vuelto Aguilar. Fueron a los baños para lavar su ropa. Roberto se llevó su cepillo de dientes en la camisa para que todos lo vieran, pero se le olvidó cepillarse los dientes. Más tarde salieron del barracón, fueron atrás del edificio alto para protegerse del viento y del polvo, jugaron baraja y contaron anécdotas entre ellos. Alguien trajo una guitarra, se recargó contra el alambre y empezó a cantar rancheritas y corridos de su estado de Zacatecas en México. Otros sonreían, fumaban y también cantaban. Esperaban a que se metiera el sol y a que se enfriara el barracón para poder entrar y dormir. El despertador sonaría en unas cuantas horas.

Aguilar y los tres hermanos llegaron más tarde en un Ford nuevo. Frenaron bruscamente. Todos estaban borrachos, contentos, ruidosos, y Aguilar ya no tosía. Uno de los hermanos, al parecer el mayor, se reía, cantaba, se besaba la punta de los dedos y decía que había visto muchas muchachas.

—¡Tantas muchachas y todas eran hermosas! ¡Ah, sí, cada una de ellas era hermosa!

—¿Y la tractora grandota que te besó, eh? ¿También era hermosa? —Le preguntó uno de los hermanos, el más joven, quien tenía cara de niño.

—¡Ay, sí! ella especialmente. ¡Era hermosa!

Todos se rieron, y el otro hermano, el gordo enorme que era cocinero dijo que la que llamaban la tractora tenía el culo tan grande como el asa de un hacha, que tenía un culo más grande que los hombros de él y que además era bizca.

—¡Ah, sí! —dijo riéndose el hermano mayor—. ¡Bizca y hermosa! ¡Y cómo toma! ¡El gordo tuvo que pagar cinco dólares de cerveza y ella no le dio nada!

Aguilar se acercó a Roberto, le dio una palmada en la espalda y gritó, —¡Mañana los agarraremos de los tanates otra vez! ¡Carajo, sí que estamos ganando dinero! Te apuesto que hoy ganamos más de treinta dólares cada uno. ¿Cómo ves, eh, muchacho? Ganamos más aquí en un día que en casa en . . .

Luis se puso de pie. —¡Amigo! Ven, te quiero enseñar algo. —Luis se llevó a Aguilar a otro lugar—. Mira . . . nadie debe saber que somos de México. Nadie debe saber que somos ilegales. ¿Qué te pasa? ¿Eh, amigo? ¿Quieres que nos deporten?

Aguilar se balanceó hacia adelante y hacia atrás. —¡Claro que no! Se me olvidó. Dime, ¿quién podría delatarnos? ¿Eh, uno de esos hermanos? ¡Ahorita lo mato! ¡Antes que hable!

—No, amigo, no es necesario matar a nadie, —dijo Luis—. No creo que nadie vaya de rajón esta vez, pero . . . hay que cerrar la boca. —Los ojos de Aguilar se empequeñecieron tratando de adivinar si Luis estaba tratando de darle órdenes. Luis le vio los ojos y sonrió. Con tacto le dijo—, ¿Estás de acuerdo, amigo? ¿Ni una palabra más?

Aguilar dejó de mirarlo. —Por supuesto. Ni una palabra más. Tienes razón.

—Bueno, —dijo Luis—. Ahora vamos a descansar un poco, ¿okay?

—Okay, ¡y mañana volvemos a ganar nuestro buen dinero!

Se metieron al barracón y Roberto los siguió. Hacía menos calor ahora dentro de las construcciones de lámina. Roberto se quitó la ropa para dormir. Aguilar no. Simplemente se dejó caer en la cama y se quedó dormido. Roncaba ruidosamente. Roberto miró a su alrededor. . . camas y camas y camas. Agarró su cobija y se salió a dormir afuera. La noche estaba hermosa. El cielo estrellado, había una brisa en la copa de los árboles y se quedó dormido, soñando, y todo estaba bien hasta que lo despertó un guardia con un perro. Se despertó con los ojos bien abiertos y espantado. El perro gruñó, y el guardia le hizo unas preguntas y le dijo que se metiera a dormir en su propia cama. Obedeció rápidamente. Adentro, los ronquidos hacían eco. Roberto tardó en poder dormirse.

Todo estaba oscuro cuando sonó el despertador. Los hombres se levantaron maldiciendo en voz alta y empezaron a vestirse, rápidos como el demonio. Salieron a la oscuridad y se dirigieron a los baños donde hicieron sus necesidades, y de allí se fueron a la cocina. Allí todo estaba preparado. Comieron, prepararon sus lonches y se subieron a los diez o quince camiones. Afuera todo estaba oscuro todavía. Luis, Aguilar y Roberto esperaron dentro de su camión hasta que estuvo completamente lleno de hombres morenos con amplios sombreros. Después salieron de las millas de huertos y llegaron a la carretera. Viajando rápidamente llegaron a los campos de productos agrícolas que se extendían hasta donde alcanzaba la vista, si hubiera habido luz.

Aún estaba oscuro cuando al salir de la carretera varios carros encendieron las luces, y de repente salieron con los motores rugiendo de la oscuridad y empezaron a seguir al camión. Un hombre se puso nervioso y exclamó, —¿Qué es eso? ¿La migra?

—Tranquilízate, —dijo otro.

—Pero, mira, son por lo menos cinco carros. —Los carros rodeaban al camión y hacían sonar el claxon—. ¿Quiénes son?

—Probablemente es Chávez y su pinche sindicato, —dijo otro.

—Qué tiene de malo Chávez, ¿eh? ¡Cállate!

—¿Ah, sí, que me calle?

Estaban completamente rodeados de carros. Aguilar se acercó a Roberto y le susurró, — No digas nada. Ni una palabra. ¿Entiendes? Pase lo que pase . . . ni una palabra.

—¿Pero quiénes son? —preguntó Roberto.

—No importa. Vinimos a trabajar. No a meternos en problemas.

—Pero esas luces, ¡Dios mío! salieron de la nada.

—Aguilar tiene razón, —dijo Luis y le puso la mano en el hombro—. Haz lo que se te pide y ni una palabra, ¿entiendes? —Roberto miró los grandes ojos suplicantes de Luis y asintió. Las luces de los carros estaban detrás y delante del autobús. Y había gente gritando en español por altavoces—. Ni una palabra. Óyelos. Son los hombres de Chávez . . . y van a estar molestándonos todo el día. Así que estate tranquilo. Vinimos a trabajar, no podemos meternos en problemas.

El camión dio vuelta entrando en otro camino de terracería. Adelante había luces, maquinaria y unos cuantos árboles. Todo estaba rodeado por una alta cerca de alambre. El camión entró al campo y se detuvo. El chofer, nervioso, se bajó de un salto. Un capataz, que ya estaba en el campo en una camioneta, le gritó que se calmara, que ya había llamado al sheriff por el radio. El chofer se tranquilizó.

Los cinco o seis carros con las luces altas se estacionaron a un lado del camino de terracería a unas cuarenta yardas de distancia y se bajaron de ellos unos hombres con linternas y altoparlantes que gritaban, —¡Huelga! ¡Aquí hay una huelga. Por favor, amigos campesinos, entiendan. ¡Estamos en huelga! ¡Queremos mejores salarios, justicia y dignidad para los trabajadores del campo! ¡Los campesinos!

—¡Ayúdennos! ¡Ayúdennos! ¡Por favor, ayúdennos! ¡Unidos venceremos y se le hará justicia al campesino!

Y entonces todas las voces se unieron a la del altoparlante en una palabra, en un llamado que hizo eco: —¡HUEL-GAAA! ¡HUEL-GAAA! ¡HUEL-GAAA! *¡STRIKE! ¡STRIKE! ¡STRIKE!*

Roberto, Luis y Aguilar se quedaron sentados en el camión escuchando las voces que gritaban, aullaban, imploraban, mientras que el sol —la luz del universo— empezó a clarear en la distancia mandando sus rayos de color amarillo-rosado a través del valle rico y plano. Entonces los huelguistas levantaron sus voces de protesta aún más en un canto armonioso, y Roberto empezó a sentir el latir del corazón. Le latía furiosamente con los gritos de las treinta o cuarenta personas y era un espectáculo memorable.

¡Era fantástico! ¡Y había surgido de la nada!

Roberto sintió un escalofrío, algo raro que le subía y bajaba en la espalda, y no sabía si enojarse o brincar y unirse a esas voces de protesta humana.

Afuera cantaban; adentro del autobús los hombres esperaban en silencio; y el sol, la luz que disipaba la oscuridad, empezó a crecer más y más al atravesar el valle, y el eco de los cánticos repetía que unidos vencerían porque en el fondo creían que todos los hombres, cuando se unen, son indestructibles y puros de corazón.

Solidaridad pa' siempre

En las viñas de la ira
luchan por su libertad.
Todos los trabajadores
quieren ya vivir en paz.
Y por eso compañeros,
nos tenemos que unir
¡Con solidaridad!
Solidaridad pa' siempre
solidaridad pa' siempre
solidaridad pa' siempre
que viva nuestra unión
vamos, vamos, campesinos
los derechos a pelear.
Con el corazón en alto
y con fe en la unidad
que la fuerza de los pobres
como las olas en el mar
la injusticia va a inundar.
Solidaridad pa' siempre
solidaridad pa' siempre
solidaridad pa' siempre
que viva nuestra unión.

*E*l joven abogado de Chávez escribió un informe oficial y se presentó ante el juez, y el juez se rascó la cabeza, pausó, empezó a hablar, pausó de nuevo y opinó al respecto. El formulario debería ser presentado ante la oficina del Fiscal General. Al llegar a esa oficina, un fiscal bien vestido le dijo al joven abogado que tendría que mandar un investigador al sitio de la huelga para que escribiera un reporte oficial.

—Pero éste es un reporte oficial. ¡Quiero que se haga justicia ahora! Hay un muchacho en el hospital y tengo diez testigos. Quiero sentar esta denuncia hoy.

El asistente del fiscal se levantó. —Mira, muchacho . . . regresa en una semana más o menos y te diré lo que hemos averiguado. Adiós.

El joven abogado salió y el muchacho que estaba en el hospital perdió el pie, y esa misma semana ocurrieron otros dos incidentes y diez días después la queja todavía no podía presentarse, pero el ranchero obtuvo una orden de la corte para que aparecieran en corte el joven abogado y sus testigos. ¡Por entrar sin permiso a su propiedad!

CAPÍTULO DOCE

Roberto miraba el transcurso de la huelga. El sol había salido por completo. Las patrullas de los sheriffs estaban estacionadas entre los trabajadores y los huelguistas. Los trabajadores salían del autobús y eran escoltados a los campos. Los huelguistas estaban alineados a lo largo del camino de terracería público y gritaban en coro. Había cuatro sheriffs, y sus dos autos estaban estacionados en la propiedad del dueño. Uno de los sheriffs, el que tenía un distintivo militar, estaba recostado sobre su carro. Tenía los brazos cruzados. Miraba en silencio. Con la espalda hacia la propiedad del agricultor, miraba a los huelguistas que llamaban, gritaban, imploraban y rogaban que los trabajadores no fueran a trabajar, sino que se unieran a ellos, sus hermanos, sus compañeros campesinos, sin miedo y con rapidez.

El capataz, a unas treinta yardas detrás de los sheriffs, les decía a los trabajadores que salieran del camión y fueran a los campos, que todo estaba bien, que no les prestaran atención a esos revoltosos. Roberto y sus dos amigos obedecieron y siguieron a los otros trabajadores que bajaban del camión, pasando por la maquinaria del tractor grande para llegar a los campos. Empezaron a trabajar.

¡Los huelguistas gritaban!

El sheriff del distintivo militar se puso los lentes de sol y allí se quedó de brazos cruzados, al lado de su carro, con su uniforme y su pistola. Los otros lo imitaron, y todos miraban en silencio. El sol subió más. Empezó el calor del día y la huelga continuó.

Para entonces, ya Roberto y su grupo de campesinos estaban trabajando a la mitad del campo y los huelguistas estaban lejos y en el camino público de terracería, sus gritos no parecían muy altos y no molestaban a los trabajadores. Roberto trabajaba rápido y pizcó muchos tomates. Se secó el sudor de la frente. Alzó la vista y vio la línea de huelguistas. Vestían casi igual que él, ondeaban banderas y los llamaban. Se quedó mirando.

—¡Muchacho! ¡Ponte a trabajar! —Gritó uno de los capataces. Un pocho. Hoy había muchos capataces en este sitio y caminaban por entre los trabajadores diciéndoles que no había ningún problema. Que no se preocuparan. Que no había nada malo en trabajar. Que los que estaban escanda-lizando eran unos holgazanes revoltosos buenos para nada—. ¡Te dije que te pusieras a trabajar! ¡Pronto!

—¡Oye! —le dijo otro capataz al primero—. No le grites a nuestros hombres. Tómalo con calma. —Después, el segundo capataz le sonrió a Roberto—. No quiso gritarte, muchacho. Regresa a trabajar. —Le sonrió una vez más. Roberto pensó que esa sonrisa de aparente interés era muy artifi-cial, pero no dijo nada y se puso a trabajar. Pizcó rápido. Acarreó rápido. Vació rápido. Y de nuevo a pizcar rápido. En poco tiempo habían llegado al extremo del campo una vez más y allí estaban los huelguistas muy cerca. Ondeaban banderas rojas con un pájaro negro en el centro y llamaban e imploraban. Hacían tanto ruido que Roberto no podía hacer su trabajo. Volvió a dejar de pizcar y miró a los huelguistas. Muchos otros trabajadores también habían dejado de trabajar. Hasta Aguilar y Luis no estaban traba-jando muy bien ahora. Los huelguistas dejaron de gritar y empezaron a hablar. Explicaron que ese rancho estaba en huelga. Que se fueran a trabajar a otro lugar. El rancho tenía mala reputación por su injusto trato a los campesinos. Que no pagaban bien, que mentían sobre el número de cajas que uno pizcaba. Que les robaban. Que por favor se unieran a ellos. Que unidos vencerían . . .

De repente, un carro se dirigió rápidamente hacia los huelguistas. Rober-to miraba desde el campo. El coche era nuevo y dorado, y venía por el camino levantando polvo en dirección a los huelguistas, quienes lo miraban con la boca abierta. El carro iba sobre ellos. Uno de los huelguistas les dijo a los otros que se quedaran en su sitio. Los huelguistas no se movieron. El carro se avalanzaba sobre ellos sin dar ninguna señal de que fuera a esqui-varlos.

Cuando el gran carro dorado llegó a escasos unos pies de ellos, uno de los huelguistas, un joven, gritó, se hizo a un lado, y todos los huelguistas se dispersaron. El carro se detuvo resbalando las ruedas. El polvo lo envolvía todo y un hombre grande salió rápidamente del coche bramando. Era alto, huesudo y oscuro; muy diferente a los mexicanos. Tenía brazos velludos y poco pelo en la cabeza, y estaba afeitado pero tenía una sombra de vello en la barba. Se adelantó con su puro en la boca.

—¡Qué chingaos pasa aquí!

El sheriff se le acercó despacio, y respetuosamente empezó a explicar la situación.

Un huelguista alto y joven, con toda la apariencia de un típico ameri-cano, se acercó. —Soy abogado, —dijo en voz alta—. ¡Y pido que este hom-bre sea arrestado! —Le gritó al sheriff. Estaba muy exaltado.

El sheriff y el hombre grande del puro miraron al joven, y ninguno de los dos dijo nada. El joven, bien afeitado, se pasó los dedos por el pelo rubio y largo, miró a los cuatro sheriffs, y tratando de no enojarse dijo con más calma. —Soy abogado y pido que este hombre sea arrestado.

—¿Quién es éste? —preguntó el hombre grande apuntando con el puro al abogado joven.

—No sé, —dijo el oficial de los galones—. Será uno de los abogados de Chávez. Como le estaba diciendo, estamos aquí para mantener la paz, y por favor, señor Anderson, no quiero que haga esas cosas.

—¡Carajo! —dijo el señor Anderson. El abogado se había acercado más a ellos—. ¿Cómo se llama usted?

—Michaels. Jim Michaels.

—Bueno, Jim Michaels . . . váyase de aquí. Ésta es propiedad privada.

Jim Michaels dio tres pasos hacia atrás hasta el camino público.

—¡Sheriff, pido que se arreste a ese hombre por tentativa de atropello y fuga!

—¿Atropello y fuga? —dijo Anderson riéndose —. Carajo, ¿quién está huyendo?

Jim Michaels movió los pies. Tenía veinticinco años y estaba tan enojado que apenas si podía pensar. El año anterior se había graduado como el segundo mejor estudiante de su clase en la escuela de leyes de Stanford y conocía la ley, y ese pinche sheriff no la estaba cumpliendo. —Arréstelo por . . . sheriff, carajo, usted lo vio. Cumpla con su deber.

—Mira, muchacho, —dijo el sheriff y pronunció "muchacho" lentamente—. Estoy cumpliendo con mi deber. Estoy manteniendo la paz. Y te sugiero que hables con el señor Chávez y le preguntes cuál es tu deber. ¿Entiendes?

El joven abogado pateó la tierra. Estaba furioso. Se regresó al grupo de treinta o cuarenta huelguistas y empezaron a hablar a los trabajadores en el campo por el altoparlante. Roberto y todos los demás dejaron de trabajar y escucharon. Incluso Aguilar y Luis. El carro y la dispersión de los huelguistas les habían llamado la atención. Ahora escuchaban atentamente. Los sheriffs se fueron. El grandote, el señor Anderson, puso el radio a todo volumen. Una estruendosa música de rock. El hombre con el altoparlante tuvo que subir la voz. Los capataces, individualmente, empezaron a decirles a los trabajadores que no había ningún problema. Que en términos legales los holgazanes revoltosos estaban rompiendo la ley. Que el sheriff había ido a buscar una orden para arrestarlos. Llegaron dos camionetas y se estacionaron una atrás y otra adelante del gran carro dorado y también encendieron sus radios. Más música moderna estruendosa. Los trabajadores reanudaron su trabajo.

El altoparlante vociferó con la voz de una muchacha mexicana montada arriba de la vieja van, tenía un atractivo especial. Llevaba pantalones y botas negras, se puso una mano en la cadera. Con la otra en el altoparlante, gritaba, maldecía y se reía. Roberto sonrió. Allí estaba ella, alta y esbelta, a toda madre, una verdadera belleza, y muchos de los hombres dejaron de trabajar.

Esa mujer, esa muchacha, no les pedía amablemente que dejaran de trabajar y que se unieran a ellos. ¡No! Les gritaba que eran unos cobardes, que no eran hombres si permitían que un patrón les robara su dignidad. Una vez que obtuvo su atención, movió las caderas e imploró a los cielos que los trabajadores fueran hombres, verdaderos chicanos méxicoamericanos, y que no se desmoronaran ante el patrón gringo. ¡Que ellos también tenían derechos! Que entendía que en este momento ellos eran jóvenes, que todos los campos estaban en temporada de cosecha y que ganaban buen dinero. ¡Pero si descuidaban un poco el trabajo, los echarían! ¡O si se hacían un poco viejos, si llegaban a los cuarenta, o aún a los treinta y cinco, no les darían trabajo!

—¡Y ustedes saben que les estoy diciendo la verdad! —siguió gritando mientras los radios en frente de ella estallaban con música rock tratando de que no se oyera—. Mi propio padre, que todavía no llega a los cuarenta no puede trabajar debido a una lesión en la espalda que se hizo mientras trabajaba en un rancho. ¿Y le dan alguna compensación? ¡No! ¡No le dan nada! Porque los trabajadores del campo no tenían seguro de incapacidad hasta hace poco, ¡y los otros trabajadores han recibido ese seguro durante años y años! ¿Y seguro de desempleo? ¿Nos lo dan? ¡No! ¡Aunque todos los demás lo hayan recibido durante años! ¡Por favor, sean hombres! Vean el futuro y piensen en sus hijos. ¡Sus hijos! ¡Mejoren su futuro! ¡Denles la oportunidad de recibir una educación y un mundo mejor! ¡Únanse a nosotros! Porque UNIDOS, VENCEREMOS . . . —A la distancia se empezó a oír un eco sordo. Roberto dejó de observar a la muchacha arriba de la vieja van y vio que dos tractores gigantescos se aproximaban. Arrastraban arados, enormes discos de acero y levantaban una enorme nube de polvo. La muchacha dejó de hablar y los vio, hizo una mueca de miedo, pero después se mantuvo firme . . . tragó saliva y siguió hablando tan rápido como podía—. ¡Piensen en sus hijos! ¡Háganlo por ellos! ¡Únanse a nosotros! ¡Unidos venceremos! —Los dos tractores, manejados por dos mexicanos, llegaron. Anderson y sus capataces se subieron a sus coches con los radios a todo volumen y se alejaron a una distancia cómoda—. Ay, en el fondo de mi corazón creo que venceremos, algún día caminaremos unidos de la mano . . . algún día . . . No tememos . . .

El primer tractor, una enorme mole de hierro, pasó frente a ella y levantó una enorme pared de polvo con su gigantesco disco de acero. La muchacha empezó a toser y a ahogarse. Un huelguista, un joven chicano de camisa de vestir y pelo largo se encaramó a la van con ella y trató de ayudarla a bajar. Ella lo hizo a un lado. Grito, —¡ÚNANSE A NOSOTROS! ¡AHORITA! ¿QUÉ NO VEN LO QUE ESTÁN HACIENDO? —Lloraba y se ahogaba con el polvo, y por primera vez Roberto pensó en dejar el trabajo e ir con ella. Con ellos. En un instante dejó caer sus tomates. Empezó a caminar. Un capataz le gritó. La muchacha lo vio. Chilló de alegría. Ya había pasado el primer tractor y podía ver. —¡Por favor! ¿Cómo te llamas? ¿Cómo te llamas?

Roberto empezó a hablar. Aguilar lo agarró.

—No vayas, —le dijo Aguilar.

Roberto miró a Aguilar.

—¡Déjalo! —gritó la chica—. Si quiere dejar de trabajar, ¿a ti qué te importa?

Aguilar le decía a Roberto, —¡No seas tonto! Somos ilegales. Te deportarán.

Roberto pestañeó y se quedó quieto al recordar todo lo que tuvo que pasar para llegar hasta allí.

—¡Déjalo! —dijo después la muchacha en una voz muy coqueta—. Por favor, guapo, dime ¿cómo te llamas?

—Roberto, —dijo desprendiéndose del brazo de Aguilar. Miró a Aguilar cara a cara, pero después volvió a trabajar y llegó el segundo tractor.

—¿Roberto? —Exclamó—. ¿Dijiste Roberto? —La segunda pared de polvo se erigió frente a ella. Tosió, se ahogó y exclamó— ¿Roberto? ¡Robert! ¡Bob! Ay, así se llama mi padre y es valiente y fuerte, y no dejaría que ellos . . .

Su voz desapareció. Ahora los dos tractores iban y venían enfrente de ella y los huelguistas y todos estaban envueltos en una nube de polvo; el rugido de los tractores y el escándalo de los radios del carro dorado del dueño y las camionetas de sus capataces eran insoportables. Pero aún así los huelguistas siguieron en el camino público de terracería envueltos por la nube de polvo y seguían entonando sus protestas mientras los tractores corrían peligrosamente delante de ellos. Finalmente, unos cuantos huelguistas retrocedieron del camino de terracería, se metieron a sus coches y subieron las ventanillas. La muchacha tosía y se ahogaba, pero seguía en su puesto en la vieja van y seguía usando el altoparlante. Los dos tractores aceleraron. Iban y venían cortando, cerca del límite de su propiedad, con sus enormes discos filosos, dándose vuelta y regresando. En una de esas le pegaron a la van que se tambaleó. La muchacha se cayó. Los huelguistas fueron a ayudarla. Alguien gritó.

Fue un grito de dolor, no de protesta. Y Anderson vino corriendo. En la cara se le veía una auténtica preocupación. Mandó que pararan los tractores. El polvo era insoportable. Nadie podía ver nada. Anderson se quedó allí inmóvil, alto, sólido como un jefe. Esperó a que se asentara el polvo.

Roberto, que estaba en el campo detrás de Anderson, no estaba trabajando. Nadie trabajaba. Todos los ojos estaban a la expectativa. Finalmente se pudo ver. La muchacha estaba en el suelo. Un grupo de huelguistas la rodeaba, y alguien lloraba con un grito agonizante. Anderson se acercó y vio que la persona que gritaba de dolor era un muchacho joven. El que había sentido pánico cuando Anderson venía a toda velocidad en su carro dorado. Tenía la pierna bañada en sangre. Parecía que le habían cortado el pie. La muchacha que había estado encaramada en la van estaba ahora parada sobre él. Vio a Anderson. Se dio vuelta y con una furia salvaje se le fue encima.

—¡Asesino! ¡Marrano!

El abogado Michaels, con la ayuda de dos más, pudo arrancársela al hombre grande. Ella seguía gritando. Le había arañado la cara y sangraba, pero quería hacerle más daño. Michaels les pidió a los dos huelguistas que la detuvieran. Se volvió hacia Anderson.

—Señor, —le dijo pausadamente—. Lo vamos a demandar por daños y perjuicios. Créamelo, ¡y le va a costar hasta el último centavo que tiene! —Anderson no dijo nada y se limpió la cara con un pañuelo—. ¡Mire a ese muchacho! ¡Aún no cumple los catorce años y su tractor le cortó el pie!

—El muchacho estaba en propiedad ajena sin permiso, —dijo uno de los capataces de Anderson—. Yo estaba allí y lo vi todo. Uno de ellos, —dijo apuntando a los huelguistas—, se subió a la van y se echó en reversa contra el tractor tirando a la muchacha.

—¡Eres un mentiroso! —gritó un joven—, ¡Tu tractor se me echó encima!

—¡Mentira! —dijo el capataz—. Tú te echaste en reversa y tiraste a la chica, y después ese chico, que trataba de hacerla de héroe aunque hacía poco había sido un cobarde, se vino corriendo tratando de ayudarla y se atravesó enfrente del disco.

—¡Mentiroso! ¡Nos echaste el tractor encima!

—¡No, señor! —El capataz negó vigorosamente con la cabeza—. El tractor estaba dentro de los límites de nuestra propiedad! ¡Todos ustedes estaban en propiedad ajena sin permiso, y ésa es la verdad!

—¡Eres un pinche mentiroso!

—¡Mira, güey!

—¡Ya estuvo bueno! —dijo Anderson—. Cuando llegue el sheriff todos podemos darle nuestra versión. —Se dirigió a Michaels—. Michaels, estoy llamando por radio a mi oficina para que venga el sheriff. ¿Quiere que mande pedir una ambulancia?

Michaels miró al joven. —No, nosotros nos lo llevaremos. Será más rápido. —Se volteó hacia sus compañeros huelguistas—. Amigos, por favor, ayuden a poner al muchacho en mi coche. Y tú, Teresita, —le dijo a la joven de pantalones y botas negros—, métete al carro con él. —Michaels negó con la cabeza, pateó la tierra, murmuró algo entre dientes, se subió a su coche, una pequeña camioneta extranjera, y partió. Más adelante se detuvo. Pidió a gritos que manejara otra persona. Tenía que quedarse. Tenía que asegurarse que el sheriff escuchara los datos correctos. Un joven chicano vino corriendo, se metió a la camionetita y salió.

Michaels regresó al lugar del incidente. —Todos háganse hacia atrás, —dijo—. No destruyan la evidencia. Por favor, hacia atrás. No alteren ni borren las huellas del tractor. Anderson estaba con los choferes de sus tractores. Estos empezaron a echarlos a andar. —¡Anderson! ¡No te atrevas! ¡Esos tractores se quedan donde están!

Se dirigió hacia Anderson gritando y ordenando. Roberto y todos los hombres que estaban en el campo observaban. Ya los capataces no les decían que se pusieran a trabajar. Los capataces observaban también. Michaels estaba furioso. Anderson, que era dos veces más fornido que Michaels, sonrió con el puro en la boca. Michaels les gritó a los conductores y les dijo que esos vehículos eran evidencia legal, y que si los movían estarían infringiendo la ley. Uno de los choferes detuvo su tractor, apagó el motor, y se bajó.

—¡Quédese con su tractor! —le dijo a Anderson.

—¡No trabajo más! —dijo un chofer.

Los huelguistas gritaron, —¡Bravo! ¡Bravo! ¡Repíteselo otra vez!

El tractorista sonrió ampliamente, gritó —¡No trabajo más!—, y caminó hacia los huelguistas. Los huelguistas lo vitorearon y se adelantaron para felicitarlo, abrazarlo y decirle palabras de aliento.

El otro tractorista, también un pocho mexicano, titubeaba. Se quedó sentado en su tractor. Miró a su jefe, luego al joven, y despues al jefe nuevamente. Anderson tomó la iniciativa y caminó hacia ellos. Se subió al tractor abandonado. Lo encendió y salió de allí. El otro tractorista lo siguió. A la mitad del campo Anderson se detuvo, llamó a uno de sus capataces y le dijo que se llevara el tractor al patio de tractores. El capataz obedeció rápidamente y el otro tractorista lo siguió. Anderson encendió un nuevo puro, aspiró, observó la trayectoria de los dos tractores, después se volteó y se dirigió al campo: alto, solitario, sólido, con su figura autoritaria. Y todos los capataces lo vieron y volvieron a ser sus trabajadores y empezaron a decirles a los trabajadores que volvieran a sus tareas. —Rápido, rápido. —Aguilar se puso a trabajar, Roberto no.

Luis le dio a Roberto unas palmaditas en el hombro y le dijo, —A la noche hablamos. Ahora no. Vente. Vamos a ponernos a trabajar.

Roberto asintió y se puso a trabajar, pero no podía entender nada. Chingao, ¿dónde estaba el valor de Aguilar? ¿Dónde estaba el ingenio de Luis? ¿Cómo es que podían permitir que un viejo medio calvo y unos cuantos capataces gordos y nalgones trataran así a su gente?

Jaló de los tomates. ¡Duro! Estaba enojado. Un capataz le gritó. Roberto se dio vuelta rápidamente. Listo para pelear. El capataz, un gordo y grande pocho mexicano, sorprendido, no le contestó. Roberto lo miró cara a cara con ojos de puñal. Listo para ponerse a la prueba. Entonces sintió que alguien lo jalaba. Era Aguilar. Aguilar le decía que se pusiera a trabajar. Aguilar le pidió disculpas al capataz. Aguilar empujó a Roberto hacia los tomates. Después de un minuto, Roberto empezó a pizcar. Y en el camino público, al otro lado del campo, los huelguistas estaban una vez más con sus banderas y gritando, —¡Huelga! ¡Huelga! ¡Huelga! —Y el sol ascendió más y el día se puso más caliente.

*U*na vieja leyenda de la Revolución Mexicana de 1910 cuenta acerca de un ex maestro en el ejército de Francisco "Pancho" Villa que estaba tratando de convencer a un grupo de campesinos que tomaran un fortín militar. Les dijo que si lo hacían ganarían dignidad, igualdad y la creación de una nueva constitución.

Todos se rascaron la cabeza. Creyeron que estaba loco. Él lo notó y les dijo, —¡Carajo! ¡Vamos! ¡He oído que en esa hacienda hay oro! ¡Hay tequila de más! Y si ganamos nos los repartiremos, y las tierras serán nuestras y el futuro de nuestros hijos será . . .

No pudo ni siquiera terminar de hablar. Ahora sí, los hombres entendieron y atacaron inmediatamente tomando el fortín.

Así mismo, algunos hombres se unieron a César Chávez. Sin saber en realidad por qué. Sólo sabían que él era uno de ellos y que no tenía miedo . . . no, era un valiente.

CAPÍTULO TRECE

Sólo trabajaron medio día. Después, cuando llegó el sheriff y empezó a hacer preguntas, Roberto y los demás trabajadores fueron puestos en el autobús y llevados al campamento. Allí había otra huelga. Había cinco hombres agitando banderas rojas con el símbolo del pájaro negro. Caminaban de un lado a otro afuera de la entrada del campamento circunvalado de alambre. Roberto se bajó del camión, vio a los huelguistas al lado de la puerta de entrada y escuchó a un hombre que decía: —¡Hijos de la chingada! ¡Sólo pudimos trabajar medio día por esos pinches huelguistas! —Roberto miró al hombre. Parecía viejo. Llevaba un antiguo sombrero mexicano y se veía muy cansado—. ¿Que no es libre el hombre de trabajar en paz? Yo me voy. Escúchenme, ¡yo me voy! —El hombre siguió caminando. En realidad no le hablaba a nadie—. ¿Pero cómo puedo irme? Aquí tengo familia.

Adentro del barracón, Roberto, Luis y Aguilar se reunieron. Se sentaron en sus camas litera. Se acercaron, uno junto al otro, para tener privacidad. Aguilar quería irse inmediatamente. Luis estaba más calmado.

—Sugiero que vayamos a la oficina y le expliquemos nuestra situación al dueño del campamento. Es mi amigo. Tal vez mañana nos pueda mandar a trabajar a un rancho donde no haya huelga.

—¡Ja! —exclamó Aguilar haciendo una mueca—. ¿Estás soñando? ¡Yo pienso que esta huelga tiene a todos los dueños cogidos de los tanates! No creo que les importemos. Especialmente nosotros, los . . . —Se detuvo. Miró a su alrededor. No había nadie— . . . . los ilegales. Nosotros, —y se pegó en el pecho vigorosamente—, ¡tenemos que valernos por nosotros mismos! —El dueño, el capataz, o cualquiera de esos mexicanos legales, nos entregarán a la primera oportunidad. Miró a su alrededor por todo el barracón. Estaban entrando más hombres. Muchos hombres parecían descontentos. Era apenas la una de la tarde. Ellos también habían podido trabajar sólo medio día—. ¿Qué les pasó? —preguntó Aguilar.

—Chávez, —dijo uno de ellos y se tiró en la cama. No dijo nada más.

—Ya ven, —dijo Aguilar—. Es lo mismo en todos estos ranchos. Tenemos que irnos lejos. Tal vez regresar al sur, a Bakersfield, o tal vez a Salinas.

Luis asintió, —Sí, creo que tienes razón. —Asintió de nuevo. Se quitó su gran sombrero de paja y se le vio una línea blanca en la frente. Debajo de la línea, su cara picada por la viruela estaba oscura por el sol y el polvo. Arriba de la línea todo estaba blanco y limpio, y no se notaban las picaduras de viruela. Encendió un cigarro americano—. Pero todavía quiero ir a ver a mi amigo, el dueño de este campamento, para que nos pague nuestro salario y explicarle por qué yo, personalmente, debo marcharme. Siempre ha sido bueno conmigo. Tengo que ser franco con él. No quiero salir huyendo y dejar una mala reputación. Soy trabajador. —Y al pronunciar la palabra trabajador, se puso de pie—. ¿Quieren que le pida el salario de ustedes, o quieren venir conmigo?

Aguilar se levantó, —Iremos contigo, pero después nos vamos. ¿Está bien?

—Sí, —dijo Luis.

Voltearon a ver a Roberto. Él no se había puesto de pie. Sentado allí, miraba a uno y a otro. Ellos esperaron. Entonces Roberto dijo, —Pero no se ha dicho nada de la huelga. —Miró a uno y a otro. No dijeron nada—. Bueno, ¿y qué va a pasar con ese muchacho que le cortaron el pie? Y la muchacha que casi atropellan, ¿eh? Son gente nuestra. Los llaman amigos aunque están tratando de ayudarnos.

Luis negó con la cabeza y se acercó a Roberto, —Mira, —le dijo en un tono suave—, no puedes olvidarte de nuestra propia situación. Somos . . .

Aguilar se rió, —¿amigos nuestros? ¿Que tratan de ayudarnos? ¡Mentira! ¡Todos mis amigos se murieron el día que nací! —Respiró. Era un hombre grande, de cara grande, bien parecido y fuerte—. ¿Que chingaos te pasa, muchacho? ¿Ya se te olvidó tu familia y el hambre de tu pueblo? ¿Eh? ¿Te volvió estúpido una muchacha de pantalones apretados? —Roberto se puso de pie—. Qué bien. Enójate. El enojo limpia el alma y enciende la sangre, y entonces el cerebro puede discernir realmente lo que uno siente. —Le dio unas palmaditas en la espalda—. Vente, vamos a la oficina. Hemos venido muy lejos y hemos pagado un precio muy alto para que ahora cambiemos de opinión. Tenemos que trabajar y hacer dinero ahora, durante el tiempo de la cosecha.

Roberto se mantuvo en su lugar y después asintió. Salieron del barracón a la oficina. En la oficina les dijeron que el jefe estaba fuera. Esperaron. El teléfono sonó muchas veces. La secretaria parecía estar a punto de estallar. Esperaron más y finalmente llegó el dueño. Tenía una cara larga. Vio a Luis y trató de sonreír.

—Sí, Luis, ¿en qué te puedo ayudar?

—Sí, —dijo Luis—. Necesito hablar con usted. Es importante.

—Bueno, pero . . . —se volteó hacia la secretaria—. ¿Hubo llamadas? —Ella asintió. Le entregó un montón de papelitos. Él los ojeó—. Ven a mi oficina, —le dijo a Luis mientras miraba las notas. Luis lo siguió. Roberto y Aguilar esperaron. Momentos después regresaron Luis y el dueño. Éste sonrió y negó con la cabeza. Se pasó los dedos por el escaso pelo rojizo y se balanceó en los talones—. ¡Chingao! No sé qué decirles. —Se volteó hacia Roberto y Aguilar—. Ustedes los ilegales tienen mejor vida que cualquier otra persona que conozca. Chingao, los envidio. —Roberto lo miró. El hombre hablaba muy buen español y Roberto entendía todo lo que decía y no podía creer lo que oía. El dueño se rió—. No me creen, ¿verdad? Pues si yo estuviera en sus zapatos, trabajaría por aquí y por allá, no pagaría impuestos, ahorraría mi dinero, no gastaría mucho para vivir, y en unos pocos años abriría un negocito en México. Allá por Mazatlán, donde mi mujer y yo pasamos nuestra luna de miel. —Sonrió. Recordaba con cariño—. La vida es buena allí. La ley es corrupta, pero chingao, uno sabe su lugar. Aquí en los Estados Unidos . . . —Tomó aliento—. La mitad de los rancheros tienen miedo . . . nadie sabe lo que va a pasar. Y mientras tanto, las cosas se van a poner difíciles. Aquí no podemos pagar más por la mano de obra que lo que pagan en Texas. Estamos en un negocio competitivo. El precio de nuestro producto subiría mucho y nadie nos lo compraría. —Miró hacia el suelo. Con las manos en los bolsillos traseros, se mecía hacia adelante y hacia atrás—. Créanme. Ustedes los ilegales tienen una vida más fácil. Son libres. Pueden recoger sus cosas y marcharse en cualquier momento.

—Por supuesto, —le dijo a Luis—. Entiendo. Si estuviera en tus zapatos, también me iría. Regresen en una hora. Sus cheques estarán listos. Buena suerte, amigo. Ahora tengo que hacer unas llamadas telefónicas. —La cara se le endureció y se sacó las manos de los bolsillos traseros, una de ellas se apretaba en un puño. Estaba firme—. Tengo que salir de este atolladero. Nos vemos.

Se volteó y se despidieron de él, pero él no los oyó. Ya se había ido. Caminaba rápido y derecho. Era un contratista de trabajo, uno de los pocos justos con los empleados y los rancheros y César Chávez estaba directamente opuesto a él. Nunca se habían conocido, pero eran enemigos.

Esa noche en el campamento escucharon que los tres hermanos mexicanos que tenían el Ford nuevo también se irían. Muchos hombres se iban a ir. Luis hizo un trato con ellos: por treinta dólares los hermanos accedieron a llevarlos al sur hacia Fresno. Los hermanos también querían encontrar un rancho que no estuviera en huelga para poder trabajar en paz. Salieron a la media noche en silencio. No querían toparse con la gente de Chávez y que los fueran a denunciar con la migra. Salieron del campamento en el coche. Salieron de los huertos, pasaron los campos y el pueblo. Se detuvieron en un expendio de licores. Los hermanos querían comprar cerveza. Aguilar estuvo de acuerdo. Luis se oponía, pero no dijo nada. No era su carro y les pudieron haber cobrado mucho más. Tenía que seguir sonriendo, ser amable y estar de acuerdo con sus tonterías. Los hermanos eran legales. Tenían papeles y en cinco años podían tomar un examen y obtener el derecho de votar y ser ciudadanos americanos con todos los derechos. Los hermanos compraron dos paquetes de seis Lucky, uno de seis de 7-Up, una bolsa tamaño familiar de Fritos y siguieron su viaje. Se fueron por caminos vecinales. Los tres hermanos se reían, contaban chistes, se hacían burla el uno al otro y bebían cerveza arrojando los botes vacíos por la ventanilla. Aguilar hizo lo mismo. Bebió cerveza, pero no contó chistes. Los hermanos se ridiculizaban uno al otro, hacían bromas viciosas sobre las mujeres y el sexo y el valor, y eso no le gustaba a Aguilar. Había salido con ellos varias veces y se había dado cuenta que no se tenían ningún respeto a sí mismos. Toda su conversación sobre cuchillos y pistolas, tanates y mujeres eran tonterías banales y muy peligrosas. Así que ahora Aguilar bebía cerveza con ellos, pero no contaba chistes. Fumaba un puro. Iba sentado bien derecho.

Luis, por otro lado, no tomaba cerveza. Se tomó una 7-Up, su bebida americana preferida y bromeó un poco con ellos. Pero no mucho.

Roberto se tomó primero una cerveza y después una 7-Up mientras miraba, escuchaba y se mantenía callado. Ese tipo de mexicano era diferente a todos los que conocía. Decían palabras y frases insultantes como, "¡Chinga tu madre! ¡Pendejo! ¡Cabrón! ¡Baboso!" palabras y frases que allá en su pueblo, en el corazón de México, hubieran significado un pleito a muerte inmediatamente, fueran hermanos o no. Pero aquí, entre ellos, estas palabras no tenían ningún significado. Roberto le preguntó a Pepe, el mayor de los hermanos, de dónde eran. Hizo la pregunta cortésmente y con la formalidad debida.

—De Tijuana, —dijo Pepe. Los tres hermanos estaban sentados al frente. Pepe estaba en medio—. ¿Y tú?

—Michoacán.

—Ah, —Pepe se rió—. De las montañas. Entonces eres un chivero, ¿verdad?

—¿Un chivero? —preguntó Roberto cortésmente.

—Claro. ¡Ustedes se la meten a los chivos por el culo! —Roberto se quedó estático. Completamente sorprendido. El hermano mayor se rió y bebió su cerveza, y sus hermanos menores hicieron lo mismo. Se carcajearon hasta casi ahogarse con la cerveza.

—¡Oye! ¿Has estado en Tijuana alguna vez? —Preguntó el hermano menor. Estaba manejando y era obvio que le encantaba conducir su nuevo Ford. Miró a Roberto por el retrovisor. Roberto iba sentado en medio, entre Luis y Aguilar quienes no decían nada—. Oye, ¿conoces Tijuana?

—No, —dijo Roberto—. No la conozco.

—¡Ay, no has vivido! Tijuana es la mejor ciudad del mundo. ¡Allí puedes hacer lo que quieras!

—Sí, —dijo Pepe—. Hay putas por todas partes. Carajo, si quieres, puedes comprarte una virgen de quince años recién salida de un convento católico. —Roberto se puso tenso y sintió escalofríos por la piel. Esto, verdaderamente iba en contra de Dios. Era horrible. El hermano mayor se volteó. Se le veían los dientes blancos, sonrientes y sostenía un bote Lucky en la mano—. ¿No me crees? Bueno, carajo, ¡eso no es nada! Tijuana es tan sucia que viejos libidinosos pueden comprar jovencitas, apenas niñas, y pueden hacer con ellas lo que quieran. —Roberto se tensó aún más. Pepe lo vio y se rió—. Si esto te hace sentir mal, debes oír de las cosas que conozco. ¡Ay, la piel se te pondría de gallina!

—No quiero oírlas, —dijo Roberto.

—¿Cómo? ¿Ya oíste? —Pepe le dijo a su hermano, al que le decían Gordo y que no hablaba mucho—. Tenemos un inocente. ¡No sabe más que de chivos con culos palpitantes! —gritó riéndose—. Tenemos que llevarlo a Tijuana después de la cosecha, y allí verá al mexicano a los pies del gringo. Carajo, ustedes, los que viven en el centro de México, tienen las cosas muy fáciles. Ustedes no crecieron sabiendo el valor del dólar del gringo. Cuando tenía cinco años andaba en las calles dándole grasa a sus zapatos y lamiéndoles el culo hasta las dos de la mañana. Noche tras noche. Ni siquiera tenía una pinche chamarra. Me la pasaba afuera de los bares, temblando de frío, esperando que salieran los americanos borrachos. Me ofrecía a limpiarles los zapatos. Me ofrecía a conseguirles un taxi. Me ofrecía a . . . ¡Ay, Dios! me duele recordarlo. Se reían de mí y me decían, "Chamaco, ¿tienes una hermana? ¿Eh? ¿O una madre virgen?"

—No miento. Es la verdad. Se reían de mí, me aventaban unos centavos como a un perro e insultaban a mi madre y . . . —Dio un medio salto sobre el respaldo delantero del coche. Agarró a Roberto por el cuello. Roberto estaba sorprendido. Se quedó congelado de miedo— . . . . y ¿sabes lo que yo hacía? ¿Eh? ¡Sí lo sabes! —Roberto negó con la cabeza—. Yo me reía y jugaba con ellos y les decía, "Sí, señor americano, tengo una madre virgen para usted". —Soltó a Roberto. Se dejó caer en el asiento delantero. Tenía los ojos llenos de lágrimas—. Y se los decía todo en inglés. En buen inglés, pero no muy bueno. Sabía que ellos no querían que yo hablara inglés muy bien.

—Chingao, "ven y cógete a mi hermana" fueron las primeras palabras que me enseñaron. Un taxista me las enseñó. Carajo, cuando tenía diez años era uno de los padrotes más exitosos de la calle principal. Me conocían todos los infantes de marina y marineros. "¡Oye, Pepe!" me gritaban del otro lado de la calle, "¿tienes nuevas hermanas?" "Sí, por supuesto" les contestaba. "Tengo tres acabaditas de salir del convento". Y se reían y me llamaban, y yo corría hacia ellos como un perro bien entrenado . . .

Dejó de hablar. No dijo nada más. El silencio se hizo molesto. El Gordo prendió el radio y apretó los botones buscando una estación mexicana. Halló una que tocaba música ranchera. El Ford nuevo, grande les pertenecía a los tres hermanos y estaban orgullosos de él. Les daba mucho prestigio. Después de la cosecha regresaban a su barrio pobre en Tijuana manejando su Ford y todos sus amigos los miraban con envidia mientras paseaban. Lo estacionaban gran parte del tiempo porque la gasolina estaba muy cara. Se sentaban en el carro estacionado, les tocaban el claxon a las muchachas que pasaban y subían el volumen del radio.

Más adelante, se pararon en un bar al lado del camino. Se les había acabado la cerveza. Querían comprar más rápidamente, antes de las dos. Luis sugirió que fueran a un expendio de licores. La cerveza era muy cara en los bares del camino y, además, esos camiones y camionetas estacionados por todos lados no parecían ser de mexicanos. Parecían el equipo de trabajo de los "okies", de la gente de Oklahoma. Tenían porta-carabinas en las ventanillas posteriores de la cabina, y algunos llevaban en el cofre cuernos de toro o caballos de cromo decorativos.

—No, —dijo Luis—. No entremos allí. Tengo el presentimiento que tendremos problemas.

—¿Problemas? —dijo Pepe—. ¡Carajo! A mí no me dan miedo los problemas. ¡Soy hombre a toda prueba! ¡Un gallo de estaca! Y me encantaría que alguien quisiera meterse conmigo ahorita. Toda la semana me he aguantado y aguantado y ya estoy listo para explotar. ¿Verdad, Gordo? —Se volteó hacia su enorme hermano. El hermano, que siempre conseguía trabajo en la cocina de los campamentos y nunca trabajaba en el campo, asintió. No dijo nada, sonrió. Pepe se rió—. ¡Detén el carro! Vamos a entrar. ¡Que chingaos! ¿No estamos en un país libre? ¿No somos todos iguales? ¿Eh? Me cago en todas esas mentiras. Abre las puertas. ¡Deja que entre un hombre! Ustedes tres quédense aquí, si quieren. Mis dos hermanos y yo vamos a comprar la cerveza.

Gordo salió. Los amortiguadores del carro subieron. Gordo era enorme de tez morena oscura y tenía una cara amenazadora; era una montaña de carne. Medía seis pies cinco pulgadas y pesaba cuando menos doscientas setenta y cinco libras, quizá trescientas. Ahora estaba afuera. Sonrió, no dijo nada y se talló la nariz mientras miraba a su alrededor. Su gran nariz se sacudió bruscamente. Se la talló un poco más. Ahora todos los hermanos estaban fuera. Aguilar empezó a salirse, pero Luis lo tomó del brazo.

—Amigo . . . esperemos aquí, ¿eh? Creo que es lo mejor.

Aguilar miró su brazo que Luis prensaba con la mano. Luis lo soltó, pues aunque Aguilar no estaba en su mejor condición física, era grande, bien parecido y tenía una figura imponente de casi seis pies de estatura. Luis tenía la misma estatura, pero era delgado, de menos peso y de aspecto casi fino.

—Mira, —le dijo Aguilar—. Sé que tienes razón. También me huelo que habrá problemas. Por eso voy. Para cuidarlos y poder seguir nuestro camino.

Los grandes ojos de Luis se suavizaron. —Está bien, amigo, pero ten cuidado. Yo me quedo aquí con Roberto, ¿eh?

Aguilar asintió y se fue con los hermanos. El hermano mayor y el menor se reían y se hacían bromas con palabras insultantes. Gordo, la montaña de carne, no decía nada y sonreía en silencio para sí mismo.

—Vamos, —dijo Aguilar—. Apurémonos a comprar la cerveza y sigamos.

Pepe se rió. —Sabía que no eras un cobarde como esos dos. ¡Vente! Vamos a ver a esos "okies".

Roberto comenzó a protestar diciendo que no era cobarde, pero Luis lo agarró fuertemente. Los otros caminaban ahora por el estacionamiento de grava. Había botes aplastados de cerveza por todas partes. Pasaron entre todos los camiones y camionetas. Se dirigieron a la entrada que tenía un anuncio intermitente de cerveza. Abrieron la puerta. De allí salió música del oeste, montañesa, a todo volumen. Entraron. La puerta se cerró. Todos los ruidos cesaron. El corazón de Roberto latía fuertemente. Pasaron unos momentos. No salían.

—Vamos, —dijo Roberto—. Temo por Aguilar.

—No, —dijo Luis—. Ya saldrán.

Se oyó un gran ruido. Roberto se disparó hacia la puerta del carro. Luis trató de detenerlo, pero no pudo, así que él también salió. Los dos corrieron hacia la puerta con el anuncio intermitente de cerveza. Luis agarró una pala de un camión mientras corría. Roberto abrió la puerta. El lugar se veía chico desde fuera, pero por dentro era largo y abierto y tenía dos mesas de billar. Había vaqueros americanos por todas partes. Tenían tacos de billar en la mano con los que pretendían mantener a raya a los tres hermanos diciéndoles que se quedaran en su sitio y un hombre peleaba con Aguilar. No era mucho más alto que Aguilar, pero sí mucho más pesado. Era barrigón, llevaba sombrero de vaquero, una gran hebilla del oeste y tenía un taco de billar en la mano. Bramaba diciendo que él era capataz, el superintendente, que Aguilar, que estaba contra la pared sin nada en la mano, era un maldito mexicano, un mexicano collón, un hijo de la chingada, un hombre de Chávez.

Aguilar no tenía su pistola y buscaba a su alrededor algo con qué defenderse. El vaquero le tiró un golpe a la cara con el taco. Aguilar se agachó. El vaquero se rió. Los hermanos estaban amenazados y no ofrecían ninguna ayuda. Parecían niñitos espantados, especialmente en comparación con la montaña de carne.

Roberto corrió rápidamente y brincó a la espalda del vaquero antes de que nadie se diera cuenta que estaba en la cantina. El vaquero se fue tambaleando contra la pared. Roberto seguía en sus espaldas como chango y le pegaba, lo mordía, lo arañaba; el vaquero soltó el taco y chilló. —¡Quítenmelo! ¡Ay, Dios mío! ¡Mis ojos! ¡Mis orejas!

Hubo un movimiento de hombres. Pero Aguilar tenía ahora el taco. Alcanzó al primero con un horrible golpe a la cabeza. El hombre cayó. Llegaron otros. Cayó otro. Gordo bramó. Los vaqueros se voltearon, lo vieron y se dispersaron. La montaña llegó y alcanzó a dos. Sus hermanos llegaron como perritos mordelones y les pegaron a los dos mientras la montaña los detenía. Los dos cayeron. La montaña bramó en éxtasis y se dio vuelta para alcanzar más vaqueros. Los hermanos lo seguían de cerca. Listos para pegarle al que alcanzara. Pero la montaña no agarró nada. Uno de los vaqueros lo había embestido en la barriga con un taco, y la montaña se ponía blanca y se iba hacia delante en una caída lenta y torpe. Con los ojos volteados hacia arriba, mostraban todo el blanco. Los hermanos estaban llenos de pánico. Implorando al hermano más grande como perritos espantados. El hermano respondió. No se cayó. Se dobló, lastimado, y se fue sobre el atacante del taco y lo estrelló contra la pared. Y cayó. Los hermanos vieron que venían más vaqueros y salieron disparados. Corriendo y esquivando como conejos.

Aguilar y Roberto ya no peleaban. Estaban contra la pared, con la espalda protegida. Aguilar tenía un taco y nadie se le acercaba. Se mantuvieron sólidos como jefes y se sentían bien. Pues la prueba estaba allí, tirada en el piso. Dos vaqueros inconscientes y uno que llorando decía que lo había medio matado un gato montés a rasguños y mordidas.

—¡Diosito mío! ¡Diosito mío! Me sacaron un ojo. ¡Ay, Jesucristo, ayúdame!

Dos hombres trataban de ayudarlo. Tres más habían traído sillas y se preparaban para lanzarse sobre Aguilar y Roberto. Aguilar rugió blandiendo su taco y rompió una silla. Brincó y rugió.

—¡Apártense, pulgas! ¡Porque aquí viene el peine! —Y blandía el taco como un hombre dispuesto a morir. Un hombre al que no le importaba una chingada—. ¡Apártense, pulgas! —rugió y los hombres se hicieron a un lado—. ¡Porque aquí viene el peine! —Y siguió tirando mandarriazos—. ¡Tienen mucha pinche razón! ¡soy CHAVISTA, VILLISTA, ZAPATISTA! Y para mí todos ustedes son unos insectos! ¡HIJOS DE SU CHINGADA MADRE!

Las luces se apagaron. Luis las había apagado y ahora les gritaba a sus compañeros que salieran de inmediato, que él se ocuparía de lo demás.

Hubo gritos. Se oyeron romper los tacos de billar. Volaron sillas. Los insultos y nombretes hacían eco, los hombres empezaron a correr hacia la puerta y allí estaba Luis con la pala, tratando de distinguir quién era quién antes de romperles las espinillas. Y cada golpe de la pala traía consigo un rugido de dolor, un grito de terror. Y cuando llegó Pepe, Luis lo reconoció, pero le mandó el golpe de todos modos. Pepe gritó como bebé y después cuando ya estaban en el carro y se alejaban rápidamente, todavía lloraba.

—Bueno, —dijo Luis. Él manejaba ahora y los tres hermanos estaban en la parte de atrás tratando de consolar a su hermano grande—. En un pleito de cantina, suceden esos tipos de errores. Quizá la próxima vez seas más cuidadoso.

Pepe se puso furioso y quiso brincar sobre el asiento para irse sobre Luis, pero se golpeó la espinilla y se dejó caer hacia atrás gimiendo, llorando y ése fue el fin de su furia. Estaba realmente lastimado. La pala había cortado hasta el hueso, rebanándole la carne. Tenía el pie hinchado en la parte superior del arco. No podría ponerse zapatos ni caminar por días, tal vez semanas. Luis no dijo nada y siguió manejando. Todos estaban muy callados y, sin embargo, felices. O como lo expresó muy bien Aguilar: todo el día su raza había sido avergonzada por la sombra del gringo, y ese pleito lo había hecho sentirse bien y limpio y la próxima vez que un gringo dijera algo malo contra Chávez, Aguilar diría que era chavista, y le daría en la madre al gringo hijo de la chingada. Con razón o sin razón, le importaba una chingada. La tos lo atosigaba. Se estaba muriendo de todos modos. Así que, ¡chingao! moriría con orgullo, ¡Como un gallo de estaca! ¡CHAVISTA HASTA LA MUERTE!

*U*nos vaqueros hicieron un reporte a la policía y la policía ahora buscaba un coche algo nuevo, con unos hombres musculosos, unos profesionales que seguro César Chávez contrató. Los periódicos de la mañana ya
tenían el suceso reconstruido. Esos profesionales musculosos habían sido
contratados para cortarles los pies a los capataces como represalia por el
accidente del niño en el área de la huelga. Tres anglos tenían heridas en las
espinillas, y a un capataz le cortaron casi todo el pie.

Y de esta manera, esa violencia se documentó y se difundió por radio,
televisión, periódicos, de una delegación de policía a otra, mientras la corriente de los sucesos verdaderos continuaba fluyendo . . . inalterada,
desconocida.

CAPÍTULO CATORCE

Se detuvieron en Madera, California, para visitar a una familia que los hermanos conocían. Pepe estaba verdaderamente mal herido. Se decidió que lo dejarían allí junto con el carro. Seguirían el camino con el hijo del señor en su camioneta. Había trabajo en Firebaugh. Había llegado la temporada de melones, había escasez de trabajadores, y la paga era muy buena. Manejaron hacia Firebaugh, al oeste. Escucharon un comentario sobre su pleito en el radio. La estación mexicana se los explicó muy claramente. La policía buscaba un coche nuevo y a un hombre enorme. Llegaron a Firebaugh como a las cuatro de la mañana. Manejaron por el pueblo tratando de hallar a alguien que estuviera despierto. No pudieron encontrar a nadie. Se estacionaron en un lote vacío y trataron de dormir. El clima era bueno a esa hora de la mañana. Estaba fresco, era la hora más fresca de toda la noche. A las cinco y media, una lucecita apareció por el este. Manejaron de nuevo. Vieron luz en la cocina de un campamento. Entraron. Era una cocina grande con ollas enormes. Había sólo un cocinero. Estaba haciendo café. Le pidieron un poco. Él les dijo que sí, y le preguntaron acerca de los melones. Les dijo que aún no había empezado la pizca, que en el pueblo no había trabajo. La pizca de melones comenzaría en seis semanas. En esta época la pizca del melón estaba más al sur. En Huron. O por los alrededores de Bakersfield. Le dieron las gracias por el café, se subieron a su vehículo, maldijeron a la familia que les había dado la información equivocada y se fueron.

Mientras manejaban por el pueblo, se pudieron dar cuenta que de verdad el pueblo estaba desierto, golpeado por el viento. Parecía un pueblo fantasma. Y a pesar de eso, en seis semanas, con la llegada de los melones, ese mismo pueblo estaría apretado de hombres. ¡Lleno de prosperidad! Como un pueblo durante la Fiebre del Oro. Con todos los bares llenos. Gente por todas las banquetas. Con mercados abiertos casi toda la noche.

Ahora manejaban hacia la salida del pueblo fantasma y se dirigían hacia el este, hacia la gran autopista 99, y de allí al sur. Probarían suerte primero en Huron; después, si no hallaban nada, seguirían a Bakersfield y hacia Pumpkin Center, Greenfield, y Weed Match.

Después de mucha información errónea y muchas discusiones sobre la gasolina, hallaron trabajo pizcando melones al sur de Bakersfield, al pie de las enormes montañas entre Bakersfield y Los Ángeles. Allí en el Condado de Kern, una de las áreas agrícolas más ricas del mundo, hallaron mucho trabajo y pizcaron melones —uno de los trabajos físicos más difíciles de todo el trabajo del campo. Empezaban con la primera luz del día, se ponían a horcajadas sobre un surco, se agachaban y pizcaban. Llevaban costales pesados a la espalda. Había seis hombres a los lados de cada troca; cada hombre tenía su propio surco sobre el que caminaba agachado, apartaba las hojas, escogía sólo los grandes, los de tres cuartos, los maduros, los pizcaba y los aventaba sobre su espalda al costal que llevaba, llenaba el costal, trotaba rápidamente hacia la troca, subía corriendo la rampa que arrastraba la troca por detrás, vaciaba sus sesenta u ochenta libras de melones, bajaba corriendo por otra rampa, brincaba sobre los surcos de melones hasta llegar al suyo, se montaba de nuevo sobre él, y empezaba a escoger, pizcar y aventar melones sobre el hombro hasta llenar el costal. Entre más rápido mejor, pues el sol pronto calentaría demasiado y les pagaban cierta cantidad por cada troca llena.

Cada cuadrilla tenía doce hombres, y se le pagaba una cantidad determinada a cada cuadrilla por troca, así que se apuraban. Corrían agachados por los campos, trotaban hacia la troca y su remolque, que siempre estaba a su lado y después subían corriendo por la rampa de dos pies de ancho por doce pies de largo. Daban pasos cortos, rápidos, tratando de mantener el equilibrio, impidiendo que el costal de melones se columpiara; le gritaban al chofer —que siempre trataba de ir más rápido de lo que los hombres podían pizcar— "¡más despacio, chingao! ¡O, ya no vamos a pizcar!" El chofer actuaba como si no hubiera oído, pero disminuía la velocidad por un ratito.

Antes de que se dieran cuenta, ya eran las diez de la mañana y hacía calor. Los hombres ya no corrían sino que empezaban a caminar, a subir la rampa lentamente, a trastabillar al bajarla, a limpiarse el sudor que les escurría sobre los ojos, a hacer fila detrás del tanque de agua de cinco galones que estaba amarrado al lado de la troca; agarraban el bote vacío de Coors amarrado con un alambre como asa, lo llenaban hasta la mitad de agua helada, se enjuagaban la boca, escupían, bebían, se la pasaban al siguiente hombre y regresaban al campo refrescados. Y así, rápidamente, pizcaban dos, o tres, o seis surcos, se ponían a horcajadas, se agachaban y empezaban a escoger. Ahora sí hacía mucho calor. Eran las once y todos los melones empezaban a verse mal. Muy verdes, muy chicos, muy quemados por el sol. Y por los malos, no se les pagaba. Los tiraban en la bodega de empaque. Sacaban sólo los buenos de la troca, los empacaban y los enviaban a sus destinos. Y a uno le pagaban por el número de cajas que cada troca enviaba.

Entonces dieron las once y Roberto todavía corría. Se ponía a horcajadas, se agachaba, caminaba y escogía rápidamente. Pizcando con la izquierda y pasándoselos a la derecha para aventarlos al costal sobre el hombro derecho. Pizcaba y aventaba, aventaba, aventaba. Les gritó a Luis, a Aguilar y a Ramón.

—¡Los melones! ¡Hay muchos aquí!

—Bueno, —dijo Luis y se pasó a su surco—. Aquí hay pocos.

—Yo tengo muchos, —dijo Ramón.

—¡No pizquen los verdes! —dijo Aguilar.

Ramón y Luis estaban bien. Pero Aguilar estaba cansado y trabajaba cerca de la troca que siempre avanzaba lentamente. Estaba agotado. El sol era una llamarada. Hacía como ciento ocho grados Fahrenheit a la sombra; pero ellos no estaban a la sombra. Estaban en medio del campo, y allí hacía de diez a treinta grados más que a la sombra. Los mismos melones que no estaban protegidos por la sombra de las hojas, se quemaban y se convertían en pequeñas bolas arrugadas. Roberto vino trotando sobre los surcos con un costal lleno de melones. Aguilar lo vio. Sonrió. Ese muchacho de veras podía trabajar. Ya habían llenado seis trocas con sus remolques. Tanto como las mejores cuadrillas, y este muchacho todavía corría. Allí iba, doblado bajo su carga de melones. Llevaba tantos melones que asomaban por encima del costal. Llevaba tres, cuatro, fuera, descansando sobre su espalda. Llevaba dos más en el brazo izquierdo. Al menos ochenta o noventa libras y subió la rampa corriendo. Pasos cortos, rápidos, tratando de mantener el equilibrio. Vació, se dio vuelta, y bajó corriendo por la otra rampa mientras la troca se movía hacia delante. Aguilar lo llamó.

—Muchacho, no tan rápido. No hagas el trabajo de los demás. Guarda la energía para toda la temporada de la cosecha. Ya sabes que los doce nos repartimos el número de cajas al fin del día. —Roberto sonrió. Bañado en sudor. Con las ropas empapadas y llenas de polvo. Se tomaba ocho pastillas de sal al día—. Sí, pero hay tantos melones. —Se levantó su sombrero americano nuevo. Un sombrero grande de golfista—. ¡Nos vamos a hacer ricos! Ya llevamos seis trocas y remolques hoy. Doce cargas. Tal vez podamos llenar quince o dieciséis para las dos. Ayer llenamos doce. —Se limpió el sudor con la manga de su camisa. Se sonó poniendo un dedo sobre un lado de la nariz y después el otro. Salieron volando polvo, sudor y mocos. Se sonrió enormemente. Se limpió las manos en los pantalones—. Por Dios, tal vez hoy podamos ganar treinta y cinco dólares por cabeza.

Roberto se fue rápidamente brincando sobre los surcos, gritándoles a los seis hombres de este lado de la troca. Seis hombres tomaban seis surcos a cada lado del camión que siempre avanzaba lentamente. —¡Apúrense! ¡Pizquen sólo los buenos! ¡Llenen las trocas! ¡Y, por Dios, yo haré más de lo que me toca! —Algunos de los hombres se rieron y le gritaron también. Les caía bien. De verdad que era un buen trabajador, fuerte y aguantador. Otros no dijeron nada. Sólo refunfuñaron. No les caía bien. Era muy bueno. Los hacía verse mal, y ayer, por causa de él, dos hombres habían sido despedidos por el jefe de la cuadrilla. Cada cuadrilla tenía un jefe que era elegido por los hombres para llevar la cuenta de las trocas, supervisar a los trabajadores y asegurarse de la distribución del dinero. Roberto le caía bien a este jefe de cuadrilla, le gustaba cómo trabajaba y hablaba y empujaba a los demás de buena manera. El día anterior, el jefe de la cuadrilla le había reportado al capataz que tenía dos hombres lentos en su cuadrilla y que los quería sustituir. El capataz, orgulloso de la cuadrilla rápida que lo hacía ver bien frente al jefe de campo, sacó a los dos hombres y los puso en una cuadrilla lenta de hombres mayores y borrachines. Esas cuadrillas lentas llenaban sólo dos o tres trocas y remolques en todo el día. Y cada uno sólo ganaba doce o quince dólares al día.

A las doce y media llegó el camión del lonche. Los hombres dejaron de trabajar. El encargado fue y trajo las cajas del lunch. Todos se juntaron alrededor de la troca que estaban cargando y se sentaron a su sombra, jadeando y sudando como perros tras su presa, y empezaron a comer. A cada hombre se le dio una bolsa de papel con seis tacos. Tres de frijoles y tres de carne de res seca. Dijeron horrores del Gordo, el cocinero. Se rieron. Comieron. Con la boca abierta. Los tacos estaban calientes por el sol. Se bajaron los tacos con agua. Había Coca-Colas y cerveza, pero había que pagar más. Veinticinco centavos por bote. Cualquiera de las dos. El mismo precio. Y en las cuadrillas de los borrachines, algunos traían botellas de galón frías y llenas de vino barato y lo vendían por bote a setenta y cinco centavos. Una excelente ganancia.

Después de almorzar las buenas cuadrillas regresaban a trabajar rápidamente pues los hombres se sentían renovados, refrescados y fuertes. Las cuadrillas malas, por el contrario, compraban más cerveza, más vino, más coca, y ya no podían regresar.

Así trabajaban duro toda la semana y muchos hombres eran despedidos de las buenas cuadrillas y colocados en las malas; y en las malas, dos hombres se habían desplomado esa semana. Se habían caído con el costal a la espalda y eso fue su fin. Eran borrachines, hombres mayores, no servían para la pizca del melón y los despedían. Pero en la cuadrilla de Roberto nadie se caía. Eran los mejores y trabajaban sin parar, nunca se detenían. La paga era buena y la temporada corta, así que tenían que sacar lo que más pudieran. Ahora era cuando debían recoger los melones y llenar las trocas rápido. Se llenaban las trocas y se enviaban las cajas por tren al este, y el negocio de los melones estaba en su apogeo. El agricultor-fletador-dueño para el que trabajaban manejaba quince mil cajas al día y ganaba buen dinero. Dependiendo del precio del día, algunos días ganaba hasta dos dólares por caja. Su costo fijo era de $4.50 por caja y el mercado diario se mantenía a seis y seis cincuenta por caja. Eso le daba una ganancia de $22,500 a $30,000 dólares diarios. Todo mundo ganaba dinero. Para los melones era uno de los mejores años de los últimos cinco.

Roberto trabajó siete días la primera semana y ganó $235.50, de los cuales le dieron $216.50, y de estos tuvo gastos de sólo $35.00: $24.50 para techo y comida y diez dólares más para 7-UP, cerveza y unas cuantas cosas más. Aguilar recibió otros cincuenta dólares de Roberto; ése había sido el trato. Una cuarta parte de sus ganancias. Le quedaban $121.50 y Roberto se quedó con $21.50 y pidió que le mandaran el resto a su hermana por medio de la oficina. Calculó que para ese entonces ya había mandado a casa un total de ciento sesenta dólares americanos, así que le escribió una carta a su hermana pidiéndole que le diera algo a su padre para que pudiera comprar una vaca lechera. Pero que no le diera el dinero hasta que prometiera no ir a bebérselo. Que ella le leyera la carta en voz alta delante de toda la familia.

"Padre, —añadió a la carta—. Éste es mi dinero. He trabajado duro para ganármelo. Si no haces lo que te pido, no te mandaré más dinero. Por otra parte, si haces lo que te pido, te seguiré mandando dinero, y te traeré cualquier regalo que quieras. ¿Un rifle? O si quieres, ¿una escopeta de repetición? ¿O un radio de pilas? Cualquier cosa. Aquí se puede ganar mucho dinero. Pero entiende que no es tan fácil como piensa la gente en el pueblo. Aquí en un día trabajo más y sudo más que en toda una semana allá. No estamos en las montañas. Estamos en un valle. Plano, bajo, y caliente y más rico de lo que te puedas imaginar. Se puede oler la riqueza de la tierra. Y los ríos no pierden ni una gota de agua. Los tienen forrados de concreto.

"Este país tiene agua y tierra y maquinaria y cultivos, cultivos del verde más intenso, de tal extensión que no se podría cruzar más de la mitad en diez días a caballo. Y cada hectárea es como oro. La tierra es así de rica.

"Papá, cuida mi dinero. Es nuestro. De la familia. Y si puedo seguir hallando trabajo, pronto podremos comprar un rancho y ganado, y la gente nos dirá, 'Don'".

Después le escribió unas palabras amorosas a su madre, a sus hermanos y a su hermana Esperanza, quién se encargaría del dinero, de la correspondencia y de los papeles legales de las compras que hicieran.

Tomó aliento.

Se echó en la cama y pensó en el futuro. Se quedó dormido. El despertador sonó. Se levantó. Se sentía pesado. Se estaba cansando y eso no era bueno. Pero después de comer estuvo fuerte una vez más. Trabajaba todo el día, y los días pasaron y todo estaba bien para él, un joven fuerte. Trabajaba siete días a la semana. Trabajaba, dormía, comía y no tenía tiempo de darse cuenta de cómo cambiaban las caras en su cuadrilla. Los más débiles se hacían a un lado.

Entonces se acabaron los melones. No había más trabajo. Pero a los fuertes se los llevaron en coches y camiones a unas cuantas millas al norte.

Y el trabajo continuó: más campos, más melones, más camiones y remolques y otro campamento muy parecido al que habían dejado. Roberto trabajaba y ganaba un promedio de doscientos dólares a la semana por una semana de siete días. Aguilar empezó a descansar un día a la semana. Dijo que necesitaba un día de descanso o que no podría aguantar la temporada. Roberto le dijo, —Está bien. Pero ahora sólo te daré una cuarta parte de seis días de mi trabajo.

—¿Qué? —dijo Aguilar. No podía creerlo. Saltó de su catre.

—Mira, —le dijo Roberto—. Es lo justo. —Tragó saliva—. No te enojes, por favor. Hemos pasado juntos por muchas. Seamos honrados el uno con el otro. —Aguilar se calmó. Encendió un puro. Le sacaba a Roberto media cabeza en estatura. Era un hombre grande y antes de la cosecha pesaba unas treinta y pico libras más que Roberto. Ahora tenían casi el mismo peso. Estaba cansado, exhausto, con la cara huesuda y tenía el pecho y el estómago sumidos. Por el contrario, Roberto había aumentado de peso. Quince libras y todas en los brazos, pecho y pantorrillas y la cara y el estómago tan esbeltos como los de un galgo—. Sé que te debo mucho. Sé que sin ti jamás hubiera podido venir. Sé que me has ayudado a salir de entre el infierno, que me has salvado la vida varias veces, y . . . y . . . —Se le hizo un nudo en la garganta— . . . . de muchas maneras te he visto como mi verdadero padre.

Los ojos de Aguilar pestañearon y sonrió. —Sí . . . yo, yo te he visto como mi hijo. Nunca te me acobardaste. —Dio una fumada. Con el puro en la boca. Las manos en las caderas—. La mayoría de los muchachos que han venido conmigo no aguantan. Pero tú . . . recuerdo muy bien aquel día en el desierto, tú te levantaste cuando todos querían echarse a morir como perros. —Tomó aliento—. Juro que yo mismo, el gran Aguilar, el norteño con diez años de experiencia, estaba listo para hacer lo mismo pero . . . cuando te vi levantarte, yo . . . yo . . .

—¿Tú? —dijo Roberto con los ojos bien abiertos—. ¿Tú estabas listo para dejarte morir?

Aguilar asintió y miró a Roberto por un tiempo largo y después sonrió bellamente. —Sí, —dijo—. Hasta yo, con mi pistola y puros, tengo límites. Como aquella noche en el bar . . . estaba perdido. Me salvaste cuando brincaste sobre el "okie". —Asintió y tomó aliento—. Y ahora, regresando a lo del dinero. Dime por qué piensas así.

—Bueno, —dijo Roberto, pero ya no sentía que era importante. Miró a Aguilar. Aguilar sonrió amablemente y no dijo nada. Roberto se acobardó un poco.

—Bueno, —dijo Aguilar—. Explícame.

—Todos los días, —empezó Roberto—. Pizco más que tú . . . pensé que allí en el campo te daba mi cuarta parte y . . .

—¿Qué? ¿Estás loco? ¡Esa cuarta parte que haces de más en el campo se divide entre los doce hombres de la cuadrilla! Eso no . . .

Roberto se puso rojo frente a Aguilar. Él había hecho un trato. Había escuchado al jefe hablar de Aguilar, decía que se había vuelto lento. Roberto le había dicho al jefe que él haría lo que Aguilar no hacía. Que, por favor, no lo cambiara a una cuadrilla de gente lenta, y que no le fuera decir a Aguilar sobre el trato que habían hecho. El jefe le había preguntado a Roberto si eran parientes. Roberto había dicho que no. El jefe, un hombre como de la edad de Aguilar que no fumaba ni bebía y se acostaba temprano, miró a Roberto detenidamente.

—Dime, ¿por qué haces eso por él? —Roberto tragó saliva—. No tienes que decirme, si no quieres, —dijo el jefe—. Pero tengo curiosidad. No es frecuente encontrarse con hombres tan estrechamente unidos. No hoy en día. Hace unos años, sí. Pero ahora hay una competencia despiadada y la gente desaparece tan rápido como puede.

El hombre estaba esperando una respuesta. Roberto sólo dijo —Bueno, como ve, venimos del mismo pueblo. —No había dicho nada más. Y se preguntaba por qué no le había contado al jefe la verdad. ¿Por qué protegía tanto a Aguilar?

Y ahora, mientras Roberto miraba a Aguilar, se preguntaba lo mismo. ¿Por qué? Ese hombre le había ayudado. Pero, carajo, ese hombre lo había usado una y otra vez. Empezó a contarle a Aguilar su trato con el jefe. Carajo, ya le había pagado a Aguilar su cuarta parte y más. Se lo diría ahora y no le daría nada de su cheque.

Pero Aguilar habló primero, —Bueno, —dijo—, parece que no tienes nada que decir. Parece que crees estar más arriba de lo que estás porque la cosecha es buena y la temporada es fácil. Pero para mostrarte que tengo buenos deseos, te propongo que, el día que tú trabajes y yo no, te puedes quedar con mi cuarta parte. ¿Qué te parece? ¿Eh, hijo! —Le extendió la mano—. De hoy en adelante seremos compadres. ¡Hasta el fin!

Los ojos de Roberto pestañearon y se le atragantaron las palabras. Aguilar se rió y le agarró la mano a Roberto. —No necesitas disculparte. ¡Qué chingaos! Como dijiste, es lo justo, y hemos pasado por muchas cosas juntos y tenemos derecho de hablarnos cara a cara. ¡Derecho! —Se sonrió ampliamente—. ¡Compadre! Tú eres el más hombre de los hombres que he conocido en años. ¡Eres un macho a todo dar! —Roberto se sonrojó y Aguilar le apretó la mano—. No necesitas ponerte colorado o agradecerme. Me gustas como hijo. Ven, hijo, vamos a la tienda para comprarte una cerveza. ¡Como hombres!

*E*n el valle de San Joaquín, un exitoso capitán méxicoamericano de la policía le dijo a un escritor joven chicano, —Esta gente, —se refería a los chicanos sin éxito en los Estados Unidos—, es gente de clase baja, y allí en esas palabras está todo el problema. Carajo, los europeos que vinieron aquí tenían que tener dinero, ambición y un poco de inteligencia para atravesar el océano. Esta gente que viene de México no tiene dinero, es analfabeta y es la clase más baja y más retrasada de México. A ti y a mí nos dan una mala imagen ante los americanos. Y César Chávez, carajo, lo conozco desde hace mucho, y te digo que hace algunos años hacía bien cuando trataba de trabajar dentro del marco de nuestra gran sociedad, pero ahora todo se le ha subido a la cabeza. Es un títere de fuerzas extranjeras, un engaño de los medios de comunicación, y . . . ya lo sabes, de clase baja.

—Ah, —dijo el escritor chicano—, yo tenía entendido que Chávez te ayudó a obtener el puesto que tienes.

—Bueno, sí, —dijo el capitán—, pero eso fue antes. Cuando era buen hombre. Antes de que se volviera de clase baja.

—Ah, —dijo el joven chicano, y fue sin lugar a dudas el "ah" más importante que haya pronunciado.

CAPÍTULO QUINCE

Era un largo y caluroso día de verano y después del trabajo Roberto, Aguilar y Luis se fueron a Huron. El pueblo quedaba a sólo media milla de su campamento de trabajo. En los otros campamentos no había pueblos en diez millas a la redonda o más. Ninguno de los hermanos trabajaba con ellos. Pepe había regresado, pero estaba en una cuadrilla lenta, y su hermano menor, Gordo, trabajaba limpiando la cocina. Esto era porque todos los puestos de cocinero ya estaban ocupados. Así que Roberto, Aguilar y Luis estaban ahora solos. Caminaron a Huron por la carretera y se encontraron con muchos hombres. Seis semanas antes, éste había sido un pueblo fantasma, pero ahora florecía. Había cinco o seis campamentos de trabajo en el área, y los bares estaban repletos y las tiendas de comestibles se mantenían abiertas toda la noche. Había camaradas por todas partes, pero no se parecían a la muchedumbre de Empalme. No, estos hombres se reían, hablaban, se daban palmadas en la espalda y se veían contentos y bien alimentados. El tener trabajo le cambiaba al hombre la perspectiva que tenía de la vida.

Y en el pueblo, las casas no eran temporales. No, eran antiguas estructuras sólidas, las calles principales estaban asfaltadas, los desagües y banquetas tenían cemento y había un sistema de colección de basura. El pueblo no olía a estiércol, ni a muerte, ni a pudrición. Olía a vida, a hombres y a melones dulces. Sí, hasta el aroma dulce de los melones flotaba en el aire. Las trocas que cargaban en los campos tenían que pasar por el pueblo rumbo a las empacadoras que estaban al lado de las vías del tren y los melones se caían de las trocas y eran aplastados en el camino.

Roberto y sus camaradas caminaron por el pueblo hasta llegar al primer bar con nombre mexicano. Adentro, el sitio era grande. El techo era alto, y había muchos hombres pero muy pocas mujeres. Así que las mujeres se mudaban de un lugar a otro y sonreían muy amigablemente. Roberto, Luis y Aguilar se acercaron al bar alto y largo. El cantinero, un viejo mexicano flaco dijo que no le podía servir a Roberto porque era muy joven. California tenía una ley estatal que prohibía servir bebidas alcohólicas a menores de veintiún años. Aguilar se enojó. Roberto trató de calmarlo. Luis dijo que, después de todo, el bar no era muy bueno y sugirió que compraran cervezas en la tienda y regresaran al campamento para beber bajo los árboles.

—Qué carajos, hasta puedo comprar un radio. Uno de transistores para los tres, —dijo Luis y salieron.

En el enorme mercado moderno compraron cerveza, salchichón, papitas, salsa y un radio de transistores por $14.95 hecho en Japón. Salieron del pueblo, se sentaron bajo unos árboles y miraron la puesta de sol mientras bebían, comían y escuchaban el radio. Era un buen radio con una cubierta de vinilo negro. Todo estaba bien. Más tarde regresaron al campamento. Algunos jugaban al póquer. Aguilar encendió un puro y su puso a jugar. Un hombre ganó una mano grande, así que dejó de jugar y se vino donde estaban Luis y Roberto.

—Oye, me gusta ese radio. Te lo compro.

—No, —dijo Luis—. Lo acabo de comprar.

—¿Cuánto te costó? ¿Veinte dólares?

—Más o menos.

—Ten. Te doy veinticinco. ¡En dinero gringo!

—Mira, —le dijo Luis—, mañana puedes comprar uno en el supermercado grande por mucho menos.

—¡Pero yo lo quiero ahorita! Estoy ganando en el póquer y si no gasto algo rápido, voy a regresar a jugar y voy a perderlo.

Luis empezó a protestar, pero Roberto se puso de pie. —Trato hecho, —le dijo al hombre y tomó los veinticinco dólares del hombre y le dio el radio. El hombre se fue. Luis se quedó con la mano estirada como si todavía tuviera el radio—. Mira, —le dijo Roberto—. Te voy a conseguir otro. Espérame aquí un minuto. —Y salió corriendo. Salió del barracón, por el camino, y corrió sin parar hasta llegar al supermercado. Compró un radio de color negro y empezó a salir. Pero se detuvo y miró los otros radios. Compró otro radio, uno café y corrió hasta llegar al campamento—. Aquí tienes tu radio más la mitad de la ganancia que hicimos con el primero. —Se acercó—. También compré este otro. Lo voy a vender. ¿Quieres ser mi socio?

Luis lo miró un largo rato. En el pasado nunca le habían gustado los negocios. Era un trabajador honrado y los negocios eran sólo para ladrones. Pero ahora veía a Roberto, asintió y dijo, —Okay, pero vamos a rifarlo, no a venderlo.

—¿Rifarlo?

—Sí, como la lotería en México. Venderemos cincuenta boletos a cincuenta centavos cada uno, y . . .

—Ya veo . . . ya veo . . . —dijo Roberto y el corazón le empezó a latir fuerte. Abrió los ojos y vio todas las posibilidades—. Espera, venderemos los boletos por un dólar cada uno y . . . ¿cuánto dinero tienes? Regresaremos al supermercado, compraremos más cerveza y después del ganador, tendremos dos premios más, una caja de cerveza para cada uno y después . . . —Sonrió muy astutamente—, compartirán la cerveza con los otros, estoy seguro y nadie se sentirá perdedor y podemos hacer una rifa todas las noches. —Luis miraba a Roberto con los ojos abiertos de sorpresa. Roberto, le dijo—: Aguilar me enseñó muchas cosas, así que lo incluiremos a él, ¿verdad? —Luis asintió, pero no dijo nada—. Bueno, voy a pedirle veinte dólares prestados. Cada uno pondrá veinte dólares todas las noches . . . y, ay, me dan cosquillas en el estómago de pensar en lo que podemos ganar. —Y así empezó un negocio. Para la última semana de la temporada de melón en Huron, Roberto estaba comprando televisiones por $200 dólares y rifándolos entre 500 personas a dólar el boleto.

Luis no lo podía creer.

Aguilar lo creyó inmediatamente. Ahora sólo trabajaba cinco días a la semana. Organizaba juegos de póquer y dados, y bromeaba con Roberto acerca de comprar un carro nuevecito y rifarlo al fin de la temporada de la cosecha. Roberto nomás enrojecía . . . pero entonces un día supo por Gordo que los hermanos estaban perdiendo su Ford. Necesitaban efectivo. Roberto abrió grandemente los ojos y fue a hablar con Aguilar y Luis y ellos hicieron una oferta. Roberto y sus socios les darían a los hermanos suficiente dinero para pagar todo el carro, quitándolos así de la deuda y dándoles tal vez unos dólares más. Ellos aceptaron y la broma de Aguilar se convirtió en realidad. Roberto empezó a vender boletos a tres dólares cada uno para ganarse un Ford nuevo, y la gente, que ahora lo conocía, sabía que siempre pagaba y que no hacía trampa, así que muchos hombres querían comprar muchos boletos. Les hizo una oferta. Les vendería cincuenta boletos por cien dólares y él, Luis y Aguilar recolectaron $4,525.00 en una semana y les dieron a los hermanos $2,650.00 para pagar el carro y otros trescientos para ellos, y Roberto y sus socios tuvieron una ganancia de $1,575.00 en efectivo, en dólares americanos. Eso además de los ochocientos o novecientos dólares que habían ganado rifando radios y televisiones, y entonces se acabó la temporada de melones, se rifó el carro y un hombre de otro campamento lo ganó, eso fue todo. La temporada en Huron se había terminado y tenían que mudarse a otro sitio.

Después fueron a Firebaugh y allí hicieron lo mismo. El antiguo pueblo fantasma estaba floreciendo ahora. Pero las rifas no salieron tan bien allí. A la segunda semana, un hombre acusó a Roberto de hacer trampa, sacó un cuchillo, y se fue sobre Roberto, pero estaba tan borracho que se enredó en sus propios pies, se cayó y se enterró el cuchillo, muriendo instantáneamente. El jefe del campamento prohibió las rifas. Los melones estaban listos y el jefe no quería ningún problema. Ya tenía suficientes. Chávez andaba por sus rumbos y declaraba los ranchos de tomates en huelga, varios ranchos grandes ya no empleaban a tantos hombres, y nadie sabía lo que iba a suceder después. Chávez se movía rápidamente. Estaba aquí hoy en la madrugada, allá por la noche y los departamentos de sheriff y los detectives privados de los agricultores apenas si podían seguirle los pasos. Sus tácticas eran de poner un sitio en huelga y partir luego, tenía a la gente muy confundida. Parecía que había sacado sus tácticas de algún manual del ejército americano sobre las guerrillas.

A Roberto le iba bien. Ya había mandado a casa un total de $1,200 dólares y había puesto otros $700.00 en Traveler's checks. Se había cosido los cheques a los pantalones. En verdad que le iba bien y su hermana le escribía frecuentemente diciéndole que todo estaba bien. Que su padre no estaba tomando, que había comprado la vaca lechera, que ahora había comprado unos puercos, que uno de los puercos era una marrana enorme y ya había sido cruzada y que pronto tendría puerquitos. También que había comida en la bodega de abastecimiento y que ella y su madre tenían vestidos nuevos. Que todo estaba bien. También le dijo que su padre estaba trabajando, lo cual era alentador, y que pronto empezarían a buscar un ranchito.

También añadió que su madre estaba esperando bebé de nuevo y que le mandaba su amor y le agradecía a él, el mayor y más querido de sus hijos, porque ella estaba comiendo bien y que de seguro ese niño que venía viviría y no moriría al nacer, como los dos últimos. Esperanza terminaba la carta mandándole mucho amor y diciéndole que le gustaría ir a los Estados Unidos.

Roberto respiró profundo . . . sí, tal vez Esperanza debería venir. Después de todo, ella había sido la que siempre había querido salir de su pueblo y sí, ella lo había inspirado a él a salir y venir al norte. Respiró profundo de nuevo al pensar en su hermana, en su madre y en su padre que ya no bebía. Algo estaba mal. Todo parecía tan bien que no parecía verdad, o quizá todo era verdad y él se había vuelto muy pesimista y se había podrido interiormente para creer. Carajo, todo era muy confuso de descifrar y por eso se durmió. Soñaba, soñaba con un ranchito con chivos y bueyes y becerros y puercos y . . . un hombre grande entró tambaleándose y se cayó rompiendo todo. Roberto se despertó y por unos momentos no podía diferenciar sus sueños de la realidad.

De repente se acabaron los melones en Firebaugh y se encaminaron al norte, de regreso en dirección a Sacramento. Llegaron a Acampo, al campamento que pertenecía a Mr. Davis, un amigo de Luis. Estaba desierto. No había hombres. Sólo una familia a la que se le había permitido vivir allí con tal que cuidara el campamento. Era una familia mexicana y Roberto, Luis y Aguilar tomaron café con ellos y les dijeron que Mr. Davis no estaba ahí. Que allí había ocurrido una gran tragedia el mes anterior.

El hombre de la casa, el señor Joe Sánchez era el que hablaba. Su mujer estaba cerca de la estufa rodando una gran bola de masa y le arrancaba pedacitos enrollándolos en pequeñas bolas del tamaño de una tercera parte de su puño y amontonándolas mientras sus dos hijas —entre los diecisiete y dieciocho años— agarraban cada bola y la aplanaban con la mano y después con un rodillo y la ponían a cocinar produciendo una tortilla deliciosa. Entre sorbos de café, Roberto miraba a las dos muchachas. Eran muy jóvenes, calladas y hermosas. Se sonrojaban. Sorbía tratando de escuchar al señor de la casa y de ser decente, cortés y formal. Pero era muy difícil.

—. . . Dios, perdóname por chismear, pero ustedes son amigos de Mr. Davis, y él siempre ha sido bueno conmigo y con mi familia . . . la semana pasada su esposa agarró todo su dinero y huyó con un joven mexicano. Un bueno pa' nada. Un revoltoso de Zacatecas que sólo trabaja cuando quiere. No es un hombre como ustedes y yo que trabajamos dura y constantemente y tratamos de hacerlo durante toda la temporada de la cosecha y ahorramos para el invierno. —Luis se puso de pie. Alzó los brazos sin poder creerlo—. Lo sé, lo sé, es exactamente como yo me sentí cuando lo supe. ¿Por qué le tuvo que pasar esto a Mr. Davis que siempre ha sido tan bueno con los mexicanos? ¿Por qué no le pasó a un gringo malo?

La muchacha mayor se sonrojaba, y Roberto estaba tan incómodo que no podía tomar su café. Él también se sonrojaba y temblaba al mismo tiempo que trataba seriamente de ser formal, cortés y escuchar el relato del hombre. Las dos muchachas llevaban botas, pantalones, camisas de manga larga y grandes pañoletas. Parecía que acababan de entrar de los campos. La muchacha mayor le echaba el ojo a Roberto de una manera tan velada que cuando fue a pasarse la tortilla de harina de una mano a la otra, se le zafó y la tortilla salió volando. Se enderezó bruscamente, abrió la boca con sorpresa y se enrojeció cubriéndose la boca. La hermana menor se echó a reír. La madre le dio un manazo en el brazo a la mayor y la regañó por no poner atención a su trabajo. La mayor se disculpó y se agachó a recoger la tortilla. Su hermana le dio un empujoncito por atrás, y se cayó. La hermana menor se rió. La mayor se levantó de un salto lista para arañar a su hermana que se reía. La madre se interpuso entre las dos. La mayor, avergonzada, salió corriendo y llorando hacia la parte de atrás. La madre le gritó, después se volteó y jaló de la oreja a la que se reía, la regañó y regresó a su trabajo.

Los hombres sonrieron, dejaron de mirar y volvieron a hablar de sus asuntos. La esposa de Mr. Davis había desaparecido, y el mismo Davis estaba ahora tratando de hallar trabajo. Se había dirigido hacia Salinas. Tenía un hermano cerca de King City. Necesitaba dinero rápidamente o lo perdería todo.

—Así que, —concluyó Joe Sánchez—. Les sugiero que vayan a King City. Allí hay trabajo ahora. Mis dos hijos mayores están allí ahorita con Mr. Davis. —Entonces se puso de pie—. Vengan. Sentémonos a cenar. Mi casa es su casa. Por favor, es un honor para mí.

Así que se pusieron de pie y fueron a la mesa larga con las bancas largas y cuando estaban listos para sentarse, llegó la hija mayor que llevaba un vestido rojo y blanco. Se veía hermosa: Pelo negro largo y labios rojos y piernas y brazos cobrizos. Roberto respiró profundo. La muchacha lo vio y se sonrojó, la hermana menor se rió. La madre les gritó y se tranquilizaron. Los hombres se sentaron y los niños entraron corriendo y las mujeres empezaron a servir, a hablar, a moverse rápidamente.

Roberto respiró de nuevo . . . oliendo las tortillas, los frijoles, la carne de puerco en chile verde, el café mexicano pesado y fuerte y sintió tal calor, tal calor bueno y limpio por toda su persona que sonrió feliz, y entonces la hermana del vestido rojo y blanco pasó cerca de él y aspiró su aroma y . . . ¡ay, Dios mío! la dulzura de su cuerpo recién bañado. Se derritió, se sentía en casa por primera vez desde que había salido de casa . . . hacía diez mil años.

—*Miren,* —*les dijo el capitán de la policía—. Seré breve. Soy campesino, pero ahora trabajo con los agricultores, así es que conozco los dos lados, y nadie me puede engañar. Por supuesto que hay problemas en el campo. Problemas enormes, injusticias y grandes abusos, principalmente por negligencia.*

—*Carajo, a nadie le importa la gente que emigra: están aquí hoy y allá mañana. Y no hay ninguna dignidad en trabajar bajo el sol, entre el polvo y el viento. Los campesinos siempre han sido la gente más menospreciada y siempre serán así. César Chávez es un tonto, un soñador, un ignorante cuando trata de mejorar las condiciones del mexicano en los campos. Al carajo con arreglar las fábricas de los campos. ¡Déjenlas en las condiciones deplorables en las que están! Animen al mexicano a educarse para que abandone el campo. Ése debería ser el camino humanístico que Chávez debería seguir, pero no, lo único que quiere es crear problemas.*

—*Pero,* —*continuó el policía chicano—. ¿Quién pizcaría los tomates, los melones, los . . .?*

Saltó, repentinamente violento y con furia.

—*¿A quién le importa un carajo? ¡Que lo hagan los "okies"! ¡Los negros! ¡Los hippies durante sus vacaciones de verano! ¡Qué importa! Yo pude llegar al puesto donde estoy; ellos también pueden hacerlo.*

Allí estaba, un capitán de la policía alto, barrigón, de ascendencia mexicana, firme en sus ideas y sin ninguna disposición de ceder ni una pulgada.

CAPÍTULO DIECISÉIS

La hija menor se llamaba Lydia, tenía diecisiete años y usaba pantalones. La hija mayor se llamaba Gloria Sánchez. Tenía dieciocho años, tres meses menos que Roberto. Usaba vestidos y era muy hermosa. La familia venía de Chihuahua. Su padre había sido un inmigrante legal; cinco años después se había hecho ciudadano americano y había traído a su familia. Sus dos hijas habían nacido en California y él ya no seguía las cosechas de Yuma a Sacramento y luego a Salinas. Vivía aquí, cerca de Acampo, permanentemente para poder mandar a sus hijos a la escuela. Gloria, la más educada de la familia, había terminado la preparatoria y el año anterior había recibido una beca para ir a la universidad. Siempre le había encantado leer, ir a la escuela y estudiar historia y geografía y cuando estaba en la preparatoria, su maestra de español había venido a hablar con sus padres para decirles que iba a tratar de conseguirle una beca. Durante los últimos años, gracias a Chávez y a Kennedy y a muchos más, los méxicoamericanos tenían ahora una mejor oportunidad de conseguir becas. Así que la maestra finalmente le consiguió una beca y ahora sólo pizcaba fruta durante los veranos para comprarse ropa para la escuela y no ser una carga para sus padres.

Después de la cena, Gloria y Roberto hablaron en la mesa mientras la madre y Lydia lavaban los platos. Los hombres habían salido fuera de la casa. Roberto se había quedado pretendiendo que todavía tenía hambre. Estaba allí sentado, jugando con la comida, tratando de comer otro pedacito, pero sin poder hacerlo. La madre sonrió. Adivinó su situación. Gloria le contaba a Roberto sobre su beca y cómo el gran César Chávez le había ayudado a ella y a todos los chicanos. Roberto no dijo nada. Gloria le preguntó qué pensaba de Chávez. Roberto negó con la cabeza y dijo que no sabía . . . nada, nada. Todo lo que sabía era lo que había visto en una tal huelga. Ella se interesó y él le contó de la huelga que había visto.

—¡Y tú no caminaste hacia las filas de los huelguistas para ayudar! ¿Eh? —Estaba terriblemente perturbada—. ¿Qué clase de mexicano eres? ¡Un cobarde!

—¡Gloria! —exclamó su madre—. ¡Tente la lengua! No tienes ningún derecho para alzarle la voz a ese joven.

Pero Gloria no estaba para callarse. No, continuó acusando, exigiendo y gritando. Roberto tenía la cara roja. Finalmente , Roberto se levantó con rapidez. Los ojos de Gloria se agrandaron. Allí estaba: sólido, como jefe, como un hombre bueno. El temor inundó a Gloria, y sin embargo, pudo admirar la mirada poderosa de este joven.

—Gracias por la cena, señora, —le dijo Roberto a la madre. Hablaba muy cortésmente, pero no se dirigía a Gloria—. No había probado comida tan sabrosa desde que salí de casa . . . —Dio un paso atrás y recogió su sombrero de paja—. Y te doy las gracias, —le dijo a Lydia en un tono menos formal. Lydia estaba terminando con los platos—. Y por supuesto, gracias por tus pensamientos, —le dijo a Gloria mientras se daba vuelta para salir.

Gloria no dijo nada, y cuando Roberto salía por la puerta, la muchacha más joven, Lydia, que estaba en su último año de preparatoria y no era tan buena estudiante le dijo, —Por favor, dime una cosa antes de irte. —Roberto se detuvo. Ella se echó el cabello hacia atrás con el dorso de la mano. Tenía la mano llena de burbujas de jabón—. ¿Ganaste más o menos dinero cuando llegó Chávez?

Roberto pestañeó. En realidad no se había percatado de esa muchacha en toda la noche. Todavía llevaba botas y pantalones y una camisa de mangas largas. Parecía más muchacho que muchacha y era alta para ser mexicana. Medía cinco pies seis pulgadas, podía pizcar fruta más rápido que la mayoría de los hombres y en la escuela estaba en el equipo de atletismo. Le encantaban los deportes y el trabajo al aire libre. Los libros la aburrían.

—Perdí dinero, —dijo Roberto.

Lydia, sonrió, asintió y regresó a terminar de lavar los platos. —Ya me lo imaginaba, —dijo—. Chávez no es tan bueno. Un buen trabajador no lo necesita.

—¡No! —gritó Gloria—. ¡Estás equivocada! Tú y mis hermanos ignorantes no entienden. Discriminan en contra de nosotros y . . . —Se volteó hacia Roberto—. ¿Ganaste buen dinero todo el año?

—Sí, —dijo Roberto—. Trabajé duro y gané mucho dinero.

—¿Cuánto? ¿Tienes alguna idea cuál es el promedio nacional? ¿Eh? Claro que no lo sabes y este invierno te vas a morir de hambre. No podrás . . .

Roberto se inclinó cortésmente. —Con su permiso, señora, —le dijo a la madre—, Voy a salir. Gracias. —Salió sin despedirse de las muchachas y escuchó que Lydia le decía a Gloria que era una mujer muy tonta. Que sabía tanto de los libros, pero que cuando un joven guapo le gustaba, lo insultaba y lo hacía correr. Gloria le gritó. Lydia se rió. La madre habló en voz alta. Después todas se callaron.

Roberto respiró profundamente al acercarse a los hombres. Estaban debajo de un árbol al lado de la cerca de alambre alta. Fumaban y se pasaban entre ellos una botella pequeña. Se sentó en la tierra y sintió su calor a través de los pantalones Levi's. El calor del día persistía durante buena parte de la noche. Tomó un trago de la botella. Era whiskey. Hizo un gesto y luego una exclamación de satisfacción cuando lo sintió bajar por la garganta. Exhaló y escuchó la conversación. Hablaban de Chávez y de su sindicato.

"¡Ay, no!" se dijo Roberto a sí mismo. Hizo una mueca y se echó otro trago. Después limpió la boca de la botella con la palma de la mano, al estilo mexicano, y la pasó. El siguiente hombre bebió y continuaron hablando de Chávez y de su sindicato, y Roberto maldijo silenciosamente al desgraciado de Chávez. Y el largo día de verano llegó a su término.

Al siguiente día, Luis, Roberto y Aguilar contactaron a un pocho que tenía carro y le pagaron para que los llevara con Mr. Davis. Pasaron por Stockton, Tracy, después al sur para llegar a la autopista nuevecita 5 hacia Los Baños, donde dieron vuelta hacia el oeste por las montañas, atravesaron la nueva presa por Pacheco Pass y llegaron a los valles costeros en dirección a King City. A unas cuantas millas fuera de King City encontraron a Mr. Davis y éste los puso a trabajar con los dos hijos mayores de Joe Sánchez. Roberto y sus camaradas trabajaron, ganaron dinero, y todo iba bien hasta que Chávez llegó de nuevo.

Chávez estaba en guerra contra el sindicato de camioneros, "Teamsters", y el Valle de Salinas era su campo de batalla. Estaba repleto de periodistas, equipos de televisión, y una miriada de gente bien intencionada que no tenía otra cosa más importante qué hacer.

Roberto se violentó. Levantó el puño hacia el cielo. —Ese pinche pocho Chávez, —dijo—. ¡Está en todas partes al mismo tiempo! ¿Por qué es así ese hombre? ¿Por qué pelea tanto?

—¿Por qué peleó Zapata tanto? —preguntó Luis—. ¿Por qué, a través de la historia, tantos hombres han peleado tanto? El año pasado el mismo Chávez vino al campamento donde trabajábamos, y te cuento que no se veía gran cosa. Un campesino como todos nosotros. Pero cuando habló y nos dijo que los agricultores no eran nuestros enemigos, pero que teníamos que unirnos para avanzar, sus palabras tenían mucho sentido.

—¡Mierda! —dijo Aguilar.

—No, esta vez déjame hablar. Lo que quiero decir es que Chávez es un buen hombre, de lo mejor, el problema es que nosotros somos del otro lado. Así que bueno . . .

En ese momento llegaron corriendo los dos muchachos Sánchez. Los dos estaban muy exaltados.

—¡Rápido! —dijo Marcos, el mayor—. ¡Ustedes tienen que largarse de aquí! Un capataz le pegó al abogado de Chávez y está en el hospital. La gente de Chávez está furiosa. Están tratando de vengarse de los agricultores. Tienen espías por todos lados andan en busca de ilegales. —Roberto trató de hablar—. No, amigo. ¡Rápido! ¡Vámonos! Chávez está muy encabronado. ¡Va a agarrar de los tanates a todos estos campamentos!

Salieron rápidamente con los hermanos en la camioneta y mientras se dirigían al norte por la carretera 101 vieron fogatas a la entrada de los muchos ranchos circunvalados por hileras de altos eucaliptos. Alrededor de las fogatas se agrupaban hombres con grandes sombreros, ropa de trabajo, grandes banderas de color rojo y negro y letreros que decían "¡Huelga!" Y esos hombres serios se calentaban las manos en el fuego y hacían guardia durante toda la noche hasta el amanecer. La guerra había empezado y se intensificaba tanto como los colores de la bandera. Rojo por la sangre, negro por la muerte, y desde luego, el pájaro de la esperanza. Era lo mismo en México . . . los colores eran universales.

En Soledad, donde había una prisión al sur de Salinas, se detuvieron a cargar gasolina. Al lado había un bar, y por todas partes había camionetas con portarrifles en la ventanilla trasera . . . y los portarrifles no estaban vacíos. Marcos quería comprar cerveza.

Roberto miró a Aguilar, después a Luis. Roberto dijo, —Marcos, tú tienes documentos . . . si hay problemas, a ti no te va a pasar nada, pero a nosotros, que somos indocumentados, nos deportarán.

Marcos sonrió, parado orgullosamente al lado de la camioneta y empezó a reír. —Di la verdad. Lo que pasa es que les tienes miedo a estos gringos y a sus rifles.

Roberto se enojó y comenzó a levantarse. Luis lo jaló y lo sentó. —Estate tranquilo. Es verdad. Tenemos miedo.

Marcos se rió, —Así lo pensé.

—Okay, —dijo Luis—. Tienes razón. Vamos a seguir. Más adelante yo compro una caja de cerveza.

—Okay, —dijo Marcos y se alejó de la plataforma de la camioneta. Roberto, Luis y Aguilar iban en la parte de atrás. Marcos y su hermano Jesús iban en la cabina—. Ahora sí que nos entendemos. Seguiremos. ¡Pero no porque yo, Marcos Sánchez, les tenga miedo a esos gringos cabrones! —Con el puño en alto dijo—, ¡Yo me los chingo! ¡A toda madre!

Roberto lo miró pero no dijo nada. Estaba cansado, verdaderamente cansado.

Luis le dio unas palmadas en el hombro a Roberto, le apretó fuertemente el cachete y dijo, —Está bien. ¿No sabes que hacerles caso a los pendejos es engrandecerlos? —Y le apretó el cachete una vez más tratando de que se calmara—. Nos fue bien.

Roberto asintió y no dijo nada, pero pensó en las palabras de Luis.

—Sí, —dijo Aguilar—, nos fue bien, considerando las circunstancias. De otro modo estaríamos muertos.

Siguieron hacia el norte y vieron muchas fogatas rodeadas de hombres y banderas. Decidieron regresar al campamento de Acampo pasando por San José, Fremont, Hayward y después de las montañas, Stockton.

En el campamento, el señor Sánchez los invitó a quedarse en su casa hasta que pasara el escándalo. Roberto y sus camaradas se quedaron allí, escondiéndose y poniéndose nerviosos. Un día, Mr. Davis regresó de Salinas. No sabía qué hacer. Su mujer había regresado. Se quedó allí esa noche, se emborrachó con Luis y lloró. Había perdido todo y la culpa era tanto de su mujer como de Chávez, y ahora ella había regresado. Él no la quería, pero qué chingaos, tenían hijos.

Unos días después, mientras Roberto y los otros jóvenes estaban sentados afuera, una mujer rubia llegó en carro al campamento desierto.

Tenía como cuarenta o cuarenta y cinco años y le preguntó a Roberto dónde estaba su esposo. Hablaba español. Roberto respondió a su pregunta. Ella le sonrió a Roberto y le dijo que era muy guapo, después se volteó y siguió caminando: usaba pantalones de vestir apretados color de rosa, tenía nalgas de melón, y era alta, de pelo muy corto.

Roberto tragó saliva. Recordó cómo había llorado Mr. Davis aquella noche.

Gloria y Lydia no dijeron nada. Marcos y su hermano Jesús se rieron de Roberto y dijeron que la mujer lo tenía en la mira. Él sería el siguiente. Roberto miró hacia el suelo. Gloria no hizo lo mismo. Dijo que no tenía nada de chistoso. Que era algo horrible. Que Mr. Davis era tan bueno y que Mrs. Davis era una ramera.

Gloria se puso de pie y miró a sus hermanos y a Roberto. —Y si cualquiera de ustedes se mete con ella, ¡tampoco vale nada!

Marcos, el mayor, le dijo que callara, que nadie se estaba metiendo con la mujer, pero que si alguien lo hacía, eso no le importaba a ella.

—Gloria, —añadió—, te juro que hablas demasiado.

Roberto asintió.

—Ya ves, —dijo Marcos—. Él no dice nada porque es educado, pero asiente con la cabeza.

—¡Ay, ustedes los hombres! ¡Por qué no se regresan todos a México y se sofocan con su machismo y sus criterios morales que favorecen al hombre!

Y se fue, y Lydia se rió y se quedó con Roberto. Los dos hermanos mayores le explicaron a Roberto el juego de béisbol. Ya no hablaban de Chávez ni de los diarios. Eso sólo los ponía de mal humor a todos y las opiniones se dividían. Así que ahora le contaban a Roberto acerca de todo el dinero que ganaban los beisbolistas. Nunca había oído eso. Había pensado que era un juego para niños. Al principio no lo podía creer. No le parecía lógico. ¿Dinero por jugar? Marcos le decía a Roberto que había dinero en el béisbol, y que él tenía veintidós años y quería poder ir a la universidad, únicamente para poder jugar. Era muy buen jugador. Pero, por otro lado, había muchos muchachos con mejores oportunidades que él que también eran muy buenos. Necesitaba una recomendación. Quizás probaría el boxeo también en el invierno. Era ágil y rápido con las manos, y podía sobresalir casi en cualquier deporte. Había sido campeón en su antiguo barrio de Fresno.

—¿Has boxeado alguna vez? —le preguntó a Roberto.

—No.

—¿Te gustaría que te enseñara? Somos del mismo peso más o menos, ciento sesenta libras. Cuando aprendas suficiente puedes practicar el boxeo conmigo, y en el invierno puedo ir a Fresno, Sacramento o San José y ganar dinero boxeando.

—Bueno . . . —dijo Roberto. En realidad no quería aprender. Había visto a Marcos enojarse el mes pasado y había golpeado seriamente a un tipo. Se enojaba fácilmente y se convertía en un pendenciero—. No sé cómo . . . ustedes dos, tú y tu hermano, háganlo primero y yo los miro, ¿te parece?

—Okay, —dijo Marcos. Luego se puso de pie y empezó a tirar golpes con la izquierda a su hermano que tenía veinte años y era alto y delgado.

Roberto los miraba, se rascaba la cabeza y respiraba profundamente. Hacía dos semanas desde que se habían estado escondiendo. Roberto se estaba impacientando. Todos estaban nerviosos. Sólo Luis y Aguilar trabajaban operando un aparato pulverizador, lejos de todo, lejos de Chávez y todos los escándalos del sindicato. Aguilar tosía mucho. Roberto se sentía nervioso. No podía aguantar bromear todo el tiempo y perder su valioso tiempo. Y hacía un mes que no sabía nada de su casa, y la semana anterior, con la ayuda de Gloria, había mandado una carta de entrega inmediata, certificada y por avión. Estaba muy ansioso. Había ganado dos mil ochocientos dólares ese año —después de pagarle a Aguilar su cuarta parte— y había mandado a casa un total de dos mil quinientos dólares americanos, y los quinientos restantes los había mandado para el enganche de un lote con una casa vieja. Esperanza le había mandado una hermosa carta diciéndole que los puerquitos ya habían nacido, y que su padre estaba trabajando duro y que él mismo había escogido el rancho viejo en el cañón a la salida del pueblo. Que la casa estaba en ruinas, pero que su padre, un excelente carpintero, la podría arreglar. Roberto les mandó el dinero y desde entonces no le escribían.

Los hermanos dejaron de boxear. Marcos le había pegado a Jesús muy fuerte y le había partido el labio. Jesús estaba bien enojado y quería pegarle a su hermano. Marcos decía que no, que dejara de pelear. Ésa era la regla del padre. Si uno se enojaba, tenía que dejar de boxear. No importaba nada más. Jesús se calmó. Marcos se acercó a Roberto y le pegó. En realidad no para pegarle, sino para tirarlo de la banca. Roberto se cayó. Como en auto reflejo, Roberto se puso de pie rápidamente y Marcos le pegó duro. Gloria había regresado, traía un sobre en la mano, lo ondeaba y les decía que pararan. Marcos se reía diciendo que sólo le estaba enseñando a Roberto el arte de la autodefensa. Parecía que Roberto necesitaba aprenderlo.

Siguieron boxeando y Roberto se agachó, se acercó y le pegó a Marcos en el estómago y lo hizo caer. Marcos se puso de pie rápidamente. Estaba sorprendido. Se dejó ir sobre Roberto tirando fuertes golpes. Roberto se agachó, evitó los golpes y le tiró un golpe por el costado a Marcos y lo volvió a tirar. Marcos no podía creerlo. Nadie le había hecho eso a él. Roberto era un asesino, un guerrero, un boxeador. Se puso de pie rápidamente, brincó de un lado a otro, tiró golpes y le pegó en la cara a Roberto. Roberto empezó a sangrar. Se acercó a Marcos y le pegó tan duro en los brazos y las costillas que Marcos bajó los brazos.

—¡Por Dios! —gritó Marcos—. ¡Te voy a matar! —y se fue violentamente sobre Roberto tirando golpes y pateando. Roberto trataba de mantenerse alejado y no pegarle para que se calmara. Pero, aún así, Marcos gritaba—, ¡Te voy a matar! ¡Te voy a matar! —Finalmente lo conectó con una bolea y Roberto cayó—. ¡Ya está! Y si te paras, te vuelvo a matar.

Roberto lo miró y no supo si reírse o no. Era tan ridículo. Eso de pegarse uno al otro sin ninguna ganancia. Así que Roberto meneó la cabeza y se quedó en el suelo y entonces escuchó a Gloria que gritaba.

—¡Cállense! Traigo una carta de entrega inmediata para Roberto, es de su casa. Debe ser importante. —Y se agachó hacia Roberto. Estaba muy preocupada. Roberto se dio cuenta y tomó la carta. Empezó a abrirla. Las manos comenzaron a temblarle.

—Por favor, —le dijo a Gloria—. Léemela. Es algo malo. Lo presiento.

Gloria tomó el sobre. Se sentó en los escalones traseros del barracón desierto. La abrió. Los ojos se le agrandaron. Lydia le tomó la mano a Roberto. Ella también estaba preocupada.

—Roberto, —Gloria empezó a leer la carta—, han matado a nuestro padre. —Roberto se puso de pie—. Anoche lo mataron a balazos en la cantina. Quiero explicarte todo antes que nadie te cuente falsos rumores.

—Antes que nada. No compramos un rancho. —A Roberto le temblaron los músculos faciales—. Sólo compramos una vaca y un puerco, y el resto, como podrás imaginarte, nuestro padre se lo gastó en bebidas y parrandas. La semana pasada vendió la vaca y el puerco y compró una pistola para ser como los otros norteños. Allí es cuando empezaron los problemas, cuando trató de imitar a los norteños buscando pleito con los demás. Por favor, entiende y perdónalo, y perdóname a mí también . . . todo el dinero que mandaste ha desaparecido. —Roberto tomó aliento. Lydia se le acercó más. Era obvio en los último días cuánto le importaba Roberto a Lydia—. Lo siento, pero el ser mujer y no hombre, me dificultó mucho las cosas. —Los ojos de Gloria se inundaron de lágrimas. Apenas si podía seguir leyendo. Lydia le apretó fuertemente el brazo a Roberto—. Creo que entiendes y espero y le pido a Dios que me perdones porque en realidad hice lo más que pude.

Gloria dejó de leer. No podía seguir. Se volteó hacia Roberto con lágrimas en los ojos. —¡Ay, ustedes los hombres son todos iguales! Y tu hermana es tan valiente, y a mí no me importa si todo tu dinero se ha perdido. Más vale que la quieras. ¡Te hablo en serio! —Le dio la carta a su hermana—. Lydia, tú termínala. Yo no puedo seguir. —Y empezó a llorar.

Lydia tomó la carta, se echó el pelo hacia atrás, y empezó a leer. Esperanza decía que su madre había tenido un niño, un niño grande y saludable y que necesitaba que Roberto le mandara algo de dinero para comida inmediatamente.

Roberto se empezó a reír. Gloria abrió los ojos y se puso de pie. —¿Por qué te ríes? ¿Crees que lo que te pide es una tontería? ¿Crees que las mujeres tienen alguna oportunidad en México?

Roberto dejó de reírse y la miró. —No, no creo que lo que me pide mi madre sea una tontería. ¡Es una estupidez! Y es un imposible. Carajo, no tengo ni un centavo. ¿Para qué tuvo otro hijo?

—Son dos los que hacen un hijo. ¡No te atrevas a acusarla a ella!

—No la acuso a ella.

—Sí, lo hiciste. Tú y tu anticuada doble moralidad siempre nos acusan a las mujeres por todo.

Roberto hizo una pausa y entonces miró a todos a su alrededor. Todos lo miraban de una manera extraña, excepto Lydia. Él la miró, —Les mandé todo. —Trató de reírse de nuevo pero no pudo. Se alejó.

Caminó a lo largo de la alta cerca de alambre que circunvalaba el campamento. Una vez que estuvo lejos, agarró la cerca y se dejó caer llorando. La noche se aproximaba y la luna se había escondido detrás de las nubes. El verano ya había terminado, el otoño estaba por terminar y el invierno recién empezaba. Escuchó una voz. Se dio vuelta. Era Lydia. —Ten, se te olvidó la carta.

Él asintió.

—Terminé de leerla. ¿Quieres que te diga qué más dijo tu hermana?

—Sí, por favor.

—Bueno . . . —y empezó a leer en la moribunda luz del día. Esperanza decía que no quería que Roberto regresara a casa, que sabía lo que decía, que la familia estaba a salvo porque el siguiente hijo varón de la familia tenía sólo doce años, y que esta enemistad estúpida seguramente desaparecería, si él y Aguilar no regresaban, porque ni siquiera Pedro, que estaba ahora con los hermanos Reyes, los asesinos de su padre, se atrevería a intimidar o lastimar a un niño de doce años.

—¿Pedro? —dijo Roberto. Y la palabra "Pedro" le repiqueteó en la cabeza. Hizo una pausa . . . después de un momento Roberto estaba temblando, todo el cuerpo le temblaba. Pronto le pasó y de nuevo estaba calmado y tranquilo mientras sentía que le llegaba un sentimiento helado a las entrañas. Se puso de pie. Estaba listo, y todo su ser estaba listo para ponerse a prueba en ese lugar, ese sitio donde ya estaba comprometido con el acto cultural necesario, y la prueba de ese acto era ahora la muerte. Pues el hombre no puede escoger donde nace, pero en la muerte, la otra cara de la moneda, el hombre puede escoger y ganar con estilo. Esto hace de la muerte el mejor regalo que un hombre puede darse a sí mismo. Solo. En privado. Y bueno. El honor de la mujer será respetado ahora y siempre.

Tragó saliva. Se dio vuelta y vio a Lydia directamente a los ojos. Ella no se intimidó. Le sostuvo la mirada, muchacho y muchacha trascendían, se hacían hombre y mujer. Él le alcanzó la mano. Ella alcanzó la de él. Y se tocaron. Respirando, viendo, aumentando su calor interno. Pasó el tiempo. Entonces oyeron que alguien los llamaba para cenar. Ellos, conscientes, se sonrieron mutuamente y fueron donde los llamaban. Estaba establecido. No se habían cruzado palabras, pero su pacto estaba tan consumado como el código de ética de las montañas hasta la muerte. Tan consumado como la idea que cada muchacha lleva su virginidad a la cama nupcial con prueba de sangre. Tan consumado como los actos ya comprometidos con el destino de uno. Religión, tradición y vida eran todas una y la misma mientras fluían en las venas y de regreso al corazón.

LIBRO TRES

Ahora el volcán tenía una altura de mil quinientos pies
y ya no escupía fuego y lava. Sólo exhalaba humo . . .
servía de testigo como todas las otras montañas a las
que se les hablaba. Habló el hombre
y la montaña volcánica se movió.

*C*ésar Chávez estaba en la cárcel y el sindicato de camioneros había sacado viejos contratos, alegando que había tenido esos contratos con los agricultores desde hacía años. El juez le dijo a Chávez que debía sacar a su gente de los ranchos, que su boicot era ilegal pues el sindicato de los campesinos era el de los camioneros.

Pero Chávez sólo se rió en la cara del juez, se levantó sin miedo y dijo: "Siempre he estado en contra de la violencia. Soy hombre de paz. Pero le digo a la gente . . . ¡boicotéenlos a ellos y a sus falsos contratos hasta el fin!" Se lo llevaron a la cárcel.

La señora Kennedy, la viuda de Robert Kennedy, atravesó por una muchedumbre de gente vociferante para ver a Chávez. Se dijo una misa. El Valle de Salinas estaba en guerra. En una ocasión, los agricultores dijeron que estaban perdiendo más de doscientos mil dólares diarios.

Por primera vez en años, los mexicanos indocumentados regresaban por miles a México por su propia cuenta. Todos los Estados Unidos parecían arder, y California, que presume que la industria agrícola maneja más dinero en un año que todo el que manejó durante los años de la fiebre del oro, era el principal campo de batalla. Era una guerra . . . el dinero, el dios americano, estaba en juego.

CAPÍTULO UNO

Gloria lloraba. Estaba aterrada y no quería que se fuera Roberto. Roberto no decía nada. Estaba aprendiendo cómo manejar la .45 automática que le había conseguido Marcos en Sacramento.

—Por favor, —dijo Gloria—, no te vayas. Estoy segura que tu hermana sabe cómo están las cosas y por eso te pidió que no fueras.

Roberto miró a Gloria, vio el deseo en sus ojos, pero no sabía qué decir, así que dijo, —No entiendes y no importa lo que diga, no entenderás.

—¡Pero Lydia sí! ¿Es eso lo que me estás diciendo?

Tomó aliento. —Lo que hay entre Lydia y yo, lo dejas fuera de esto. De cualquier manera, no creo que ella entienda tampoco, pero al menos no me insulta con tantas preguntas.

—Ay, Roberto, escucha tus propias palabras. Escucha lo que acabas de decir. ¿Crees que te insulto porque te pido que cuestiones tus valores?

—Mira, —dijo él sintiéndose presionado—, No te entiendo. Todo lo que sé es que si voy a México todo confundido como tú, me matarán. Tengo que ir preparado, comprometido y listo para actuar. No puedo ir titubeante, lleno de ideas y dudas.

—Entonces, de verdad te vas a vengar y vas a poner en peligro a tu hermana, a tu madre y . . . ¡ay! le voy a decir a mi padre. Voy a hacer que no te deje ir.

Se puso de pie para ir con su padre quien estaba con Luis y Aguilar. Les pidió que detuvieran a Roberto. Los hombres se miraron entre sí. Aguilar habló primero. Dijo que Roberto estaba haciendo lo correcto y que él, iría con él. Que no se preocupara.

—Pedro tiene que morir —dijo Aguilar.

Luis arrugó el ceño y dijo: —Yo no sé. Todo parece tan complicado. Lo cierto es que Roberto tiene que sacar a su familia de ese pueblo.

—Padre, —dijo Gloria—. ¡Lo quiero! ¡Por favor no lo dejes ir! —El padre la abrazó y le dijo que Roberto era hombre y que un hombre tenía que proteger su hogar, que no se preocupara. Que no era ningún tonto. Que era

161

fuerte e inteligente. Lo había probado ese año en el campo y que con el favor de Dios, regresaría.

—¡No, no regresará! —dijo Gloria—, y probablemente Lydia lo va a seguir allá, ¡es tan estúpida!

—¿Qué? —preguntó su padre. Estaba verdaderamente sorprendido.

—Ya me oíste, —contestó Gloria y se destapó, llamándolos "un montón de bestias retrasadas", y dijo que los odiaba a todos por la forma en que se solapaban y que al que más odiaba era a Roberto, que nunca se casaría con un mexicano. Y salió corriendo a la casa de Mr. Davis. Mrs. Davis se había ido una vez más y Gloria lo ayudaba en los quehaceres de la casa después de la escuela.

Lydia miraba a Roberto desarmar la .45, armarla, ponerle el cargador y apuntar rápidamente.

—Roberto, —dijo.

Él levantó la vista. Lydia traía un vestido color de rosa. Nunca antes la había visto con vestido. Se veía muy bien. Sus largas piernas y brazos cobrizos se veían fuertes, bien formados y saludables. Su cintura y sus caderas, sus pechos y cara, sus dientes y esos pómulos salientes que hacían que su cara pareciera la de un conejito, todo en ella era hermoso.

—Te traje un regalito, —le dijo.

Él se sonrió. Ella le extendía la mano con una cajita cuadrada. Tomó la caja. La abrió. Contenía una medalla redonda y una cadena de plata.

—Es San Cristóbal, —dijo—. Él te protegerá.

Durante todo el resto de su vida Roberto no pudo explicárselo, pero en ese momento, al recibir ese regalo tan sencillo, que venía de alguien tan joven, tan valiente y sincera, se sintió desbordado por antiguos sentimientos de bondad. Se puso de pie y se abrazaron por primera vez, después se besaron una y otra vez. Escuchó que le dijo, —Te quiero. ¿Te puedo poner el San Cristóbal en el cuello? —Y él se quedó sin aliento. Se sentía inundado de felicidad. Esperó, sin decir nada. No podía hacerlo. Se sentía tan falto de aliento. Se sentó y le extendió la caja. Ella tomó la medalla y se la puso alrededor del cuello. Se dobló cerca de él, sus pechos tibios y acogedores quedaron cerca de la cara de él. Le abrochó la cadena y dio un paso atrás. Ella sonrió. Él respiro profundamente aspirando el fresco de su cuerpo recién bañado. Ella lo notó y lo besó y luego empezó a bailar. Riéndose y dando vueltas. Trató de ir con ella, pero se le cayó la .45. Se oyó un fuerte ruido sordo. Se detuvo. Miró la pistola, después de un momento la recogió volviendo a pensar en su futuro y volvió a colocar la gran pistola cuadrada en sus pantalones y a practicar sacarla. Caminaba en círculos tratando de acostumbrarse a sentirla. Se la ajustó unas cuantas veces y poco a poco la pistola empezó a salir más fácilmente. Ella se alejó. Él no se dio cuenta. Estaba completamente absorto en su .45 contra la entrepierna. Se sentía grande, pesado y torpe, mientras que su cuerpo, paso a paso, se acostumbraba más al metal frío y chato.

Dos días después, tanto Aguilar como Roberto, con una .45 cerca de la entrepierna, estaban listos para irse al sur. Así que Roberto le preguntó al padre de Lydia si la dejaba caminar con él a solas por un rato. Lydia dijo rápidamente que sí. El señor se dio cuenta, asintió y dijo, — No le vas a pedir que se vaya contigo, ¿verdad?

Roberto se puso nervioso. —Claro que no. ¿Cómo podría un hombre en mis circunstancias pedir algo tan descabellado?

El señor Sánchez asintió. —Bien. No pensé que fueras un hombre que toma su responsabilidad a la ligera. Sí, puedes caminar a solas con mi hija. Pero no vayan muy lejos.

—Por supuesto, —dijo Roberto.

Empezaron a caminar juntos cautelosamente, pero de repente ella le tomó la mano y lo atrajo hacía sí de manera valiente y desafiante. Se detuvieron bajo un árbol cerca de la gruesa cerca de alambre. Hablaron sin decir nada. Eran tan felices. Entonces él le hizo la pregunta valedera. Le pidió que abriera la boca para poder verle los dientes. Ella se rió. Le tiró un golpe jugando. Sus ojos negros bailaron, brillando como estrellas, y enrojeció cuando abrió la boca y sonrió amplia, feliz, saludablemente. Roberto le miró cuidadosamente los dientes y asintió con aprobación, y ella, sabiendo lo que significaba esa ceremonia, le sacó la lengua y le dio un golpe en el estómago. Él se dobló.

—¡Ya ves! —dijo—, ¿Así estoy bien? ¿Eh? Mis dientes están todos en buen estado. ¿Pero cómo puede saber una muchacha si tú, el hombre, puede aguantar una vida de casado con una mujer de buenos dientes?

Sonrió y dijo, —Bueno, ya sabes cómo somos los de la montaña. Todos somos saludables. Así que cuando nos gusta una muchacha del valle, tenemos que revisarle los dientes. Después de todo, la gente del valle tiene problemas con los dientes y los niños heredan eso. Pero tú no tienes ningún problema. —Tocó las puntas de su largo pelo negro—. Nuestros hijos tendrán excelente salud. Pero por favor, no más bromas. Me gustaría que de veras nos conociéramos más.

Se puso roja y después coquetamente le dijo, —¿Ya se lo preguntaste a mi padre?

Él negó con la cabeza.

—¿Entonces, cómo voy a saber si eres sincero? —y le tocó suavemente la cadera.

Roberto sintió su mano que le acariciaba la cadera y el corazón se le salía de amor y de deseo, pero repentinamente le dio miedo y dejó a un lado sus sentimientos . . . sentía la mano de ella, pero también la .45 en la entrepierna.

—Cuando regrese, se lo preguntaré, te lo prometo. Preguntárselo ahora, antes de hacer lo que voy a hacer sería imprudente. —Jugó con el cabello de Lydia en silencio. Acariciándolo con la punta de los dedos y llevándoselo a los labios. Estaba tan tenso que tenía miedo . . . por ella, por él, por el futuro. Dio un paso atrás rápidamente y descubrió que estaba completamente solo.

Y ahora, mientras él y Aguilar viajaban en el autobús hacia el sur a México, Roberto acariciaba las puntas del cabello de Lydia. Ella se había cortado seis pulgadas de cabello, lo había amarrado con un listón color de rosa y dijo que lo esperaría, como se lo había pedido, sin seguirlo, pero sólo mientras le volvía a crecer el cabello hasta donde había estado. Y que se apurara, porque su salud era excelente, su pelo crecía rápido y sus deseos eran fuertes.

Aguilar y él llegaron pronto a Mexicali, al otro lado de la frontera, y estaban decidiendo si tomar el tren o el camión a Guadalajara. Les preocupaban las casetas de inspección, el costo, el tiempo que les tomaría, pero sobre todo las inspecciones porque llevaban armas, y las armas, especialmente las .45, estaban prohibidas. Finalmente decidieron irse en camión. Era más caro, pero dos veces más rápido. Tomaba sólo cuarenta y pico de horas en un camión directo de primera clase y sólo había dos o tres casetas de inspección. Compraron boletos. Pagaron menos de dieciocho dólares americanos. De Stockton a Caléxico les había costado $17.78 más el impuesto. Y esos boletos mexicanos los llevarían a más de mil quinientas millas en el interior de México, una distancia casi tres veces más larga que la de sus boletos americanos.

Subieron a su camión de primera clase. Los anuncios decían que tenía aire acondicionado. Se fueron hacia atrás y se sentaron cerca de la salida de emergencia. Hacía calor en el camión. El aire acondicionado estaba descompuesto. El viaje fue rápido. Había dos choferes en el camión. Mientras uno manejaba, el otro dormía. Los dos eran gordos de nalgas anchas. Roberto miraba por la ventanilla y no decía nada. Desde que había recibido la carta de Esperanza se había vuelto muy callado y, después de que compró la pistola, se había distanciado aún más. Se volvió completamente solitario. Era como si estuviera en algún otro sitio. Y también estaba triste. Sólo Lydia y su risa lo habían distraido.

Aguilar sacó una pequeña botella de mezcal con un gusano adentro. El gusano era pequeño y gordo y estaba en el fondo de la botella. Arriba de la botella, amarrado al cuello, había un saquito rojo. Aguilar abrió el saquito, se echó en la mano un poco del contenido blancuzco, que era una mezcla de sal y chile, y le ofreció el saquito a Roberto. Roberto lo notó, tomo aliento, e hizo lo mismo. Aguilar empinó la botella para beber, causando que el gusano gordo y café flotara subiendo y bajando por la botella. Exhaló, se chupó los labios, pasó los labios por la mezcla de sal y chile, y suspiró con un sentimiento de alivio. Roberto hizo lo mismo y el gusano le llegó cerca de la boca, pero lo botó de nuevo hacia abajo de la botella. Aguilar observaba y sabía lo que en realidad significaba el gusano en la botella. El gusano gordo venía de la planta de agave, un tipo de cacto, y el gusano era cocinado al carbón y puesto en la botella para darle más sabor; el gusano era una de las bromas más filosóficas entre los mexicanos. Mostraba la comedia de la vida. Cada trago le mostraba a uno su futuro . . . sería un gusano, nada más. Después de la muerte, no importaba lo lujoso del funeral, uno se convertiría en gusano.

Aguilar asintió con una sonrisa velada. Pedro o él estarían pronto con los gusanos. Tosió. Había trabajado en una máquina pulverizadora algunas semanas y tosía de nuevo de una manera alarmante. Parecía que cualquier contacto con los químicos, por mínimo que fuera, reactivaba esa tos en él. Se sacó un pañuelo rojo grande. Entre tos y tos miró a Roberto, que estaba sentado al lado de él. Si tuviera un hijo. Suspiró profundamente. Empezó a hablar. Pero sus palabras fueron interrumpidas por otro ataque de tos.

El camión se detuvo. Estaban en Sonorita. La caseta de inspección. Juan Aguilar nunca pudo decir lo que iba a decir. Todos tenían que bajarse del camión para que les revisaran el equipaje. Aguilar observó a los inspectores federales, uniformados, y trató de adivinar la cantidad con la que podría sobornarlos. Roberto y él se pusieron al final de la fila. Quería que los inspectores se cansaran, se aburrieran, y así podría ofrecerles sólo un poco. Pues si les ofrecía una mordida muy grande, sospecharían. Cuando les llegó su turno, Aguilar le ofreció al agente un cigarro americano. El inspector se detuvo, miró a Aguilar, y sonrió. Aguilar le encendió el cigarro. El inspector, gordo y bajo, le preguntó a Aguilar si tenía más cigarros americanos. —¿Podría darme algunos paquetes? —Aguilar fingió que le estaban pidiendo mucho, pero después sonrió y le dio dos paquetes. El inspector le dio las gracias, y eso fue todo. Aguilar y Roberto subieron de nuevo al camión. Antes de llegar a Guadalajara los revisaron dos veces más.

En Guadalajara tomaron un camión menos lujoso en dirección al sureste, por el camino que pasaba por el Lago de Chapala, Zamora, Morelia y finalmente llegaba a la Ciudad de México. Pero no llegaron tan lejos. Estaban en un camión de segunda que paraba en todos los pueblos y ellos se bajaron antes de llegar a Morelia. Cerca de Caropan. Trataron de alquilar una troca que los llevara a las montañas. Hallaron una que los llevaría por los lugares turísticos, alrededor de la estación experimental y al primer cruce del río. Hicieron trato. Abordaron la troca y Roberto miró el paisaje. Ya habían pasado los lugares turísticos e iban por el valle hacia su hogar. Pero él no sintió nada. Ninguna alegría. Todo estaba muerto dentro de él. Al llegar a la estación experimental con las puertas de alambre y los guardias uniformados, y ver en la colina las grandes estructuras que parecían globos de colores brillantes con un bosque de postes, luces y líneas, sintió un escalofrío que le subió y le bajó por la espalda. Todo parecía tan irreal. Entonces, para añadir a su extrañamiento, al lado del camino que ahora se convertía de asfalto a terracería, había una yunta de bueyes y hombres que trabajaban. ¿Bueyes aquí, al pie de esa colina donde se hacían experimentos supermodernos? ¿Era esto posible? Y Roberto hizo una pausa y se enojó. ¿Qué era esto? ¿Una broma?

Al llegar al puente el troquero se detuvo. No quería cruzar. El puente era viejo, tenía más de cien pies de largo, y consistía de sólo dos vigas viejas para las llantas, como en las vías del tren. No quería cruzar. La barranca sobre la que cruzaba el puente no tenía fondo. Roberto le escupió al puente. ¿Otra broma? ya estaba cansado de bromas. ¿Qué era todo esto? Carajo, había estado en un mundo donde había autopistas y carros, campos fértiles con suficiente agua, mucho trabajo y dinero ilimitado y aquí su gente parecía vivir en otro siglo. Bueyes trabajando al lado de una montaña de fuerza motriz. Un puente que un troquero tenía miedo de cruzar. Gritó y pateó el puente y camino por una de las vigas de dos por doce, abajo el río se torcía y rugía, y vio que el río tenía un extraño color verde plástico. Por allá vio una tubería que descargaba un líquido verde grueso. Se puso furioso. ¿Qué es lo que hacían? ¿Envenenar a su gente? Cruzó el río rápidamente.

Y al atardecer, él y Aguilar llegaron al pueblo por el camino con grandes mezquites a los lados. En dos días se habían tomado tres botellas de tequila y todo lo que habían comido eran los gusanos al carbón. Tenían hambre. ¡Se morían de hambre! Y necesitaban urgentemente terminar con Pedro, él sin nariz, el hijo de la chingada, el que Roberto no había matado porque Roberto era un buen hombre; Pedro había regresado a su pueblo y se había vengado con su padre.

Llegaron caminando al pueblo y se detuvieron . . . el pueblo tenía luces eléctricas. No era broma. Había luces en la plaza. Focos pelones encima de postes de cuatro pies de alto por cuatro pulgadas de ancho en cada esquina de la plaza y más allá, la iglesia católica estaba toda iluminada. La santa iglesia estaba rodeada de luces por todas partes. Roberto y Aguilar se miraron sin decir nada y siguieron. Más allá, al otro lado de la plaza, había otro edificio encendido. Era la cantina. ¡Claro, desde luego! Todas las luces deberían ser para la iglesia y la cantina. Entonces oyeron música a todo volumen, buena música, no música de mariachis de pueblo.

—Bueno, —dijo Aguilar—, parece que tienen electricidad aquí y también una rocola. Sonrió, sacó un puro y encendió un gran cerillo mexicano—. ¿Cómo te sientes?

Roberto se desabotonó la chamarra Levi. Era el primer norteño que había regresado sin una elegante chamarra de gamuza. Tampoco llevaba funda para su .45 automática. Llevaba su pistola en los pantalones con la cacha arriba de su ancho cinturón, ladeada hacia un lado para poder sacarla con su mano derecha.

—Estoy nervioso, —dijo Roberto—. Muy, muy nervioso. —Abrió y cerró la mano derecha.

—Bueno, eso podría ser malo, pero . . . —Aguilar fumó de su puro— . . . conociéndote, creo que será bueno. Recuerda, Pedro es mío. —Y Juan sonrió con la misma sonrisa con la que había sonreído a los abogados antes que la muchedumbre los matara.

Pero esta vez Roberto no tembló. Estaba allí, listo, en el mismo sitio y a la misma hora, listo para la prueba y eso era todo, así que dijo: —No, compadre, Pedro es mío.

—¿Ah, sí? —dijo Aguilar—. ¿Así piensas?

—No, no lo pienso. Lo sé.

—Ah, —dijo Aguilar en un tono diferente—. Bueno, si así son las cosas, déjame hablar con él en privado antes que lo mates. Es un viejo amigo. De verdad le debo eso. Le quiero explicar por qué tiene que morir.

—Está bien, —dijo Roberto.

Y pasaron por el lado de la iglesia, atravesaron la plaza y llegaron a la cantina. Uno era un hombre alto con chamarra de gamuza y un gran sombrero tejano. El otro era un joven de diecinueve años con sombrero mexicano barato que llevaba pantalones y chamarra vaqueros. Los dos llevaban botas vaqueras. Los dos caminaban derechos y seguros de sí mismos, pero con naturalidad. Aguilar entró por la puerta del frente. Se quedó allí parado: Autoritario, sólido y amenazador. Los hombres lo vieron; vieron su puro y su pistola, y la pistola ya estaba amartillada, esperando en su funda. Algunos hombres sonrieron, otros saludaron y otros se levantaron rápidamente para salir por la puerta trasera.

Pedro no estaba por ningún lado.

La puerta trasera se cerró con un fuerte ruido. Los hombres que iban hacia ella se detuvieron en seco. Allí estaba un joven con una .45 amartillada y lista. Entonces los que lo conocían supieron que era Roberto. Pero era más grande, el cuello le había crecido y sus ojos no eran los del muchacho del pueblo.

—¡Hola! —gritó Aguilar. Los ojos se volvieron hacia él. Pedro no estaba en la cantina por ningún lado, tampoco ninguno de los hermanos Reyes—. ¿Cómo están? Vamos a echarnos un trago. Yo invito. Y después me pueden

decir dónde está el resto de mis viejos amigos. Pedro, mi más viejo y querido amigo. No lo he visto en casi un año. Y los hermanos Reyes, ¿dónde están
todos? —Un viejo empezó a salir—. ¡Oiga! ¡Usted no puede salir! —El
hombre se paralizó, congelado en su movimiento—. ¿No sabe cómo tratar a
un viejo amigo perdido que se acaba de ofrecer a comprarle un trago? —
Aguilar se le acercó riendo—. Usted va a beber. Brindará por la amistad, el
honor y el respeto. —Aguilar, el entrenador de águilas, como lo indica su
nombre, estaba ahora cerca del hombre. El hombre llevaba vestimenta blanca de campesino hecha de costal de algodón áspero. Estaba aterrado. Aguilar
le puso el brazo sobre los hombros. —Véngase a beber, amigo.

—Por favor, —imploró el viejo—. Yo no quiero meterme en nada.

—¿Meterse? —preguntó Aguilar de una manera grandilocuente—.
¿Meterse en qué?

—¡Se lo juro! —gritó el viejo—, ¡yo no sé nada y todo esto me con-
funde! Por favor, me quiero ir a casa.

Roberto oyó al hombre y se puso la pistola al cinto. Ese viejo era tan
pobre y se veía tan humilde como su padre.

—¡Camaradas! —dijo Roberto y caminó hacia adelante, alejándose de
la puerta trasera—. Todos ustedes me conocen. Saben que siempre he sido un
trabajador honesto. Vengan, por favor, y acompáñennos a tomar un trago,
pero . . . si no quieren, entonces váyanse. Ustedes son hombres libres para
hacer lo que quieran.

Los hombres corrieron hacia las puertas. Roberto estaba anonadado.
Había hablado tan sinceramente y ahora pasaban corriendo por su lado para
escapar. En unos momentos, él y Aguilar se quedaron solos. Aguilar estaba
volteando algunas mesas para ver de qué estaban hechas. Finalmente halló
una vieja hecha de roble pesado y dijo, —Muchacho, vas a hacer que nos
maten. Primero le arrancas la nariz a mordidas a Pedro, después lo dejas
vivo, y ahora mandas a todo el pueblo a que vaya a prevenirlo y a que le ayuden.

—¿Le van a ayudar? Pero si esos hombres apenas lo conocen. Él no
nació aquí. Yo sí. Son gente mía.

—Tu gente, ¡mierda! Tú te fuiste al norte y regresaste con salud y
dinero. Tú ahora eres el gran forastero malo.

—¿Yo, un forastero malo? No puede ser.

—¡Verdad! Te juro que para lo único que sirven estos pueblitos es para
pasar las vacaciones. Están enfermos de tanto temor y celos, y cada año
empeoran. Ayúdame a mover esta mesa. —Se llevaron la mesa a la pared
cerca de la puerta trasera y se sentaron con la espalda contra la pared. Ahora
estaban bien posicionados, Aguilar sacó una baraja y le dijo al cantinero que
les trajera dos cervezas. Fumó, dio las cartas y dijo—, Dales electricidad,
carros, aviones, pero esta gente retrasada sigue igual. ¡Se quedan aquí, aga-

rrados del culo de sus antecesores! ¡Mamando prejuicios y estupideces! Te toca a ti. Da las cartas.

Y de esa manera, la suerte estaba echada. El pueblo había ido a prevenir a Pedro y a unírsele. No importaba lo que hubiera hecho, Pedro todavía vivía allí, era uno de ellos en ese momento y necesitaba ayuda. Aguilar y Roberto eran norteños, hombres de los Estados Unidos, y traían pistolas nuevas, bien aceitadas, y representaban un elemento extraño a su pueblito.

Esa noche Pedro no llegó a la cantina, así que Aguilar y Roberto —que bebían cerveza muy cuidadosamente para no emborracharse— hicieron que el cantinero cerrara el lugar y les prepara algo de comer. Primero vino el menudo, después frijoles y carne asada, y tortillas, después un brandy mexicano y café. Roberto se puso de pie. Quería ir a ver a su madre y a su familia. Aguilar le dijo que no fuera.

—Nunca llegarás a tu casa. Te emboscarán en la oscuridad.

—¿Crees tú? —Roberto se acercó a la puerta delantera. Ése era su pueblo. Aguilar exageraba—. Yo creo que todo mundo está durmiendo en sus camas.

—No te acerques a esa puerta, —dijo Aguilar—. Las luces . . .

Pero Aguilar no terminó de hablar. Una descarga de arma de fuego relampagueó. Una figura blanca corrió hacia los árboles de la plaza. Una escopeta retrocarga rugió. Roberto se tiró al suelo sacando su .45 mientras perdigones de la escopeta casera pegaban por todas partes.

—Apaguen las luces, —gritó Aguilar. El cantinero las apagó. Pasaron unos minutos. Pasaron más. Todo estaba en silencio. Aguilar le dijo al cantinero que les consiguiera unas cobijas porque se quedarían a dormir allí. Al cantinero no le gustó. Aguilar le dijo que no tuviera miedo. En la mañana le podría decir a la gente que lo habían forzado a darles albergue. El cantinero asintió, les dio las cobijas, y se fue a casa. Aguilar le dijo a Roberto que le ayudara a poner las mesas detrás de las puertas.

Iba a ser una noche larga . . . el pueblo estaba listo.

La lucha montañesa entre dos bandos estaba a la prueba, hasta la muerte, según el código de las montañas, al estilo mexicano. La honra, la más preciosa de las vírgenes, sería mantenida viva por él, a lo macho.

En México, César Chávez era un héroe entre los intelectuales y los estudiantes, pero no era bien visto por la mayoría de los trabajadores. No sólo impedía que muchos mexicanos ganaran dinero en los Estados Unidos para mandarlo a su país —donde nacía una fuerte clase media gracias a esos millones de dólares— sino que tampoco era macho. No, no bebía ni era mal hablado, ni tenía mujeres hermosas que lo siguieran. Y cualquier hombre que no tuviera esas cualidades masculinas, no podía ser respetado. Porque para ser un hombre verdadero, tenía que ser macho con tanates, y un hombre con tanates puede morir, pero nunca es vencido. Porque él es su propio dios aquí en la tierra.

Así que Chávez, quien hablaba en voz baja y no bebía, quien predicaba la no-violencia y quien no tenía mujeres tras de él, pero que tenía una dama como vicepresidenta del sindicato, no era bien visto en muchas partes de México. No, se le ridiculizaba, se le odiaba y se le empujaba a esa dimensión de otros grandes hombres que habían sido odiados y ridiculizados como Abraham Lincoln, Benito Juárez, John F. Kennedy, Martin Luther King, Jr. Y desde luego, usted mismo, si ha sido lo suficientemente bueno para crear enemigos, especialmente los espirituales. Porque ningún hombre o mujer vale la pena en esta tierra, a menos que tenga gente que lo odie, con eso muestran al mundo que valen desde lo más profundo de su ser.

CAPÍTULO DOS

Esa noche no pasó nada más, y al día siguiente cuando el sol estaba en lo alto y había mujeres y niños, Roberto y Aguilar salieron de la cantina. Había luz y no había mucha posibilidad de una emboscada. Pues el código montañés es un código honrado y las emboscadas ocurren sólo de noche. Porque en el día habría testigos y los testigos dirían la verdad y los deshonrados emboscadores serían ridiculizados y obligados a salir del pueblo.

Ahora había luz y Pedro y los hermanos Reyes tendrían que presentarse cara a cara, y por eso Aguilar se sentía bien, sólido y autoritario, y él y Roberto caminaban por las calles con la frente en alto, para que todo mundo los viera. Todo el mundo los vio. Todos sabían todo. En algunos había miedo, en otros, admiración; los ojos de los niños estaban maravillados.

Aguilar compró unos dulces y se los dio a unos niños que jugaban. Los niños los tomaron cautelosos como venados en temporada de caza.

Roberto tragó saliva. Negó con la cabeza. Nada de esto estaba bien y sin embargo tenía que hacer lo que su deber le exigía. Ya en casa, Roberto encontró a su madre con su hermanito de doce años, Juanito, que tenía la cabeza abierta después de una pelea a pedradas con el menor de los hermanos Reyes. Roberto miraba en silencio mientras su madre le curaba la herida a Juanito. Entonces preguntó sobre la muerte de su padre. Esperanza le dijo que tres de los hermanos Reyes y Pedro habían presionado a su padre para que apostara mucho dinero a un gallo. Su padre había ganado, pero no le quisieron pagar, y entonces compró una pistola para tratar de hacerlos pagar y así proteger su honra. Pero tenía miedo, así que antes de ir a buscarlos se emborrachó. Cuando los encontró, se rieron de él, le hicieron bromas y lo ridiculizaron, y cuando sacó la pistola y falló el tiro, lo mataron.

Pedro, por su propia cuenta, le había disparado cinco veces en la cara. Era un monstruo desnarigado. Sólo el verlo le paraba a uno los pelos de punta.

Roberto asintió y, después de un rato, el corazón dejó de palpitarle fuertemente. Estaba tan calmado que apenas si lo oía latir. Había tomado su decisión; Pedro estaba muerto. Muerto y enterrado. Respiró profundo y acarició el caballo tuerto.

Esperanza lo había estaba poniendo al día sobre lo que había pasado en el pueblo desde su partida. Desde que el pueblo tenía electricidad, un gran camión venía, una vez a la semana, a los corrales de don Carlos Villanueva —Esperanza nunca lo llamaba don Flaco— y montaba una gran carpa blanca. Entonces, cuando llegaba la noche, dejaban entrar a la gente por unos centavos y enseñaban películas, y la gente se sentaba en el suelo o sobre cobijas y miraba la película.

—¡Dios mío! ¡Hay tantas cosas que ver en el mundo! He visto documentales de Europa, España, la Ciudad de México y, desde luego, de los Estados Unidos.

Entonces le dijo a Roberto que algunas familias tenían radio. Unas pocas, no muchas. Que su mismo padre había comprado uno, aun antes que llegara la electricidad, pero que antes de poder escucharlo, lo había vendido a un precio mucho más bajo. Dejó de hablar. Colgó la cabeza.

—¡Dios mío! —dijo al fin—. ¡Nos mandaste tanto dinero y las cosas iban bien de verdad! Papá trabajaba, ayudaba y no bebía . . . —Empezó a llorar desconsoladamente. Roberto dejó de acariciar el caballo y miró a su hermana— . . . . entonces llegó Pedro y empezó a provocar a papá. Y mi pobre padre tenía tanto miedo que empezó a beber. A emborracharse totalmente y a golpearnos como antes. Entonces me obligaba que te escribiera otra carta en la que te decía que íbamos a comprar un rancho y que ya no bebía.

—En una ocasión, cuando me le enfrenté y le dije que era un cobarde y que no le iba a dar más dinero, me empezó a golpear como nunca antes lo había hecho. Aún tengo los moretones. Mira. —Se levantó el vestido. Roberto miró pero sin querer hacerlo. Nunca antes había visto el cuerpo de su hermana. Los hermanos y hermanas, padres e hijas, no se veían los cuerpos nunca después de la edad propia: los once años. Él se sonrojó. Ella siguió hablando—. Pero ¿sabes qué? no me dolieron tanto los golpes. No pensé en ellos, sólo en el coraje, no sentí nada, y entonces le grité: "¿Por qué no eres hombre, Papá? ¿Eh?" Y él se detuvo temeroso. —Esperanza se bajó el vestido y se rió—. Por un momento Papá parecía un niño malo. —Dejó de reírse—. Entonces Papá empezó a llorar . . . daba pena. Pobre, pobre hombre, que descanse en paz. Pero debo confesar que no siento compasión. Ya estaba cansada de él. Verdaderamente cansada de él y de todo su machismo. ¿Entiendes lo que te quiero decir? ¿Eh? ¿Entiendes? Papá se lo buscó. Él tuvo la culpa tanto como ellos. —Se acercó a su hermano—. Roberto, —le dijo—. No quiero que le pruebes tu hombría al pueblo. Tú estás por encima de todo eso. Quiero que pienses en el futuro y que te vayas ahorita, hoy. No tienes que vengar a nuestro padre. Debes llevarte a Juanito y salir inmediatamente.

Roberto continuó acariciando el caballo tuerto. Era el caballo de su padre. Y Pedro le había dado cinco disparos a la cara, y había sido culpa de él, de Roberto. Debió haber matado a Pedro aquel día en el desierto y no lo había hecho y . . . la tradición era su destino, y sí, esta vez había visto cómo se cumple el destino. En verdad. Así como todo está escrito en las estrellas. Había fallado y tenía que hacerlo bien esta vez.

—Roberto, no me escuchas.

—No te puedo escuchar, —dijo.

—Sí, sí puedes. —Y ordenó—, Tienes dos piernas y te puedes ir ahorita mismo.

—Mira, —le dijo—. Soy hombre, no mujer y tengo que hacer lo que un hombre sabe que debe hacer.

—¿Ah, sí? ¿Y qué debe hacer un hombre? ¿Eh? ¿Lo que hacen los demás hombres?

—Esperanza, no me digas nada más. Eres mujer y no entiendes. Estás toda confundida por los libros. Igual que Gloria, la muchacha de la que te hablé. —Se dio de golpes en el abdomen—. La verdad está aquí, hinchándose, y nos llega al corazón desde Papá, desde nuestro abuelo, bisabuelo y no podemos olvidarla. —Tragó saliva.

—¡Ja! me río de esas palabras. No metas a nuestros ancestros. ¡Y mientes! —Roberto se tensó. Miró a su hermana. No había mentido. ¿Y cómo dejar a sus ancestros fuera? Esperanza era tan parecida a Gloria. No se sorprendía de haber confiado más en Lydia—. Te vi romper con la tradición cuando echaste fuera a tu compadre. Te vi hacerte capataz y jamás te vi que sucumbieras a los chismes y rumores de este pueblito. Eres un mentiroso creído y has vuelto a este pueblo para probar tu hombría y no aceptas el hecho que . . . —Roberto alzó la mano para darle una cachetada. Ella gritó—. ¡Ándale, golpéame! No tengo miedo. Admito la verdad. ¡Nuestro padre era un cobarde! ¡Fuimos engendrados por un don Nadie! ¡Pégame! ¡Pégame! No me voy a callar. Porque en el fondo de mi corazón de verdad creo . . . —Roberto bajó la mano y se alejó caminando pesadamente, confundido, con pensamientos encontrados. Pensaba en la frase "Porque en el fondo de mi corazón de verdad creo", fue como un relámpago que le hizo recordar instantáneamente, como en una foto, a la muchacha arriba de la van durante la huelga en los Estados Unidos, y respiró profundo sin saber qué más pensar. Ese no saber le pesaba. Ahí estaba, solo. Mientras sentía que por las venas le llegaba la responsabilidad de la costumbre, supo por un instante que su hermana tenía razón . . . pero aún así, por su corazón palpitante, corría la sangre de la antigua tradición y supo hasta la médula de los huesos que Pedro tenía que morir. ¡Morir! Sí.

Pero desde lejos su hermana seguía gritando: —¡Tonto! ¡No eres mejor que ellos! ¡Ustedes los hombres son tan estúpidos y necios! ¡Siempre tienen que probar su machismo! Lo juro. Yo no me quedo. Yo me voy a ir. Me voy a Guadalajara a trabajar para ganar dinero para irme a Tijuana y pagar una agencia que me consiga trabajo en los Estados Unidos. En La Jolla hasta una sirvienta vive limpia y decentemente y gana buen dinero. Ya lo averigüé todo y me he decidido. ¡Me voy! ¡Y primero muerta antes que casarme con un mexicano!

Roberto la miró, pero ya iba hacia la casa con pasos largos y rápidos. Negó con la cabeza. Las muchachas de hoy día eran unas groseras y hablaban demás. No eran como las chicas buenas de la época de su madre. Éstas eran muy exigentes y tercas. Respiró profundamente, tenía que volver a enfocarse en su situación actual. No podía permitir que su hermana lo confundiera. Regresó hacia donde estaba el caballo tuerto y empezó a acariciarlo. Más tarde, ya repuesto totalmente, regresó a su casa y se encontró con Aguilar debajo del techo que cubría la cocina: fumaba un puro y hablaba con su madre. La cena estaba casi lista. Roberto le pidió a Aguilar que lo acompañara fuera de la casa, lejos de las mujeres. Tenía que hablarle en privado. Aguilar vio los ojos del muchacho y salió con él.

—Aguilar, —le dijo Roberto—, tengo un plan. ¿Cuánto dinero tienes?

—Suficiente.

Roberto asintió. —Bueno entonces vamos a organizar una carrera de caballos. Vamos a ver a don Carlos para que corra su famosa yegua contra Charro Diablo el campeón. Siempre ha habido mala leche entre los Reyes y mi antiguo patrón. Y ahora en una carrera, Pedro y los Reyes tendrán que . . .

—Venir a nosotros. Y no nosotros a ellos. —Aguilar sonrió satisfecho—. Vamos ahorita, antes que anochezca. Vámonos rápido. Correremos la voz y para mañana . . . —Aguilar fumaba con los pulgares en el cinturón de la pistola y se mecía hacia delante y hacia atrás en los talones de sus botas vaqueras—. El dulce sabor de la venganza es nuestro gracias a la carrera de caballos. Vámonos ya. No queremos andar fuera después que anochezca.

Así que se fueron a la casa de don Flaco y por todo el camino Aguilar iba hablando entusiasmado, pero Roberto no podía compartir su entusiasmo. Pensaba en su hermana, en Gloria y en Lydia y se sentía triste. Se sentía solo, dividido. Y detestaba esa división que sentía dentro de sí mismo.

*P*or el momento, César Chávez estaba fuera de la cárcel; el Padre Tiempo avanzaba con su paso canceroso. Decía, hay un tiempo para vivir y un tiempo para morir; hay un tiempo para la paz y un tiempo para la guerra; hay un tiempo para producir y protestar y para ir a la cárcel felizmente. Todos esos pensamientos que vienen de la Biblia. Así que para decirlo en pocas palabras, siempre hay y habrá suficiente tiempo para todo en el camino por donde vamos bailando, cantando y profundizando en nuestra propia realidad sin tiempo. O, ¿cómo cagaste esta mañana? ¿Comiste bien para cagar bien?

¿Por qué no? En realidad somos lo que comemos. En realidad somos lo que creemos ser. En realidad somos la música que escuchamos, las aspiraciones que tenemos, el valor que nos damos a nosotros mismos. Así que hagámoslo, comamos buenas cosas y caguemos nuestro propio ser, el de un héroe verdadero.

CAPÍTULO TRES

La suerte estaba echada. La fecha, fijada. La carrera de caballos sería al día siguiente, al alba. Así que ya no podía haber emboscadas. Todo mundo sabía de la carrera de caballos y nadie les permitiría a un Reyes o a un Pedro que los privara de un excelente espectáculo.

Ya avanzada la tarde, Aguilar y Roberto se hallaban con el don, el señor Villanueva, y estaban en las caballerizas de su famosa yegua, Niña Linda. Su establo estaba bien construido. Ni la lluvia ni el viento tocaban a esa hermosa yegua baya. Era la posesión más cara y más querida del don. La había traído de Arizona. Era una pura sangre especializada en carreras cortas y Villanueva sacrificaba cualquier cosa para tenerla como una joya. Así que el animal se veía como un rubí en un estuche de terciopelo. La acarició, le revisó las patas y se las sintió, le pasó la mano firmemente por las musculosas ancas, y dijo: —Nosotros vamos a ganar esta carrera. El Charro Diablo es un magnífico garañón, pero le dan mucha comida y lo cruzan con demasiadas yeguas. —Se dio la vuelta para ver a Roberto, a Aguilar, y al viejo Antonio, el dueño de la mula pedorra—. Mi Niña Linda jamás ha tenido un semental y su virginidad la hará poner alma y corazón totalmente en la carrera. —Sonrió y miró sus enormes ojos oscuros. Estaba nerviosa. La acarició con calma—. Es una linda hembra de la más pura raza y en el alma es una ganadora. Más tarde, cuando la empiece a cruzar, va a parir potrillos como nunca antes se han visto en estas montañas. —La besó—. ¿Verdad que sí, mi niña hermosa?

La yegua bufó despacio, con amor, y el don, dio órdenes a su caballerizo de no darle mucho de comer, de mantenerle el estómago ligero y de pasar la noche allí, en el establo, hablándole con amor.

El caballerizo, que de verás amaba los caballos, dijo, —Por supuesto, no me gustaría estar en ningún otro lugar esta noche.

El don y los otros salieron de la caballeriza que estaba al lado de la casa del dueño, una casa buena y grande, aunque por dentro no era tan buena como el establo de la yegua. Villanueva, Roberto y Aguilar montaron caballos. No eran grandes caballos, pero tampoco eran malos. Antonio se montó en su mula blanca y cabalgaron en dirección al pueblo a dos kilómetros de distancia. Llegaron donde estaba el viejo Chevy del patrón. Durante las últimas lluvias, el viejo Chevy se había quedado atorado en el camino y el don simplemente lo había dejado ahí. Se detuvieron al lado del carro. Los caballos lo olieron con cautela. El don dijo, —Carros, yo cometí la tontería de traer uno aquí. Un objeto debe ser mantenido en su sitio. Un carro necesita buenos caminos. —Se metió la mano al bolsillo de la chamarra—. ¿Alguien quiere un puro? —Aguilar aceptó uno. Roberto asintió y también tomó uno—. Dime, Roberto, después de que pase todo esto, ¿vas a regresar a los Estados Unidos?

Roberto asintió, —Sí, creo que sí.

—Ah, —dijo el don alejando su caballo del vehículo imposibilitado—, ¿crees que has visto demasiado, que has aprendido tanto que ya no puedes regresar a tu pueblo?

Roberto movió su caballo y empezó a hablar cuando Villanueva lo interrumpió.

—¡Mira! —dijo su antiguo patrón en una voz autoritaria—. ¿Cómo vamos a progresar aquí en tu tierra natal, si nuestros mejores muchachos se siguen yendo al norte? ¿Eh? Contesta. Pero no, no me contestes a mí, contéstate a ti mismo. Y mientras piensas en la respuesta, piensa que durante el año pasado algunos de nosotros nos hemos organizado y hemos traído la electricidad. Y ahora tenemos planos para traer tractores y maquinaria, ¿pero dónde están nuestros mejores jóvenes para darnos aliento, para darnos una esperanza para el futuro? ¿Eh, dime? —el don se alejó trotando elegantemente.

Pasaron la noche hablando, bebiendo y discutiendo los detalles de la carrera. Ésa era la noche que el pueblo había estado esperando por años. Esa noche no trabajarían los hombres que tuvieran la gracia de Dios. Todos los hombres pasarían el tiempo divirtiéndose y serían testigos del sol que se ponía y la llegada de esa noche mística. Esa noche no había mujeres entre los hombres. Roberto y su grupo ahora entraban al pueblo y Villanueva venía listo para depositar su apuesta. Aguilar había puesto la mitad del dinero, quinientos dólares americanos. Los Reyes, una familia poderosa, pero no muy rica, habían tratado de hacer esa carrera con el don durante más de dos años, pero el don siempre se había negado cortésmente. Siempre decía que llegaría su tiempo. Y ahora había llegado el tiempo y Pablo, el mayor de los Reyes, había mandado decir que apostaría todo un terreno que tenían en la ladera de un monte a su Charro Diablo. El don había mandado decir que se reunieran en la cantina de la plaza para finalizar los detalles de la carrera. En público, delante de hombres honrados. Pablo había aceptado y Villanueva entró al pueblo con Aguilar al lado y Roberto y Antonio detrás. Roberto no decía nada. Pensaba en lo que había dicho el don, en las palabras de las tres mujeres que más lo habían influenciado en la vida. Carajo, todos hablaban de la carrera, del dinero, y el código de honor, la honra y nadie mencionaba la sangre, la venganza, las muertes que seguirían. Roberto se rascó la cabeza, que le dolía enormemente, y en ese momento se dio cuenta del por qué los hombres escondían la realidad llamándola justicia y honra. Sintió que algo se le removía en el estómago. No quería jugar esos juegos. Quería matar a Pedro y largarse de allí. ¿Cómo podía el don ser tan inocente para pedirle que se quedara? Aguilar tenía razón. Esos pueblitos sólo servían para pasar las vacaciones.

Habían llegado. Había muchos caballos amarrados bajo los árboles de la plaza. Se bajaron de los caballos y entraron a la cantina. Allí estaba Pablo. Era fuerte, estaba vestido de charro. Jesús, uno de sus hermanos venía con él. Jesús era delgado y larguirucho y debía varias muertes, y no todas justificadas. Tenía ojos apagados y era lo suficientemente tonto como para hacer cualquier cosa que Pablo le pidiera. Roberto pestañeó nerviosamente y las mandíbulas le temblaron. ¿Eran estos los que habían matado a su padre? ¿Dónde estaba Pedro? Los Reyes estaban jugando su papel tradicional muy bien. Pedro y los asesinos probablemente se habían quedado en casa. Esta noche no se derramaría sangre. Sólo conversaciones, bebida y diversión a lo pendejo.

Rápidamente los hombres de la cantina se dieron cuenta de la situación pero no se intimidaron. Ahora todos estaban preparados hasta lo más profundo de su ser. Por esto se hacían al lado de los Reyes o saludaban a Villanueva, Roberto, Aguilar y Antonio y se agrupaban a su lado. Todos estaban listos y el pueblo estaba despierto. La milenaria bestia del hombre había despertado. Ésta era noche de fiesta. Mañana habría tiempo para la bestia, para el desmadre. ¡Para los gallos de estaca! ¡Para los que tenían tanates! ¡Para los que estaban listos para ponerse a prueba!

Y en medio de ese ambiente, el don se ofreció a invitar copas. Los hombres aceptaron, y la cantina rápidamente se llenó de risas y diversión. La muerte, el padre, estaba al lado de la madre, la vida. El corazón de los hombres temblaba con el impulso, casi religioso, del cumplimiento de la tradición.

El grupo de Roberto no se quedó solo por mucho tiempo. Parecía que el pueblo respetaba a Roberto por organizar la carrera y muchos se habían pasado a su lado. Él no era como su padre. Era un hombre honesto. Era un macho. Detestaban su dinero gringo y sus modales gringos, claro, pero podían perdonarlo por haber pensado en hacer la carrera. Respetaba la tradición. Había incluido a todos en su justo derecho a la venganza. Por supuesto que lo apoyarían. No era como su padre.

Roberto tragó saliva. Sabía que estaban tratando de halagarlo, pero no sabía si se podría aguantar si otro hijo de la chingada decía algo malo de su padre. Pero dijeron muchas cosas más y él se aguantó.

El amanecer llegó repentinamente y la primera luz rosada del día empezó a peinar los valles como si fuera dedos.

Villanueva terminó su trago, le estrechó la mano a Pablo, el jefe de sus contrincantes, y dijo: —Voy a casa a desayunar y a traer a Niña Linda. Te veo en el lugar de la carrera en una hora.

Roberto y muchos otros lo acompañaron a la salida de la cantina. Lo vieron montar en su caballo y Antonio hizo lo mismo en su mula blanca.

El don se volvió a Roberto y se le quedó mirando por mucho, mucho, tiempo.

—Hijo, —le dijo a Roberto—, después que se acabe todo esto, ¿piensas irte de todas maneras?

Roberto se pasó la lengua por los labios, lo pensó, y dijo, —Sí.

—Ah, bueno. Probablemente sea lo mejor. Si yo fuera joven, tal vez haría lo mismo. —Tomó aliento y miró hacia la iglesia, al otro lado de la plaza, y a la luz rosada del nuevo día—. Estos pueblos, estas costumbres nuestras . . . —Negó con la cabeza—. Si trato de raciocinarlas sé que son estúpidas, pero en el fondo de mi corazón creo que son bellas. —Se pasó la lengua por los labios. Estaba algo tomado, pero se manejaba bien. Se montó al caballo con su gran sombrero de charro—. Estos códigos de honor son nuestra ley y a pesar de que he viajado mucho y he visto cosas mejores, todavía vivo aquí, en mis sentimientos, en el alma. El alma que es la vida. —Miró a Aguilar—, Amigo, tú sabes lo que quiero decir. El alma que es la vida.

Aguilar se quitó el puro de la boca, —Sí, sí lo es.

El don intentó sonreír, pero empezó a toser.

Antonio se acercó en su mula blanca, —Vámonos a casa para descansar y prepararnos para la carrera. —El don le dio vuelta a su caballo y enfiló hacia su casa. Mientras Antonio se alejaba les dijo a Roberto y a Aguilar—, Más vale que ustedes se vayan a casa. Es un día importante. —Espoleó a su mula; la mula se pedorreó y salió a galope; sus cascos hacían eco en el empedrado.

—Bueno, —dijo Roberto—, ¿nos vamos a casa a comer?

Aguilar iba a contestar cuando alguien gritó.

—¡Ay, no! —Era Pablo—. Entren a tomar. Nosotros no somos viejos como esos dos. Entren. Nos quedaremos a tomar, a beber y a conocernos mejor . . . —Sonrió—. Me gustaría conocer mejor a este Aguilar. ¡Me gustaría saber qué tipo de hombre mata niños! —Pablo estaba en la puerta de la cantina con una botella en la mano. Jesús, rápido como la luz, se paró atrás, a su lado, en la sombra proyectaba una figura oscura, amenazante—. ¡Entren! ¡Beberemos, hombre a hombre! ¡A lo macho!

Roberto miró a Aguilar, pero Aguilar no se movía, y Roberto sintió un dolor agudo en el estómago. Entonces se dio cuenta por qué Aguilar no se movía y por qué Jesús estaba al lado de Pablo, en la sombra. Detrás de él se oyeron pasos que venían corriendo ligeramente de la plaza. Roberto se quedó quieto, sabía que esos pasos se dirigían hacia él. Tenía que ser Pedro. Así que se volteó con la chamarra abierta con la .45 lista. Vio a su hermana. Sintió que todo el mundo le daba vueltas. Este no era sitio para mujeres. Caminó hacia ella. — ¿Qué haces aquí? —exigió—. Este lugar no es para mujeres. ¡Vete a casa!

—¡No! —gritó y se quedó en su lugar.

Los hombres se rieron. Los Reyes empezaron a mofarse.

Roberto agarró a su hermana del brazo y trató de llevársela al otro lado de la plaza, hacia la iglesia, pero no fue fácil. Esperanza se defendió, hasta que se quedó paralizada con los ojos enormemente abiertos.

Roberto se detuvo. La vio mirar sobre su hombro con un miedo aterrador. Y lo supo. Lo sentía. Así que lentamente hizo a Esperanza a un lado y se dio vuelta. Allí estaba Pedro, bajo un árbol oscuro con dos de los Reyes y se sonreía. Y cuando se reía se le podía ver detrás de la nariz destrozada hasta el mismo cráneo.

Roberto tragó saliva, miró a su alrededor y vio que se acercaban hombres de todas partes, hombres tan nerviosos y contentos como si fueran a ver una pelea de gallos.

Roberto se preparó.

Esperanza gritó y se lanzó corriendo enfrente de su hermano.

Pedro se rió y calmadamente caminó, ahora parecía un indio fornido, listo para saltar, pero tenía una cara monstruosa.

Roberto trató de empujar a su hermana a un lado. Esperanza no se dejaba empujar. Los hombres se reían. Pablo y los otros Reyes se acercaron a Pedro. Roberto todavía no podía apartar a su hermana. La cara monstruosa de Pedro parecía regocijarse. Pero luego se interpuso Aguilar entre él y Roberto y Esperanza y proyectó una figura autoritaria, terrible.

La gente se calló, y Roberto, ya desesperado, le dio una fuerte cachetada a su hermana empujándola a un lado.

—Amigo, —le dijo Aguilar a Pedro cuando Roberto vino a su lado—. Te he estado buscando, ¿dónde andabas? —Pedro sonrió y su cara desnarigada se volvió una mueca horrible—. ¿Eh? ¿Así se trata a un compadre?

—Ah, —dijo Pedro—, quizá no. Pero he estado ocupado. Ya sabes cómo están las cosas. —Alzó los y hombros y miró primero a Roberto y después a Esperanza, que entre dos hombres, la mantenían alejada. Se rió—. Pero aquí estoy ahora. Así que . . . de seguro podremos recuperar el tiempo perdido.

—Desmontó dando la vuelta y cayendo sobre la tierra, de pie, sólido, como todo un indio, listo para matar. Los corazones se detuvieron un instante, se podía ver su pistola y cuchillo—. ¿Cómo quieres que lo hagamos, eh? A mí no me importa una chingada, ¡lo único que quiero es la cara de ese muchacho! . . . —Escupió, furioso, con ojos de demente. Parecía un verdadero loco.

—¡No! —gritó Esperanza. Pero Roberto no la escuchaba a ella ni a nadie más. Toda su atención estaba al frente de él; sin ninguna interrupción.

—Contigo o sin ti. —Le decía Pedro a Aguilar—. Pero esperaba que estuvieras de mi parte . . . no me gustaría tener que matar a un viejo amigo.

—El campo de batalla estaba listo ahora. Habían despejado a Esperanza y los caballos—. ¿Eh, compadre? Mi querido amigo de tantos años de lucha por el norte . . . ¿te vas a hacer a un lado, para que este muchacho y yo podamos hacer lo que tenemos que hacer? —Sacó su cuchillo—. Lo voy a desollar vivo. Aquella pelea de Empalme va a parecer un juego de niños. Dale tu cuchillo. ¡Ya, ahora!

Esperanza estaba de rodillas, implorando a Dios.

—No, —dijo Aguilar y tranquilamente fumó de su puro—. No, no habrá cuchillos. Esto no es un juego. No es un deporte de valor. Aquí se trata de algo ético, del bien y el mal. —Dio un paso hacia Pedro. Los hermanos Reyes no se movieron. Claramente estaban del lado de Pedro.

—Amigo, —le dijo Aguilar—. Ustedes dos pueden hacer lo que quieran después, pero primero quiero hablar contigo en privado.

—No, —dijo Roberto, que estaba detrás de Aguilar—, No hace falta que ustedes hablen primero. —Se paró al lado de Aguilar, pero separado. Traía la chaqueta abierta y la pistola lista—. No voy a pelear con él.

Pedro estaba medio agachado, listo para la prueba con cuchillo en mano, y su cara desnarigada era horrible. Bramó: —¿Por qué no? ¿Eres un cobarde como tu padre?

Roberto no se movió.

Pedro se rió. —¡Un pinche cobarde! —Miró a Esperanza—. ¡Y tu hermana es una puta!

Roberto pestañeó. Estaba temblando como un colibrí suspendido en el aire, pero no se movió.

Pedro bramó de placer. —¡Tu padre merecía morir! ¡Tenía los huevos tan podridos que lo único que procreó fueron cobardes y putas.

Roberto dio un paso al frente. —Escucha, animal, ¡no me vas a provocar! Matarte sería el acto más generoso que te pudiera hacer un hombre. Debes vivir, eres un monstruo de cuerpo y alma. Así que no te voy a matar. ¡Quiero que vivas condenado a odiarte!

A punto de reír, Aguilar le dio vuelta a su puro en la boca, y se alejó. Buena táctica, pensó. La mejor de las venganzas. Roberto iba a hacer que ese hombre se arrastrara y entendiera por qué debía morir.

Pedro gritó, —No tienes pantalones. ¡Eres una mujercita! ¡Y tu hermana es una puta! ¡Putísima! —Escupió contorsionando la cara en una mueca horrible.

Roberto se irguió aún más. Se oían murmullos por todas partes. La gente se preguntaba si Pedro tenía razón. Roberto era un cobarde. Porque ¿cómo podía un hombre soportar que alguien hablara así de las mujeres de su casa sin pelear?

Roberto se mantuvo firme. En control. Y dijo: —¡Hacerle caso a los pendejos es engrandecerlos! ¡No me voy a rebajar para pelear contigo!

Esperanza dejó de llorar. Las palabras de su hermano, Dios mío, la llenaron de admiración. Pero no todos estaban de acuerdo con ella. Alguien se rió.

Pedro miró a su alrededor. Sonreía. Estaba orgulloso. En un tiempo le había tenido miedo a ese muchacho, pero ahora . . . qué bueno era esto. Bramaba interiormente de alegría. Aguilar se mantenía a la espera de que Pedro consumara su venganza.

—¡Chinga tu madre! —le gritaba Pedro y lo insultaba de muchas otras maneras.

—No me vas a provocar, —le dijo Roberto, pero no terminó de hablar. La gente se reía y los hermanos Reyes más que todos, y Pedro seguía insultando a todas las mujeres de su hogar, pero Roberto, aunque parezca extraño, no estaba aquí sino allá; de cara a la muerte; al padre.

Aguilar aventó su puro y dio un paso al frente para que le hicieran caso. Seguro de sí mismo. Daba miedo. —¡Cállense! ¡Ahora mismo! ¡Porque se mueren allí donde están!

—¡No! —dijo Roberto parándose enfrente de Aguilar—. ¡Éste es mi pleito!

—Pues entonces, ¡mátalo!

Roberto miró a Juan, le vio los ojos, y de pronto sintió que esa rareza que tenía que ver con la pelea de gallos, la pelea a cuchillo, el no querer matar al gallo moribundo. Se detuvo, sin saber por qué. Y oyó a la gente a su alrededor reír, hacer bromas, ridiculizarlo y volverse al lado de Pedro. Entonces uno de ellos dijo que sí, que Roberto era como su padre y Roberto miró a ese hombre y supo, que sí, era verdad, en lo más profundo de su ser, él era como su padre.

—¡Escucha! —le dijo—. Sí, soy como mi padre. Exactamente. ¡Y ahora lo sé! —Tenía los puños cerrados y los nudillos blancos. Su cara reflejaba poder—. ¡No fue ningún cobarde! Sencillamente era mejor que todas estas pruebas de tanates, pero él no lo sabía, así que vivió y murió pensando que era cobarde, ¡un ratón de cantina! ¡Un don Nadie! Cuando debió haber muerto sabiendo que era un gran hombre. —Las lágrimas se le salían de los ojos—. Soy fuerte, soy rápido y soy capaz de matar a diez Pedros, ¡pero no me van a provocar! ¡Mírenme! ¡Vean mis ojos! Y todos los hombres que están aquí saben, en lo más profundo de su ser, que digo lo que siento. Soy tan hombre, aquí en mi alma, que les digo a todos ustedes . . . adiós.

Y se dio vuelta. Le dio la espalda a un hombre que estaba listo para matarlo inmediatamente. Y una cosa así jamás había sucedido ni por honra, ni por orgullo, ni por el orgulloso caminar de un gallo de estaca, y se quedaron con la boca abierta, y Pedro quedó paralizado, sin poder creerlo, anonadado . . . mientras Roberto se volvía hacia su hermana para alejarse.

Pedro gritó lanzándose en contra de Roberto cuchillo en mano como un loco. Aguilar le puso la pistola a la cara desnarigada de Pedro que se acercaba corriendo y disparó, volándole la cabeza en pedazos sanguinolentos y oscuros.

Roberto se dio vuelta rápidamente con pistola en mano y empujando a Esperanza al suelo. Los Reyes dispararon. Aguilar fue alcanzado por una de las balas. Y entre todos los gritos y disparos se oyó, —¡Viva México! ¡Gringos cabrones! —Y se vio venir un caballo y su jinete. Montaba de lado. Era Jesús. Y se lanzaba hacia Aguilar con machete en mano.

Roberto le disparó a Jesús. Le dio al caballo y el caballo se levantó de patas, retorciéndose mortalmente herido, y Jesús le tiró un machetazo a Aguilar cortándole el estómago. El caballo cayó, pateando en su agonía, y Aguilar, deteniéndose los intestinos se parapetó detrás del caballo. Roberto llegó al lado de Jesús y le disparó dos veces a la cabeza. Los Reyes andaban disparando por todas partes. Esperanza, Roberto y Aguilar se refugiaron detrás del caballo muerto. Al recibir el impacto de las balas, el caballo empezó a oler a pelo chamuscado.

De repente se oyó el disparo de dos pistolas .45. Disparaban tan rápido y tantas veces que parecían ametralladoras. Todos los hombres se sorprendieron y se quedaron en silencio: allí estaba el don, y detrás de él treinta hombres con escopetas de retrocarga. Eran los forestales del lugar que habían sido bienvenidos.

—¡Basta! —ordenó el don—. ¡Basta!

Los hombres empezaron a bajar las pistolas. El don bajó sus pistolas .45 y dijo: —¿Cuándo vamos a aprender? ¡Estos son desmadres de pendejos!

Algunos de los forestales rodearon a los Reyes que quedaban. Pablo estaba con Jesús. No necesitaba ningún guardián. Éste había sido su hermano favorito.

Esperanza y Roberto estaban con Aguilar. Éste ya no se detenía los intestinos. Hacía esfuerzos por hablar.

—Roberto, —dijo—, mi dinero, llévatelo. —Tosió y le salió sangre por la boca— . . . . mi madre, —le tomó la mano a Roberto. Los ojos se le achicaron y le sudaba la mano—, . . . mi madre, nunca le compré . . . después de tanto viaje al norte. —Abrió los ojos enormemente. Paralizado. Le apretó la mano a Roberto—, ¡Júramelo! ¡Tú entiendes!

Roberto asintió. —Te lo juro. Te entiendo.

Y relajó los ojos mirando sobre el hombro de Roberto. Allí se quedó su mirada. Aguilar estaba muerto.

El don le dijo a Pablo que les dijera a sus hermanos que entregaran sus armas. El pleito había acabado por hoy. Se había hecho justicia. Aguilar, que el año anterior había matado a dos hermanos menores de Pablo, estaba muerto. Pedro, que había ocasionado la muerte del padre de Roberto, estaba muerto. Y en cuanto a Jesús, bueno, a él siempre le había gustado el pleito, y antes de morir había podido dar su verdadero grito de charro a caballo, así que era suficiente. Las armas se les regresarían después de unos días de los debidos funerales. La sangre tenía que dejar de hervirles en las venas.

Después de un momento, Pablo les dijo a sus hermanos que entregaran sus armas. Después de todo, tenían más en casa.

—Ah, no, —dijo el don rodeado de los forestales—. Les dije que ya bastaba por hoy. —Se volteó hacia su grupo—. ¿Están de acuerdo? —Y estuvieron de acuerdo—. Y tú, Roberto, entrega tu arma y la de Aguilar. —Roberto obedeció. Entregó las dos .45.

Entonces Roberto y su hermana pusieron el cuerpo de Aguilar en un vagón que Antonio había traído, y se fueron a casa. Tenían que hacer los funerales de Aguilar rápidamente. El don no podría mantener alejados a Pablo y a sus hermanos por mucho tiempo.

Ya tarde, después de haber cargado los bienes de la familia en un vagón, Roberto fue a la parte de atrás para recoger el caballo tuerto y se detuvo. El sol se ponía, y más allá, al otro lado del valle, estaba la montaña a la que había llevado a los bueyes todas las noches. Miró hacia la montaña durante mucho tiempo. La montaña, con sus valles escondidos de pastos y aguas, era verdaderamente un buen lugar. Asintió, de acuerdo consigo mismo, dejó de acariciar el caballo tuerto, y empezó a salir de su patio trasero hacia el valle abierto. Iba respirando, aspirando, sintiendo.

Ay, la brisa nocturna de ese valle era tan buena que casi se podía saborear. Dejó de caminar. Se agachó y tomó un puñado de tierra. Lo olió. El olor lo transportó a aquel día en su niñez cuando su padre había regresado tan entusiasmado. Y había dicho que no, su valle no se había vuelto maligno. Un hombre del pueblo, don Carlos Villanueva, había descubierto que la negrura de su valle era buena, que eran cenizas volcánicas y que cuando se araran enriquecerían la tierra. Esa noche habían cenado bien. Y después de eso tuvieron buenas cosechas durante muchos años. Pero después empezaron los tiempos malos.

Al recordar, Roberto tomó aliento, aventó hacia arriba un poco del puñado de tierra y después aventó el resto tan alto como pudo. Carajo, la vida todavía podía ser buena en ese valle. ¿Por qué no? Los gringos lo habían logrado con valles menos fértiles. Y, carajo, esos gringos increíbles no eran tan increíbles. Ni siquiera podían hacer su trabajo bajo el sol caliente. Se habían vuelto débiles. Se rió de sus ideas. Recogió otro puñado de tierra. Sonrió. Apretó la tierra, fuertemente. Había aprendido tanto allá en el norte. Podría, si quisiera, hacer mucho bien aquí. Le dio una patada a la tierra sintiéndose como un verdadero héroe, y aventó el puñado de tierra hacia el cielo con un grito de alegría.

Agradecimientos

Primero me gustaría dar las gracias a Febronio, a Jesús, a Jorge, a Tomás y a todos los hombres con los que crecí en el rancho de San Diego, California, y que me enseñaron tanto sobre México y la vida del campesino mexicano. También me gustaría agradecerle a José Antonio Villarreal y a Américo Paredes, nuestros dos padres de la literatura chicana —una literatura que apenas comienza, pero que tiene un futuro largo y rico. Gracias. Sigan escribiendo.

También me gustaría agradecerles a Terry Watson, a Ann Lichten y a Margaret Bemis, que me ayudaron tanto en mis primeros años de lectura y escritura. (1973)